Il mio cuore e altri buchi neri

JASMINE WARGA

Il mio cuore e altri buchi neri

Traduzione di Lorenzo Borgotallo

MONDADORI

www.ragazzimondadori.it

Titolo dell'opera originale *My Heart and Other Black Holes*
Prima edizione maggio 2015
Stampato presso ELCOGRAF S.p.A.
Stabilimento di Cles (TN)
Printed in Italy
ISBN 978-88-04-65255-7

In memoria di Aidan Jos Schapera,
che amava la vita e l'ha insegnato a tutti noi

Il vero viaggio della scoperta non è vedere
nuove terre, ma avere nuovi occhi.

Marcel Proust

Martedì, 12 marzo

meno 26 giorni

La musica, specialmente quella classica, specialmente la Messa di Requiem in re minore di Mozart, ha una sua energia. Se la ascolti bene, senti l'archetto del violino che esita sulle corde, pronto a infiammare le note. A farle vibrare. E, una volta nell'aria, si scontrano l'una contro l'altra. Fanno scintille. Esplodono.

Passo un sacco di tempo a domandarmi come sia morire. Che suono abbia. Se anch'io finirò per scoppiare come quelle note, lanciando le mie ultime grida di dolore, per poi tacere per sempre. O mi trasformerò in un vago rumore di sottofondo che si avverte a malapena, tendendo l'orecchio.

E se non fantasticassi già di mio sulla morte, lavorare al call center della Tucker's Marketing Concepts basterebbe a desiderarla. Gli va bene che possono fregarsene, visto che il mio quadro clinico era antecedente all'assunzione.

La Tucker's Marketing Concepts è una ditta di telemarketing allestita nel seminterrato di un piccolo e squallido centro commerciale e io sono l'unica lì dentro a essere nata dopo la caduta di Roma. Ci sono file di tavoli di plastica grigi, probabilmente acquistati in blocco in un discount, e ognuno ha il suo telefono e il suo computer. Il posto puzza di muffa e caffè bruciato.

Al momento stiamo eseguendo un sondaggio per conto della Paradise Vacations. Vogliono sapere cosa importi di più alla gente: qualità del cibo e delle bevande o qualità delle stanze. Digito il prossimo numero sulla mia lista: la signora Elena George, residente in Mulberry Street.

«Pronto?» risponde una voce gracchiante.

«Buonasera, signora George. Mi chiamo Aysel e la sto contattando a nome della Tucker's Marketing Concepts per conto della Paradise Vacations. Ha un momento per rispondere ad alcune domande?» Mi manca il tono cantilenante della maggior parte dei miei colleghi. Non sono propriamente un'impiegata modello.

«Vi ho già detto di non chiamare più questo numero» dice la signora George, riattaccandomi in faccia.

Può svicolare, ma non può nascondersi, signora George. Faccio un appunto sulla lista. Non sembra molto interessata a una vacanza di due settimane in multiproprietà alle Hawaii. Spiacente, Paradise Vacations.

Fare più di una telefonata senza prima prendermi una pausa è troppo per me, perciò mi concentro sul computer. L'unico lato positivo del mio lavoro è l'accesso gratuito e illimitato a internet. Clicco due volte sul browser e accedo nuovamente a Dipartite Serene, il mio sito preferito del momento.

«Aysel» scatta il mio supervisore, il signor Palmer, come sempre pronunciando male il mio nome. Si pronuncia Ai-sèl, non Ai-zal, ma lui se ne frega. «Quante volte devo ripeterti di non perdere tempo al computer?» Fa un cenno verso la mia lista. «Hai ancora un sacco di numeri da chiamare.»

Il signor Palmer è quel genere di uomo che potrebbe rivoluzionare completamente la propria vita se solo si decidesse a cambiare barbiere. Sfoggia un taglio a scodella, di quelli che di solito si vedono sui ragazzini di prima media. Mi verrebbe da dirgli che un taglio a spazzola gli valorizzerebbe la mascella volitiva, ma suppongo sia abbastanza felice con la signora Palmer da non doversi affannare a reinventarsi il look. No, nessuna crisi di mezza età per il signor Palmer.

Odio ammetterlo, ma sono un po' invidiosa. Almeno lui potrebbe darsi una bella ripulita, se solo lo volesse. Un paio di sforbiciate e sarebbe come nuovo. Io invece sono senza speranze.

«Che c'è?» dice il signor Palmer beccandomi a fissarlo.

«Ha dei bei capelli.» Mi giro sulla sedia. Forse mi ero sbagliata, il mio lavoro ha due lati positivi: internet gratis e il fatto di avere a disposizione una sedia girevole.

«Eh?» grugnisce lui.

«Ha dei bei capelli» ripeto. «Ha mai pensato di farsi un taglio diverso?»

«Sai, ho voluto rischiare, assumendoti.» Mi agita il dito rugoso davanti alla faccia. «Tutti in città a dirmi che eri una piantagrane. Per via di...» S'interrompe e distoglie lo sguardo.

Per via di tuo padre, concludo mentalmente. L'interno della bocca mi si riempie di quel gusto amaro e metallico che ho imparato ad associare all'umiliazione. La mia vita può essere tranquillamente divisa in due fasi: prima e dopo che mio padre finisse dentro tutti i telegiornali. Per un attimo, mi concedo di immaginare che piega avrebbe preso la conversazione se non fossi sua figlia. Con ogni probabilità, il signor Palmer non mi tratterebbe come un cane randagio che rovista nella spazzatura. Mi piace pensare che userebbe un po' di tatto con me, ma nessuno lo fa più. E poi ecco che arriva, quel pensiero che tento di cancellare dalla mente. *Non cambierebbe nulla, dentro di te.*

Piego il mento sul petto nel tentativo di scuoterlo via. «Scusi, signor Palmer. Provvedo subito.»

Lui non aggiunge altro; si limita ad alzare lo sguardo verso i tre giganteschi poster luccicanti, attaccati di recente sulla parete di fondo dell'ufficio. Su ognuno compare Brian Jackson in pose diverse – braccia incrociate sul petto, braccia sollevate in segno di vittoria, braccia strette lungo i fianchi mentre corre. Hanno usato Photoshop per levigargli la pelle, ma non c'è stato bisogno d'intervenire sui capelli biondo cenere o sugli occhi blu. E so per esperienza, avendolo incrociato nei corridoi a scuola, che i suoi polpacci sono davvero così massicci. In fondo a ogni poster, le parole "CRESCIUTO A LANGSTON, KENTUCKY, LANCIATO VERSO LE OLIMPIADI" sono scarabocchiate a lettere cubitali rosse.

Il poster non fa riferimento all'altro ragazzo di Langston che si è quasi qualificato per le Olimpiadi. Ma non ce n'è bisogno. Mentre osservo il signor Palmer che studia il poster, so che sta pensando a lui, all'altro. Chiunque veda la fronte sudata di Brian Jackson e i suoi polpacci muscolosi non può fare a meno di pensare a Timothy Jackson, il fratello maggiore. E chiunque veda prima il poster e poi me, penserà di sicuro a Timothy Jackson.

Finalmente il signor Palmer stacca gli occhi dal poster e torna a concentrarsi su di me. Non ce la fa a guardarmi negli occhi, però. Tiene lo sguardo fisso sopra la mia testa mentre si schiarisce la gola. «Senti, Aysel. Forse è meglio se domani resti a casa. Perché non ti prendi un giorno di vacanza?»

Premo i gomiti sul tavolo, nella segreta speranza di sciogliermi nella plastica grigia, in una lega sintetica di polimeri, priva di sensazioni. Sento la pelle che comincia a coprirsi di lividi sotto il peso del corpo e mi metto a canticchiare tra me e me la Toccata e Fuga in re minore di Bach. La mente mi si riempie di note d'organo cupe e potenti, e immagino i tasti dello strumento ridisporsi magicamente come una scala che conduce a un posto solitario e tranquillo. Lontano dalla TMC, lontano dal signor Palmer, lontano da tutti e da tutto. Il signor Palmer sembra scambiare il mio silenzio per confusione, anziché pura e semplice mortificazione. Allunga le mani in avanti, torcendole come se avesse appena finito di sciacquarle. È una reazione che suscito in un sacco di gente, l'istinto di ripulirsi. «Come già sai, domani faremo chiamate per conto del municipio di Langston nel tentativo di incrementare la partecipazione al raduno di sabato per Brian Jackson.» La voce gli s'incrina leggermente e lui lancia di nuovo un'occhiata veloce in direzione del poster, come se l'espressione da atleta concentrato di Brian Jackson potesse aiutarlo a fargli trovare il coraggio di proseguire.

La magia di Brian sembra avere effetto, visto che il signor Palmer ritrova la voce. «Brian rientra a casa dagli allenamenti per il finesettimana e il comune vuole che tutta la città si unisca nel dargli un caloroso benvenuto. E pur sapendo quanto tu ci tenga a dare il tuo contributo, temo che alcuni dei nostri clienti possano sentirsi a disagio, se sei tu a invitarli al raduno, per via, be', per via di tuo padre e...» La voce si abbassa e lui continua a parlare ma farfuglia e io non riesco a capire cosa stia dicendo di preciso. È un misto tra una scusa, una spiegazione e un'accusa.

Mi sforzo di non ridere. Invece di fossilizzarmi sull'assurdità d'essere, a quanto pare, così inutile da non poter fare neanche la centralinista in un call center, decido di concentrarmi sull'uso che il signor Palmer ha fatto della parola "cliente". Direi che le persone che molestiamo quotidianamente non si considerano nostre clienti ma piuttosto delle vittime. E io, grazie a mio padre, sono piuttosto brava a far sentire tutti potenziali vittime.

Rosso in volto e agitato, il signor Palmer si allontana dalla mia scrivania e si mette a camminare avanti e indietro tra le altre file. Dice a Marie di buttare via il chewing-gum e prega Tony di evitare di ungere la tastiera con il grasso dell'hamburger.

Appena si allontana a sufficienza, riapro Dipartite Serene. In poche parole, è una pagina web per gente decisa a farla finita. Ce ne sono un sacco di siti così. Alcuni più sofisticati, altri più specifici per gente che ha già in mente una modalità preferita, tipo morte per soffocamento, o rivolti a un certo genere di persona, come atleti infortunati in depressione o stronzate del genere. Non ne ho ancora trovato uno dedicato alle figlie sgradite di criminali psicopatici, quindi per adesso mi accontento di Dipartite Serene.

Il sito in questione è semplice, senza banner lampeggianti. È tutto bianco e nero. Di classe. Per quanto possa esserlo un sito dedicato al suicidio. Ci sono blog collettivi e forum, che sono la cosa che m'interessa di più. Di recente mi sono particolarmente appassionata a una sottosezione dal titolo "Compagni di Suicidio".

Il problema di fondo, che la maggior parte della gente ignora, è che suicidarsi è davvero difficile. Lo so, lo so. Tutti a ripetere che "il suicidio è la via di fuga del codardo". E forse hanno ragione. Voglio dire, io sto gettando la spugna, mi sto arrendendo. Scappo dal buco nero che è il mio futuro, impedisco a me stessa di trasformarmi nella persona che ho il terrore di diventare. Ma il fatto che sia un gesto da codardi non significa che sia semplice.

Il punto è che temo che il mio istinto di sopravvivenza abbia la meglio. È come se la mia mente depressa e il mio corpo pieno di vita fossero in continuo contrasto tra loro. Ho paura che all'ultimo il corpo riesca a spuntarla, mosso da qualche reazione istintiva, e a quel punto avrò fallito.

Niente mi spaventa più di un tentativo mancato. L'ultima cosa che voglio è ritrovarmi su una sedia a rotelle e ingurgitare pappette, sorvegliata ventiquattr'ore su ventiquattro da qualche energica infermiera affetta da dipendenza da reality strappalacrime.

Ed è per questo che ultimamente mi sono messa a curiosare nella sezione Compagni di Suicidio. Più o meno funziona che t'inventi l'ennesima triste scusa per qualcuno che vive dalle tue parti e poi vi mettete a programmare insieme la fine. È una specie di suicidio incoraggiato e, da quanto ho capito, funziona. Io ci metterei la firma.

Do un'occhiata ad alcuni dei messaggi postati. Niente che possa andare bene per me. O sono troppo lontani (chissà perché c'è così tanta gente in California che vuole farsi saltare le cervella? Vivere al mare non dovrebbe rendere più felici?) o fuori target (non mi va di mescolarmi a qualche adulto con problemi matrimoniali – le mamme stressate per gli allenamenti di calcio del figlio non fanno per me).

Valuto se postare io stessa un annuncio, ma non saprei cosa dire. E comunque, non c'è niente di più triste che darsi da fare per trovare un partner e sentirsi rispondere picche. Mi guardo alle spalle e vedo il signor Palmer qualche fila più in là. Sta facendo un massaggio a Tina Bart. Come sempre. Forse con la signora Palmer non è così felice come pensavo.

Mi becca a fissarlo e scuote la testa. Lanciandogli la mia smorfia più dolce, alzo la cornetta e digito il prossimo numero sulla lista: Samuel Porter, residente in Galveston Lane.

Mentre resto in ascolto del solito squillo, sento il computer fare *bip*. Maledizione. Dimentico sempre di togliere il volume.

Laura, la signora di mezza età che lavora accanto a me e che sfoggia un rossetto fin troppo acceso per la sua carnagione livida, mi guarda perplessa.

Mi stringo nelle spalle. «Credo sia il software che fa l'update» mimo con la bocca.

Lei alza gli occhi al cielo. Laura, a quanto pare, è una cazzate-detector umana.

Il signor Samuel Porter non risponde. Forse non ha granché voglia di piña colada. Riattacco e torno su Dipartite Serene. Il *bip* era perché qualcuno ha postato un nuovo messaggio sul forum Compagni di Suicidio. Il titolo è "7 aprile". Lo apro.

Devo ammettere che ho sempre pensato fosse da stupidi. L'obiettivo nel togliersi la vita è di restare soli per sempre, perciò non ho mai ben capito perché uno dovrebbe volerlo fare con altri. Ma adesso ho cambiato idea. Ho paura di tirarmi indietro all'ultimo o cose del genere. C'è anche dell'altro, ma non mi va di parlarne qui.

Ho solo alcune richieste. Primo, non voglio farlo con qualcuno che abbia dei figli. Sarebbe troppo pesante per me da gestire. Secondo, la persona deve vivere a non più di un'ora da casa mia. So che la cosa potrà risultare complicata visto che abito in mezzo al nulla, ma per adesso è così. E terzo, andrà fatto il 7 aprile. Sulla data non transigo. Scrivetemi per maggiori info.

FrozenRobot

Do un'occhiata al profilo di FrozenRobot, sforzandomi di non giudicarlo dal nickname. Però, FrozenRobot? Va bene che la gente da queste parti è un po'... okay, diciamo pure un sacco emotiva, ma insomma. Un po' di dignità.

A quanto pare, FrozenRobot è un lui. Ha diciassette anni, quindi solo uno in più di me. Il che va benissimo. Ah, ed è anche di Willis, Kentucky – circa quindici minuti da qui.

Avverto un brivido lungo la schiena e ricordo vagamente il significato della parola entusiasmo. FrozenRobot ha un tempismo perfetto. Forse, per la prima volta in vita mia, mi sento fortunata. Sarà un segno del destino. E se l'unica botta di fortuna in vita tua è quando stai pianificando di suicidarti, significa che è davvero ora di togliere il disturbo.

Rileggo il messaggio. Il 7 aprile potrebbe andar bene. Oggi è il 12 marzo. Dovrei farcela a resistere un altro mesetto, anche se ultimamente le giornate sembrano eterne.

«Aysel» chiama di nuovo il signor Palmer.

«Sì?» rispondo, quasi senza prestargli attenzione.

Si piazza dietro di me e batte con il dito sullo schermo del computer. Tento di chiudere la finestra. «Senti, quello che fai nel tempo libero sono fatti tuoi, ma che resti fuori di qui. Capito?» La voce gli si affloscia come la seduta di un vecchio divano. Mi farebbe pena, se avessi ancora un po' di compassione per qualcuno all'infuori di me.

Magari mi sbaglio, ma scommetto che il signor Palmer non ha idea di cosa sia Dipartite Serene. Penserà a un sito di fan di heavy metal. Mi conosce talmente poco da non sapere che invece amo la musica lenta e strumentale. I genitori non gli hanno insegnato a non giudicare dalle apparenze? Solo perché sono una sedicenne con i capelli ricci e ribelli che indossa sempre magliette scure a righe non significa che non possa apprezzare un bell'assolo di violino o un carezzevole concerto per pianoforte.

Appena lui si allontana, sento Laura sbuffare. «Be'?» dico.

«Non ce l'hai internet a casa?» domanda lei, scura in volto. Sorseggia il caffè gratuito, il bordo della tazza di plastica macchiato dal suo orribile rossetto lampone acceso.

«E tu non ce l'hai una caffettiera a casa?»

Lei alza le spalle e, proprio quando penso che la conversazione sia finita, aggiunge: «Senti, sul lavoro non si va sui siti d'incontri. Fallo a casa tua. Finirai per metterci tutti nei guai».

«Okay.» Abbasso lo sguardo sulla tastiera. Inutile tentare di spiegare a Laura che non sono in cerca di appuntamenti, o almeno non di quel genere.

Fisso le briciole di cracker incastrate tra i tasti F e G, ed è lì che prendo la decisione. Risponderò a FrozenRobot.

Abbiamo un appuntamento: il 7 aprile.

Mercoledì, 13 marzo

meno 25 giorni

L'unica materia che mi piace davvero è fisica. Non sono un genio della scienza, ma è la sola che possa fornire qualche risposta alle mie domande. Fin da piccola, sono sempre stata affascinata dal funzionamento delle cose. Smontavo i giocattoli per vedere come combaciavano le parti interne. Analizzavo i vari pezzi, staccando il braccio a una bambola (la mia sorellastra, Georgia, non ha mai digerito l'autopsia che ho effettuato sulla sua Barbie Ballo di Fine Anno) o le ruote di una macchinina. Una volta ho smontato la sveglia di mio padre. Lui è arrivato e mi ha trovata seduta sulla moquette beige sbiadita, con le pile che mi rotolavano attorno alle scarpe da ginnastica.

«Che stai facendo?» mi ha domandato.

«La rompo per capire come aggiustarla.»

Mi ha messo la mano sulla spalla (ricordo le sue mani grandi, con le dita lunghe e robuste, che mi facevano sentire impaurita e protetta al tempo stesso) e ha detto: «Sai, Zellie, ci sono già tante cose rotte nel mondo. Meglio non andare in giro a fracassarne altre solo per divertimento». La sveglia è rimasta smontata per anni, finché poi non l'ho buttata.

Ad ogni modo, la fisica mi sembra quantomeno utile. A differenza dell'ora di letteratura, in cui leggiamo solo poesie di poeti depressi. Poco stimolante. Il professor Marks fa sempre un sacco di giri di parole, tentando di decifrare cosa volessero veramente dire. Secondo me è chiarissimo: sono depresso e voglio morire. È triste vedere i miei compagni intenti a vivisezionare ogni singolo verso nel tentativo di trovarci un significato. Non c'è nessun significato. Chiunque ci sia passato, sa che non c'è niente di bello, letterario o misterioso nell'essere depressi.

È come un senso di pesantezza di cui non sai liberarti. Ti schiaccia, trasformando anche il più piccolo gesto – allacciarsi le scarpe o addentare una fetta di pane tostato – come una mezza maratona in salita. È parte di te. Ti penetra nelle ossa e ti scorre nel sangue. Se c'è una cosa che ho capito, è questa: non ti lascia via d'uscita.

E penso di saperne molto più dei miei compagni. Sentirli discutere al riguardo, mi fa venire la pelle d'oca. Quindi, per me, l'ora di letteratura è come osservare un gruppetto di scoiattoli ciechi in cerca di ghiande. Il professor Marks dice sempre: «Analizziamo un po' questo verso. Qui il poeta John Berryman dice: "La vita, amici cari, è noiosa". Secondo voi, cosa intendeva dire?».

I miei compagni si lanciano in risposte assurde tipo: «Che non aveva nessuno con cui uscire il sabato sera» oppure: «Era finito il campionato di football e non c'era niente di bello in TV».

Mi tocca fare uno sforzo sovrumano per non alzarmi in piedi e gridare: "Era triste, cazzo. Punto e basta. Sa che la vita non cambierà mai per lui. Che niente lo farà stare meglio. Sarà sempre la stessa monotona, deprimente merda. Noia, tristezza, noia, tristezza. Vuole farla finita". Ma questo significherebbe parlare in classe, il che violerebbe uno dei miei principi di base. Io non partecipo mai alle discussioni. Perché? Perché sono triste. A volte Marks mi lancia un'occhiata, come se intuisse che so cosa John Berryman volesse dire, ma non m'interpella mai.

Perlomeno nell'ora di fisica i miei compagni non tentano di rendere inutilmente complicato ciò che non lo è. Anzi, in fisica ci sforziamo di semplificare le cose complesse.

Il professor Scott scrive un'equazione alla lavagna. Stiamo lavorando sulle traiettorie. Studiamo le proprietà di un corpo in movimento sotto l'influenza della sola forza di gravità. Ci sono diverse variabili, come l'angolazione da cui viene lanciato l'oggetto e la velocità iniziale.

La vista mi si appanna. Troppi numeri. Mi metto a riflettere sulla forza di gravità. A volte mi domando se sia quello il vero problema. Ci tiene tutti inchiodati a terra, dandoci un falso senso di stabilità, mentre in realtà siamo solo corpi in movimento. Ci impedisce di fluttuare nello spazio, di sbattere involontariamente gli uni contro gli altri. Impedisce al genere umano di trasformarsi in un unico ammasso caldo e informe.

Vorrei che la forza di gravità sparisse e noi potessimo davvero diventare un unico ammasso informe.

Purtroppo, non è questa la risposta corretta alla domanda che il professor Scott sta ponendo.

«Aysel, sai dirmi qual è il punto più alto raggiunto dal pallone?»

Non sapevo neanche che il corpo in questione fosse un pallone. Lo guardo con occhi fissi e vuoti.

«Aysel» mi sprona lui. Pronuncia il mio nome con l'accento che avrà acquisito circa un miliardo di anni fa quando ha studiato spagnolo al liceo. Il problema è che il mio non è un nome ispanico ma turco. Scott ormai avrebbe dovuto imparare a fare due più due.

«Ehm...» farfuglio.

«Ehm? Signorina Seran, "ehm" non è una risposta numerica.» Scott si appoggia contro la lavagna.

Cosa che fa ridere la classe. Lui si schiarisce la gola, ma è inutile. Ormai ha perso il controllo della situazione. Li sento sussurrare insulti vari, ma al mio orecchio arrivano come sibili indistinti. Qualunque cosa dicano, sarà comunque meglio di quello che immagino la notte, sdraiata nel letto, a riflettere se sia fisicamente possibile strapparsi via a unghiate il proprio codice genetico.

Suona la campanella. Il professor Scott bofonchia qualcosa riguardo ai compiti. Quasi tutti escono dall'aula senza neanche scriverlo sul diario. Io resto seduta a prenderne diligentemente nota. Scott mi fa un sorriso triste e io mi domando se sentirà la mia mancanza quando non ci sarò più.

Appena l'aula si è svuotata, mi alzo ed esco. Cammino lungo il corridoio, lo sguardo incollato al pavimento piastrellato e sporco. Mi sforzo di accelerare il passo. Non c'è cosa peggiore della lezione di educazione fisica che arrivare tardi in palestra – non sono propriamente in vena di fare giri di corsa extra. La professoressa Summers ci ripete sempre che correre rafforza il cuore, così vivremo più a lungo. Niente giri extra per me, grazie.

È la parte che odio di più della giornata. Non perché immagini addominali o terribili partite a palla avvelenata. Non è quello. È che mi tocca passare accanto alla famigerata targa – il monumento testamentario al crimine di mio padre.

Faccio sempre di tutto per non buttarci l'occhio, ripetendo a me stessa di tenere la testa bassa e di svoltare subito all'angolo. Ma è più forte di me. Alzo lo sguardo e la osservo. Sento il respiro che mi si blocca in gola. Eccola, la scintillante targa d'argento in memoria di Timothy Jackson, ex campione regionale nei 400 metri piani. La targa è delle dimensioni di un grosso vassoio da portata ed è appesa sulla parete subito fuori dalla palestra, a ricordare a tutti che Timothy Jackson sarebbe stato il primo abitante di Langston ad accedere alle Olimpiadi, se non fosse morto tragicamente all'età di diciotto anni.

Ciò che la targa non specifica (ma tanto valeva farlo) è che è stato mio padre a causarne la morte. Eh già, mio padre è il superuomo che ha stroncato i sogni olimpici dell'intera nostra cittadina. Ogni anno, in occasione del compleanno di Timothy, il telegiornale fa uno speciale per evitare che qualcuno possa dimenticarsi di lui. Sono tre anni che è morto e, credetemi, non c'è una sola persona che rischi di dimenticarsi della faccenda. Specie ora che Brian Jackson è in lizza per qualificarsi nei 400 metri piani. Sì, stessa identica categoria. Brian sta tentando di realizzare il sogno che il fratello maggiore non è stato in grado di compiere – i media locali non parlano d'altro, e lo stesso vale per i corridoi della mia scuola.

Costringo i piedi a passare accanto alla targa ed entro nella palestra, stringendo i pugni lungo i fianchi. Mentre il sole si riflette sul pavimento di legno lucido, io mi domando che fine faranno tutto l'odio, la rabbia e la paura dei miei compagni quando non mi avranno più sotto tiro.

Non vedo l'ora di sparire dalla circolazione.

Mercoledì, 13 marzo

meno 25 giorni

Al rientro da scuola, vedo mamma seduta al tavolo da pranzo. La nostra cucina è piccola e stretta e, allargando le braccia, si possono toccare entrambe le pareti color menta con il palmo della mano. Mamma sta passando in rassegna le bollette, il collo teso per la concentrazione, ma non appena sente la porta si volta a guardarmi. Ed eccola lì. La solita espressione con cui mi accoglie da tre anni a questa parte. Un misto di imbarazzo e disapprovazione.

Fino a tre anni fa, trascorrevo la settimana con mio padre e i weekend con mia madre. Ma quando lui è stato sbattuto in carcere, mamma ha dovuto per forza prendermi in casa con lei e Steve.

Prima del crimine di mio padre, mi guardava con un misto di affetto e nostalgia, quasi fossi uno specchio della sua vita passata, un ricordo dolceamaro. Gli occhi scuri e a mandorla le si velavano di lacrime. Inclinava la testa in avanti, con i capelli lisci e castani che le ricadevano sulle spalle esili, e mi stringeva forte le mani come se, aggrappandosi a me, io potessi trasportarla indietro nel tempo. Era un po' come essere il suo livido permanente. Non di quelli che fanno male, ma un livido dolce, fatto di ricordi melanconici.

La cosa non m'infastidiva. In fondo, mi piaceva essere la porta d'accesso alla sua vita passata, il suo legame con la Turchia, mio padre, la sua giovinezza.

Tre anni fa è cambiato tutto. Drasticamente. Ora abito con lei, Steve, Georgia e Mike. Non lo ammetterebbe mai, ma sono un'intrusa nella loro casa felice. Un parassita. Sono passata da livido a ferita aperta e purulenta. Non sempre l'evoluzione è un fatto positivo.

«Sei uscita prima» dice. Giorno dopo giorno, il suo accento si fa sempre meno turco e sempre più americano. Ma "americano" non è la parola giusta. L'accento del Kentucky è più simile alla musica country. Certamente meno affascinante rispetto agli altri accenti del Sud. Meno *Via col vento*, più pollo fritto grasso e unto. Mi sono sforzata un sacco di non prenderlo. Ma adesso mi domando (visto che tanto non supererò i sedici anni) che senso abbia avuto imparare a esprimersi in modo normale.

«Oggi non devo lavorare.» Non specifico che mi è stato detto di non presentarmi in ufficio per evitare di far sentire i clienti "a disagio". Il signor Palmer è un vero genio degli eufemismi. Lui e mia madre andrebbero probabilmente d'accordissimo, visto che lei continua a riferirsi alla faccenda di mio padre con l'espressione "quello spiacevole incidente". O perlomeno faceva così. Ultimamente ha cominciato a fingere che non sia mai successo. Come se il fatto stesso di non parlarne potesse cancellarlo. Ehi, ho una notizia per te: non funziona.

Georgia entra spedita in cucina. Appoggia i pompon sul tavolo di legno coperto di graffi. Ha i capelli color miele stretti in una coda di cavallo. «Vieni anche tu alla partita stasera, no?»

La domanda è rivolta a mamma, non a me. Io sono invisibile.

Georgia è la mia sorellastra. Per parte di madre, ma a guardarci non si direbbe.

«Vedrò di farcela» dice mamma. Traduzione: l'inferno congelerà quando mamma si perderà una partita di basket del liceo di Langston dove Georgia fa la cheerleader. La mia sorellastra è solo in prima, ma è già entrata nella squadra ufficiale della scuola. A quanto pare è un vero fenomeno. Anche se, a differenza di altri ambiti sportivi in cui la formazione delle squadre si basa sul talento, nel caso delle cheerleader mi sembra che ruoti attorno alla taglia del reggiseno.

«Siamo ai play-off» le ricorda Georgia. Il tono è pacato, tipico di chi è abituato ad avere la situazione sotto controllo, a ottenere tutto quello che vuole. Georgia è una fuoriclasse in questo. È sempre stata calcolatrice. Quando è successo il fattaccio di mio padre, si è ritrovata coinvolta suo malgrado, ma è riuscita a ribaltare la situazione a suo favore.

Ricordo che un giorno, alcuni mesi dopo la sentenza, la vidi parlare con un ragazzo nel corridoio. Mi nascosi dietro l'angolo a spiarli. Ero pronta a intervenire per aiutarla, ma il fatto è che lei non ha mai avuto bisogno del mio aiuto.

«Sì» rispose alla domanda del ragazzo, che non avevo fatto in tempo a sentire. Giocherellava nervosa con la collanina di conchiglie che le avevo regalato per il compleanno due anni prima. «Aysel è mia sorella, ma lui non è mio padre.»

«Ma tu l'hai conosciuto?» le chiese il ragazzo, intrigato. Fissavo la nuca di lui, ciuffi color grano chiaro, e riconobbi Todd Robertson, un tizio della mia età che a detta di tutti assomiglia al romantico protagonista del film di vampiri, campione d'incassi di quell'estate. Georgia all'epoca era in prima media, ma dal modo in cui le brillavano gli occhi nel fissarlo, intuii che sapeva esattamente chi fosse lui.

La osservai arricciare il naso mentre rifletteva sulla domanda. «Sì, un paio di volte.»

«Davvero?» la incalzò Todd, sperando evidentemente in qualche scoop.

«Oh sì» confermò lei. «Era praticamente di casa.» Todd le si avvicinò.

«Ho un sacco di aneddoti assurdi da raccontare, se vuoi» aggiunse lei, flirtando allusiva.

Mi faceva infuriare che fosse disposta a barattare i nostri "segreti" di famiglia in cambio di un po' di popolarità, ma alla fine me ne feci una ragione. Georgia è così, ormai l'ho messo in conto. E comunque, non puoi biasimare una persona se tenta di voltare pagina.

Lo stesso vale per certe mie ex amiche, non che ne abbia mai avute molte. La maggior parte si è dileguata all'istante non appena a scuola si è sparsa la notizia del delitto di mio padre, ma qualcuna si è sforzata di restarmi accanto. Specie Anna Stevens, la mia ex migliore amica. Quando è successo il fatto, ha tentato in tutti i modi di darmi conforto ma io l'ho respinta. Sapevo che era meglio anche per lei lasciarmi perdere, anche se non voleva. Mi piace pensare di averle fatto un favore, in fin dei conti.

Georgia gira disinvolta attorno al tavolo di cucina e va a sedersi. «Mi sa che abbiamo ottime probabilità di vincere, stasera. Potrebbe essere una partita storica. Non puoi mancare, mamma!»

C'è una lunga pausa nella conversazione. Nostra madre fa un respiro profondo e dice: «Perché non vieni con me?».

Mi volto indietro, convinta che sia comparso Mike, il mio fratellastro minore, anche se non è da lui arrivare senza farsi sentire. Non fa che palleggiare ovunque con il pallone da basket, anche se mamma gli ha detto milioni di volte di non farlo. A me però non dà fastidio.

«Parli con me?» domando in tutta sincerità.

Georgia non apre bocca ma vedo la sua faccia contorcersi come se avesse appena trangugiato del latte acido. Non oserebbe mai insultarmi davanti a mamma, però ce la mette tutta per farmi capire che non vuole che io venga. Cosa volete che vi dica? Mi sono guadagnata valutazioni stellari nel settore "imbarazzo".

«Sì, parlo con te» dice mamma, e colgo una leggera incertezza nella voce. A volte sono convinta che persino mia madre abbia paura di me.

«Grazie dell'invito, ma ho un sacco di compiti.» Mi dirigo verso la dispensa e tiro fuori una barretta ai cereali e gocce di cioccolato. È strano, lo so. Ma a volte mi viene una fame da lupi. È quasi come se volessi ingurgitare più cose possibili nel tentativo di colmare il vuoto che ho dentro. Altre volte, devo quasi obbligarmi a smangiucchiare mezza fetta di pane tostato.

Ma anche se oggi non ho granché fame, prendo la barretta più per fare scena che altro. Non voglio dare altre preoccupazioni a mia madre. So che continua a studiarmi, neanche troppo velatamente, in cerca di un segnale, un'avvisaglia sul mio dubbio stato mentale. Faccio del mio meglio per tenerle tutto nascosto. Quando me ne sarò andata, non voglio che si senta in colpa, tormentata dal pensiero che avrebbe potuto fare qualcosa.

«In bocca al lupo per stasera.» Faccio a Georgia un saluto fintissimo con la mano e imbocco le scale, diretta alla mia stanza. O meglio, la nostra stanza. Ma dato che stasera lei sarà alla partita, l'avrò tutta per me. Appena arrivata in camera, m'infilo a letto. Mi tiro il piumone grigio antracite fin sopra la testa e faccio finta di essere nel mezzo dell'oceano, con le onde che s'infrangono su di me, i polmoni che si riempiono d'acqua e il mondo intero che si oscura. Tento di immaginare la mia energia potenziale trasformarsi prima in energia cinetica e poi in nulla. Mentre canticchio il Requiem di Mozart, mi domando cosa proverò quando tutto sarà buio e calmo per sempre. Chissà se sentirò dolore o se all'ultimo avrò paura. Spero solo che finisca in fretta. E che ci sia pace.

7 aprile, penso fra me e me. Non manca tantissimo.

A volte lo considero un segno della mia totale follia, il fatto di ostinarmi a cercare conforto nella musica classica, visto che è stato proprio mio padre a farmela scoprire. Lui la adorava. Bach, Mozart, tutti. Le vecchie audiocassette sono tra le poche cose che si era portato dietro quando è sbarcato in America. Da piccola, ne infilava sempre una nel vecchio stereo che teneva sul bancone del minimarket e mi raccontava qualche episodio della sua infanzia, quando giocava a scacchi con suo padre su una lastra liscia di alabastro o quando provava le scarpe alla gente nel negozio dello zio. E mentre lui parlava, io danzavo in giro per il minimarket, muovendomi goffa sulle note che salivano e scendevano a ritmo cadenzato.

Poi un giorno mi prese da parte. «Ascolta bene, Aysel» mi disse, gli occhi scuri spalancati e fissi. «Tutte le risposte sono in questa musica. Le senti?»

Io tesi l'orecchio. Sforzandomi di cogliere e memorizzare ogni singola nota. Le risposte non le ho mai sentite, ma allora annuii lo stesso. Non volevo che lui si arrabbiasse e spegnesse la musica, o si chiudesse per ore in camera da letto come faceva a volte. Con mio padre bisognava sempre andarci cauti, era come pattinare sul ghiaccio – divertente finché stavi in equilibrio, ma era facilissimo scivolare.

Stringo forte gli occhi e allontano il ricordo dalla mente. Mi rigiro nel letto, canticchiando all'infinito il Requiem di Mozart, ma riesco a trovare un'unica risposta nelle note: 7 aprile.

Le pareti della nostra vecchia casa di legno sono sottili, sento mamma e Georgia trafficare in cucina. Me le immagino abbracciate. Georgia che si stringe attorno alla vita sottile di nostra madre e mamma che le passa le dita tra la coda di cavallo lucente. Unite a incastro, in sintonia, com'è giusto che sia tra madre e figlia. A differenza di me. Io sono sempre stata troppo spigolosa, troppo tagliente.

Dovrebbero scriverlo sulla mia tomba: Aysel Leyla Seran, Ragazza Inadeguata.

E visto che mi sono sempre sentita così, anche prima che mio padre uscisse di testa, e più che mai dopo, la vita di mia madre non potrà che migliorare senza di me. Quando non ci sarò più, non le toccherà ripensare a mio padre vedendo il mio naso aquilino o i capelli neri e ricci. O le guance tonde e le fossette. So che sono soprattutto queste a turbarla. Per fortuna, si notano solo quando sorrido e ultimamente mi capita piuttosto di rado.

Senza di me, non dovrà più restare sveglia la notte a preoccuparsi che mio padre possa avermi trasmesso il gene del crimine, e che un giorno o l'altro io faccia saltare in aria la scuola. So che non ce la farebbe a rivivere tutto daccapo – la polizia, i media, i commenti della gente. So che tenta di non pensarci, ma sotto sotto si vede che fatica a liberarsi dalla paura e dal dubbio. Le occhiate circospette e le domande caute ma penetranti sono solo un modo per tentare di stabilire se io sia realmente un caso clinico o no.

Vorrei poter dire che ho la certezza di essere diversa da mio padre. Che il mio cuore batte a un ritmo diverso, che il sangue circola a un'altra velocità. Ma non posso esserne sicura. Forse la tristezza precede la follia. Forse io e lui condividiamo la stessa energia potenziale.

So solo che non ho intenzione di vivere abbastanza a lungo da scoprire se diventerò mai un mostro come mio padre. Sarebbe un peso insopportabile per mia madre.

E per il mondo intero.

Mercoledì, 13 marzo

meno 25 giorni

L'unico aspetto positivo della partita di Georgia è che avrò la casa tutta per me, il che significa che potrò usare il computer. Di solito non posso. O perlomeno, non senza avere gli occhi di qualcuno puntati addosso. In famiglia ne abbiamo solo uno ed è un rottame. È lento come una lumaca e ha la tastiera perennemente appiccicosa per tutti i succhi di frutta che Mike ci sgocciola sopra.

Anche se mamma considera Steve l'uomo dei suoi sogni (un businessman ricco e di successo), in realtà lui fa l'operaio giù all'azienda che produce dentifricio. In pratica, la Sparkle, sottomarca di dentifrici e collutori, è la ditta attorno cui ruota l'intera economia di Langston. Certo, il suo è un lavoro onesto e per adesso non è ancora finito dietro le sbarre, a differenza di mio padre. Ma non significa che possa permettersi di comprarci un portatile nuovo a testa, quindi eccoci con questo catorcio.

Ma stasera ce l'ho tutto per me.

Vado su Dipartite Serene. Ci mette una decina di minuti solo per aprire la homepage – Steve ritiene ugualmente inopportuno pagare per la fibra ottica. Una volta eseguito l'accesso, vedo che ho un messaggio da FrozenRobot:

Se sei davvero intenzionata a farlo, fissiamo data e luogo per un incontro. Ma devi essere convinta. Non voglio sorprese.
Roman

È assurdo che uno che si spaccia per FrozenRobot mi accusi di essere poco seria. A quanto pare il suo vero nome è Roman. Non so se sia meglio o peggio del nickname. Resisto alla tentazione di fare una battutaccia su *Giulio Cesare*.

Gli rispondo, senza giochi di parole shakespeariani:

Più seria di così si muore... No, dico davvero, non sono una che parla a vanvera. Come ti ho scritto, sono di Langston. Dove possiamo incontrarci?

Resto loggata sul sito ancora per un po'. A quanto pare i compagni di suicidio ElmoRains e TBaker14155 hanno fatto il grande passo. Non so come SovietSummer231 sia riuscito a scovare quest'informazione, ma spero che la cosa tra me e FrozenRobot vada altrettanto a buon fine. Ho un brivido e mi viene un nodo in gola. Dio, è tutto così assurdo. Mi metto a fissare il soffitto in soggiorno. Se solo avessi abbastanza fegato da impiccarmi. Se trovassi il coraggio di farlo, non dovrei nemmeno preoccuparmi di star dietro a questo sito.

Il catorcio emette un suono simile a un campanello. Mi chino in avanti e vedo che FrozenRobot mi ha risposto. Mi sa che neanche lui bazzica molto le partite sportive. Apro il messaggio:

Che ne diresti di domani pomeriggio alle 5:30? Possiamo incontrarci al chiosco di bibite sulla Statale 136. Hai presente? Dovrebbe essere dalle tue parti. Avrò un berretto rosso per farmi riconoscere.

Mi lascia un po' perplessa che FrozenRobot, ovvero Roman, abbia in mente un posto così affollato per incontrarci. Vorrà dire che non è un serial killer, uno stupratore o roba del genere. Anche se poi, non sarebbe così male come idea. Perlomeno la farei finita subito. A meno di non imbattersi in uno di quelli a cui piace torturare le vittime. In quel caso non funzionerebbe. Non voglio una morte lenta ma una cosa rapida e istantanea. Ecco quanto sono coraggiosa.

Gli dico che domani alle cinque e mezza davanti al chiosco per me va bene. Domani finisco di lavorare alle cinque, perciò basta mentire a mamma e dirle che lavorerò fino a tardi. Non è un problema. Il posto scelto da Roman non mi fa impazzire ma non mi va di fare subito la difficile. Il chiosco è un punto di ritrovo che va per la maggiore tra quelli dell'età di mia sorella. C'è sempre il pienone dopo le partire di basket e di football. Le cheerleader si smezzano un frappè e i giocatori di basket ingurgitano patatine coperte di *chili* e formaggio. Da vomito.

Ovviamente non è posto per me. Non che altri lo siano.

Spengo il computer e vado di sopra. Tiro fuori dallo zaino il libro di fisica. È strano, ma più mi avvicino alla morte, più ho voglia di imparare. Diciamo che non mi va di crepare da perfetta idiota. Apro il quaderno e trascrivo i problemi alla fine del capitolo che ci ha assegnato il professor Scott.

Iniziamo l'unità sulla conservazione dell'energia. A detta del professor Scott, niente si crea né si distrugge, ma si trasforma. L'energia potenziale può diventare energia cinetica e poi di nuovo potenziale, ma non può mai svanire del tutto. Il che non ha molto senso per me. Rileggo da capo il primo problema assegnato: «Un paracadutista ha una massa di 65 kg e si trova su un aereo che vola a una quota di 600 metri da terra. Qual è l'energia potenziale del paracadutista prima di gettarsi dall'aereo?».

La matita mi trema tra le dita e resisto alla tentazione di rosicchiare il gommino. Non è il problema in sé a infastidirmi. Conosco la formula da applicare, e la calcolatrice fa il resto. Ma il punto è che non capisco dove vada a finire tutta quell'energia dopo morti, se non è possibile distruggerla.

Lo stomaco mi si chiude al solo pensiero.

Scrivo una mia versione del problema: "Aysel Seran, anni 16, penzola dal soffitto a un'altezza di 230 cm. Pesa 52 kg. Quanta energia potenziale contiene? E che fine fa quando lei muore? In cosa si trasforma?".

Un cadavere possiede ancora dell'energia potenziale oppure l'energia diventa qualcos'altro? Non può sparire nel nulla e basta?

È questa la domanda a cui non so rispondere. La domanda che mi attanaglia.

Giovedì, 14 marzo

meno 24 giorni

Non ho una macchina mia, ma ne ho una che posso usare per andare al lavoro. La vecchia Ford Taurus puzza di fast food e ha i sedili tutti strappati, ma il motore tira ancora, quindi per me va più che bene. Steve l'ha comprata qualche anno fa da un suo amico. Quando Georgia compirà sedici anni, diventerà sua. Il bello è che, una volta che sarò sparita dalla circolazione, non mi toccherà dividerla con lei.

Uscendo dal parcheggio della TMC, svolto a sinistra e mi dirigo verso la Statale 136. Il manto stradale è pieno di buche. Nessuno da queste parti vuole pagare le tasse per ripararlo. È un peccato perché sarebbe un bel percorso panoramico, visto che costeggia il fiume. Non che l'Ohio sia questo granché. È fangoso, inquinato ed è stato segnato da vicende terribili, ma per quanto schifoso, un fiume ha sempre un che di magico per il solo fatto di essere sempre in movimento. I fiumi non restano mai paralizzati.

Subito dopo il fattaccio di mio padre, fantasticavo spesso di galleggiare lungo l'Ohio. Immaginavo di costruirmi una zattera e di lasciarmi trasportare senza meta dalla corrente fino a sfociare nel Mississippi, e lì pensavo che ci sarebbe stata una bella famiglia ad accogliermi. Me la immaginavo formata da una coppia senza figli, felicissima di ritrovarsi con una ragazzina da crescere. Non avrebbero saputo niente di mio padre e di quello che aveva fatto. Mi avrebbero voluto bene, avrebbero fatto sparire i cattivi pensieri.

Alla fine la zattera non l'ho costruita. E ora so per certo che nessuno riuscirà mai più a farli sparire.

Mentre procedo lungo la statale, rifletto sul fatto che questa strada collega Langston a Willis. Collega FrozenRobot, chiunque lui sia, a me. Impossibile stabilire dove finisca Langston e dove cominci Willis – a separarle c'è solo questo tratto di strada malridotto, incastrato tra il fiume fangoso da un lato e le erbacce dall'altro. Sono entrambe due piccole cittadine in mezzo al nulla, piene di vecchie case pericolanti, panchine di legno marcio e monumenti alla Guerra Civile arrugginiti. Hanno entrambe una stazione di servizio e l'anno scorso l'apertura di un Wal-Mart a Langston è stata un evento. Si spacciano anche per pittoresche, nel tentativo di convincere i viaggiatori a fermarsi e a ordinare qualcosa da bere al vecchio fast food sulla strada principale o a farsi una foto accanto alla grande fontana di bronzo che sorge davanti al municipio. Ma nessuno va a Langston o a Willis di proposito. Sono posti da attraversare, non da visitare.

Quando avvisto il chiosco delle bibite, mi accorgo che è piuttosto affollato. Stasera il liceo di Langston non gioca, ma quello di Willis forse sì. Parcheggio nello spiazzo di ghiaia e resto seduta al volante per qualche minuto. Faccio un paio di respiri profondi e mi allento il colletto della maglietta a righe. Il cuore mi rimbalza contro la cassa toracica, una sensazione che avrei associato più a un primo appuntamento. Non che ne abbia mai avuti, se si esclude un giro al centro commerciale in prima media, in cui il mio supposto cavaliere si ingozzò di Pringles e mi imbrattò di paprika tutta la maglietta nuova di zecca.

Ma non ha senso agitarsi. È chiaro che questo ragazzo è un perdente, proprio come me. Abbiamo bisogno l'uno dell'altra. Mi guardo furtiva nello specchietto retrovisore e mi sento subito un'idiota a perdere tempo a pensare come sto. Non è mica un'audizione per diventare Miss FrozenRobot.

Un colpetto sul finestrino mi fa sussultare. Vedo un ragazzo più o meno della mia età che mi fissa. Ha un cappellino rosso. Si piega in avanti e bussa di nuovo al finestrino.

Lo abbasso.

«ALS0109?»

È il mio nickname su Dipartite Serene. Dovrei dirgli qualcosa, ma ho la bocca che sembra piena di cotone. Resto a fissarlo, inebetita.

Si schiarisce la gola e abbassa lo sguardo. «Oh, scusami. Mi sa che ho sbagliato persona.»

«No» riesco a squittire. «Sono Aysel.»

Lui inarca le sopracciglia, creando una stella di rughe in mezzo alla fronte. Si leva il cappellino rosso e se lo tiene lungo il fianco.

«ALS0109» spiego.

Le labbra gli s'increspano in un mezzo sorriso. Penso siano tre anni che ho smesso di sorridere. FrozenRobot dovrebbe rivedere le sue scelte di vita. Forse non è così depresso come crede.

«Non vorrai mica tirarti indietro, vero?» chiede lui, scrutando l'interno dell'auto. Mi domando se abbia notato tutte le buste del fast food buttate sotto il sedile.

Cosa diavolo te lo fa credere? penso, afferrando il volante. Sono quasi tentata di premere sull'acceleratore e schizzare via. Mi ha preso alla sprovvista. Me lo aspettavo diverso. Completamente. Non è un ragazzo macilento e brufoloso di quelli che non vedono mai la luce del sole. No. FrozenRobot non sembra affatto "frozen", congelato. È alto, stile giocatore di basket, capelli castani rasati e profondi occhi color nocciola. Magro, ma non da rammollito. Diciamo che si potrebbe definire esile. Un po' goffo, forse. Ad ogni modo: è diversissimo da come me l'ero immaginato.

«Ehi» dice. «Ti avevo avvertita: niente scherzi.» Scuote la testa. «Sapevo che sarebbe finita così, cavolo. Specie quando ho scoperto che sei una ragazza.»

Estraggo la chiave dal quadro e scendo dalla macchina. Quasi lo colpisco con la portiera. Ooops. «Cosa diavolo vorresti dire?»

«Be', immagino tu conosca le statistiche. Tipo che i ragazzi lo fanno davvero, mentre le ragazze ne parlano e basta.»

Lo incenerisco con lo sguardo. «Bella fesseria sessista. Se eri così spavaldo, perché ti sei fatto un account su Dipartite Serene? Che senso ha cercare un compagno?»

Lui indietreggia di un passo. «Wow, non volevo...» La

frase resta sospesa e lui corruga i tratti del viso come se stesse riflettendo su quello che ho appena detto. «Non sono sessista.» Si guarda le scarpe da ginnastica bianche. «E tanto meno spavaldo.»

«Avrei detto il contrario.»

«Che sono spavaldo?» Alza lo sguardo su di me e sorride. Gli occhi color nocciola sono più luminosi del dovuto. Non ci siamo proprio.

«No, sessista.» Non ricambio il sorriso.

«Senti» dice lui lentamente, la voce bassa e morbida. «Mi va benissimo che tu sia una ragazza. Dico sul serio. Non ho problemi con le ragazze.»

«Non hai problemi con le ragazze?» ripeto, nel modo più piatto possibile.

«Hai capito cosa intendevo.»

«Mi sa di no.»

Lui aggrotta la fronte e si rigira il cappellino nella mano. «Scusami, davvero. Possiamo ricominciare da capo?»

«No» rispondo subito. «Non possiamo.»

La sua espressione si fa ancora più corrucciata e lui si mette a strusciare i piedi avanti e indietro. Già prima la postura era un po' ingobbita, ma adesso inizia a ripiegarsi su se stesso.

Resto a guardarlo rimpicciolirsi per un altro secondo e poi dico: «Ma sono disposta ad ascoltarti, se ti va di spiegarmi perché cerchi un compagno».

Lui sospira e si rimette il cappellino. Afferra la visiera e la piega da entrambi i lati, facendosi ombra sulla faccia. «Certo. Ti spiegherò tutto. Pensavo però di sederci a un tavolo e di parlarne mentre mangiamo un boccone.» Fa una pausa e resta a fissarmi un secondo di troppo per i miei gusti. «A meno che tu non abbia già deciso che sono un perfetto idiota e preferisca tagliare subito la corda.»

Valuto per un attimo la cosa e poi scuoto la testa. «Non mi va di tagliare la corda, almeno per ora. E comunque, non prima di aver mangiato le patatine al formaggio.» Mi allontano da lui, in direzione del chiosco. Lui mi rincorre e mi raggiunge. Ci trasciniamo in silenzio verso il bancone dove prendono le ordinazioni.

Il chiosco, che ufficialmente credo si chiami Tony's, anche se da queste parti tutti lo chiamano «il chiosco» e basta, è in realtà una roulotte. Si ordina al bancone, poi i piatti vengono preparati all'interno e quando sono pronti te li portano al tavolo. C'è una specie di tendone da fiera con sotto diversi tavolini da picnic, ma nelle serate più affollate è quasi impossibile trovare posto.

Ordino prima io. Patatine fritte al formaggio e un frappè alla fragola. Afferro il segnaposto 7 e vado a sedermi a un tavolino sul fondo. Osservo FrozenRobot ordinare. A quanto pare, c'è gente che conosce. Annuisce e saluta. Che strano. Se FrozenRobot ha così tanti amici, perché farla finita?

Forse dovrei iniziare a chiamarlo Roman, ma suona troppo intimo. È più facile riferirmi a lui usando il suo nickname. E comunque, non ha proprio l'aria di uno che sta per ammazzarsi, è evidente che si preoccupa ancora del suo look. I capelli sembrano rasati di recente e poi, sì, sarà anche vestito sportivo – pantaloni da ginnastica e felpa con cappuccio – ma è tutta roba di marca. In pratica, sembra uno che potrebbe uscire con

Georgia o salutare la folla da un carro durante la parata del quattro luglio. Non certo uno che medita di gettarsi sotto un camion.

Avverto un senso di nausea e mi domando se sia solo un brutto scherzo organizzato da mia sorella. Scaccio il pensiero dalla mente. Georgia non sprecherebbe mai tante energie nell'orchestrare una cosa del genere per me. O almeno, ne dubito.

FrozenRobot fa per raggiungermi al tavolo ma viene intercettato da altri due ragazzi. Sono entrambi piuttosto alti, ma non quanto lui. Gli danno delle pacche sulla schiena e lui annuisce, mostrandosi d'accordo con quello che dicono.

Lo osservo e mi domando: vorrei lo stesso uccidermi, se fossi come lui? Una persona con degli amici, con un'esistenza che rende gli altri felici. Ma in fondo, sono tutte cose che non c'entrano niente, almeno per me.

Facevo sempre questo gioco in cui tentavo di illudere me stessa. *Magari se smettessero i pettegolezzi su papà, se mamma tornasse a guardarti come una figlia normale, se tu avessi la certezza che non diventerai mai come tuo padre.* Ma è proprio questo il punto.

Non c'è nessuna certezza, soprattutto visto che so benissimo che in me c'è qualcosa di sbagliato. Qualcosa che si è spezzato. Quello che la gente fatica a capire è che la depressione non riguarda mai l'esterno ma l'interno. C'è qualcosa che non va dentro di me. Certo, ci sono alcuni aspetti della mia vita che mi fanno sentire sola, ma niente mi terrorizza o mi isola di più che sentire la mia stessa voce rimbombarmi in testa. A ricordarmi che ci sono buone probabilità che io faccia la stessa fine di mio padre.

Scommetto che se mi aprissero la pancia, ne uscirebbe fuori il tarlo nero e strisciante della depressione. I terapeuti del consultorio amano ripetere: «Devi pensare positivo» ma è impossibile se hai questa cosa dentro che elimina ogni grammo di felicità che riesci a racimolare. Il mio corpo è un'efficiente macchina ammazza-pensieri-felici.

Nei giorni peggiori mi soffermo a chiedermi se mio padre non abbia dentro di sé lo stesso tarlo. Se è per quello che ha commesso tutte quelle atrocità. Forse esiste una sottile linea di confine tra suicidio e omicidio. Sono questi i pensieri che mi terrorizzano. Che mi fanno dire che non posso aspettare neanche fino al 7 aprile. Devo sbarazzarmi del tarlo, sbarazzarmi di me stessa.

«Ehi» dice FrozenRobot, mettendo il segnaposto numero 8 accanto al mio. Otto-sette. Vorrei leggerci qualche significato. Ultimamente tento di leggere significati in tutto. Come se aspettassi un segno del destino, *Sì, sei libera di andare. Accomodati pure.*

Sistema i numeri in modo da raddrizzarli. Forse anche lui tenta di leggerci un significato. O forse è solo ossessivo compulsivo.

«Sei popolare da queste parti» dico.

Lui fa una smorfia d'imbarazzo. «Lo ero.»

«Direi che lo sei ancora.»

La cameriera arriva con le mie patatine e il frappè. Sorride a FrozenRobot e giuro che gli sbatte persino le ciglia.

Appena se ne va, vedo che lui è tutto rosso in faccia.

«Visto? Sei popolare.»

«Non più.» Mi passa il ketchup. «In un'altra vita forse.»

Spargo una manciata di patatine al formaggio su un tovagliolino e me ne infilo una in bocca. Non è carino iniziare prima che abbiano servito anche lui, ma dubito che FrozenRobot sceglierà con chi suicidarsi basandosi sulle buone maniere.

Poco dopo, la cameriera torna con la sua ordinazione. Si è preso un cheeseburger, patatine, frappè al cioccolato e un contorno di peperoncini messicani. Prima di andarsene, la ragazza gli lancia un ultimo sorriso civettuolo e le guance di lui tornano ad arrossire.

Io bevo un sorso di frappè e accenno una smorfia. Le fragole sono più aspre del previsto, ma il frappè è piacevole e rinfrescante in fondo alla gola.

«Niente commenti» fa lui, lanciandomi un'occhiata.

«E chi ha detto niente.»

«M'immaginavi diverso, vero?» S'infila una patatina in bocca. Ma è un gesto forzato. Troppo rapido. Non ha davvero fame. Riconosco i sintomi.

Non rispondo alla domanda, ma chiedo a mia volta: «E tu, m'immaginavi diversa?»

Lui mi fissa per qualche secondo. «A essere sinceri, sì. Meglio così, però.»

«Un minimo ci avrai azzeccato, visto che nel parcheggio mi hai adocchiata subito.»

Lui fa una smorfia, allunga la mano e afferra un paio di peperoncini. Se li mangia così, senza niente, infilandoseli dritti in bocca.

«Dunque?» Inarco le sopracciglia.

Lui continua a masticare. A quanto pare erano sott'olio e l'unto gli cola lungo le dita. Fa un'altra smorfia quando il piccante gli s'infila in un graffio che ha sulla mano sinistra.

«Avanti. Dimmelo» lo sprono. «Come facevi a sapere che ero io?»

Alza lo sguardo dai peperoncini e dice: «Non vorrei offenderti».

«Mi prendi in giro?» dico con tono più duro del previsto. Prendo una bella sorsata di frappè nel tentativo di migliorarmi l'umore. Non mi va di passare da stronza. Perlomeno non ancora. Se dovesse pensarlo, potrebbe scartarmi a favore di qualche altro svitato depresso.

Svuota i semi di un peperoncino e se li mette sulla lingua. Li ingoia e, mentre vanno giù, non batte ciglio, anche se ovviamente avrà la bocca in fiamme. Alla fine dice: «Si vede lontano un miglio che vuoi farla finita. Sei messa malissimo».

Mi fissa e io faccio altrettanto, con un'espressione vuota stampata in faccia. Il poveretto si contorce sulla panca del tavolo da picnic e poi si guarda le scarpe da ginnastica bianche. La testa è rivolta a terra, il mento premuto contro il petto, e noto che ha la nuca arrossata e coperta di lentiggini.

Ci metto un po' a incassare il colpo e poi scoppio a ridere. Sento la gola raschiare. Prendo un'altra sorsata di frappè.

Lui alza un sopracciglio. «Sono terribile, vero?»

Scuoto la testa. «Sei sincero. Mi piace. E adesso sai che faccio sul serio.»

Lui alza le spalle e giocherella con la cerniera della felpa. «Chissà. Dico solo che hai l'aria di volerlo fare, ma non sono del tutto convinto che tu possa premere il grilletto.»

Stavolta tocca a me corrugare la fronte. «Be', siamo qui per questo. Cerco un po' di... incoraggiamento.» Fisso la sua felpa. C'è scritto "UNIVERSITY OF KENTUCKY BASKETBALL" a caratteri cubitali, in nero. «Lavoro di squadra. Supporto morale. Tutti termini sportivi, no?»

Lo sguardo gli cade sulla felpa. «Ho smesso di giocare.»

«Non te l'ho chiesto.»

«Sì, lo so» dice. «Ma capisco cosa intendi. Pensi che sarà più facile così che da sola.»

Mi appoggio con i gomiti sul tavolo e mi sporgo in avanti, imitando la disinvoltura della nostra cameriera. «Insomma sei l'uomo giusto o no? Ci stai o non ci stai?» Non è da me essere così aggressiva, ma sento stranamente il bisogno di farmi scegliere da FrozenRobot. Devo essere decisa. Non ricordo l'ultima volta che l'ho fatto.

Lui si muove sulla panca e tergiversa con il cheeseburger. Toglie via il pomodoro. Non l'ho ancora visto addentarlo. «Devo ancora decidere.»

«Cosa ti serve sapere?»

«Un po' più su di te, per esempio.»

«Tipo?» dico.

«Che nome è Aysel?» Lo pronuncia correttamente. Tento di non sembrare stupita.

«Turco.»

«I tuoi sono turchi?» mi domanda.

Annuisco. Non gli dico altro dei miei. Evito anche di rivelargli il mio cognome. Mia madre ha fatto richiesta per cambiarlo e darmi il suo: Underwood. Ma la procedura non è stata ancora approvata e l'ultima cosa che voglio è che FrozenRobot si metta a cercarmi su Google e scopra di mio padre. Per quanto svitato, dubito che vorrebbe intrecciare il suo agognato suicidio al mio, se sapesse la verità sulla mia famiglia.

«Parli turco?»

Scuoto la testa. Mio padre non me l'ha mai insegnato. A volte trovavo il coraggio di chiedergli della Turchia e, se lui era di buon umore, mi raccontava dei vicoli stretti del suo quartiere dove giocava a calcio con gli amici la sera. Ma se era una giornataccia (e verso la fine le giornatacce erano sempre più frequenti), scattava subito e mi diceva di piantarla di fare domande. Che ero fortunata a essere nata negli Stati Uniti, perché non sarei mai stata costretta a emigrare dall'altra parte del mondo per trovare lavoro.

E mia madre, be', le ha tentate tutte pur di cancellare le sue origini. I miei si sono separati quando io avevo meno di un anno e, da quando si è messa con Steve, cerca in tutti i modi di spacciarsi per un'americana doc, nata e cresciuta negli Stati Uniti. Ha la carnagione più chiara della mia, perciò, se non fosse per il leggero accento, ci riuscirebbe eccome. Io ho un aspetto indubbiamente più esotico di mia madre perché ho ereditato la pelle più scura di mio padre.

«Ti sto mettendo in imbarazzo?» domanda FrozenRobot, sbocconcellando il cheeseburger. A quanto pare, però, preferisce i peperoncini. È come se il panino lo mangiasse a forza, a piccoli morsi.

«No» dico. «Solo non capisco perché t'interessano tanto le mie origini. Io non ti ho chiesto nulla.»

Mi sorride. Non riesco a inquadrarlo. «Pura curiosità, perché Aysel mi sembra un nome figo.»

«Te lo cedo volentieri, se vuoi.»

«Divertente» dice, ma non ride.

«Perché il 7 aprile?» Tocca a me fare una domanda.

«Perché è la data in cui è successo il fattaccio.»

«Quale fattaccio?»

«Il motivo per cui voglio farla finita. È successo un anno fa, il 7 aprile.» Serra le mandibole e distoglie lo sguardo.

«Presumo che tu non voglia dirmi di che si tratta.»

Prima ancora che possa rispondermi, i due tizi di prima vengono da noi e si siedono accanto a lui. «Come butta?» mi fa uno di loro, mentre l'altro dà a Roman una pacca sulla schiena.

«Non sapevo che ti vedessi con una» lo stuzzica quello della pacca. «Kelly che dice?»

Kelly? Non mi dire che FrozenRobot ha la ragazza? Gli lancio la mia migliore occhiata in stile che-diavolo-sta-succedendo.

«Ragazzi, questa è Aysel.» Ricambia con uno sguardo implorante. Non sarò certo la persona più gentile nella storia dell'universo, ma non ho intenzione di metterlo nei guai. Comunque non è male tenerlo sulle spine. Mantengo un'espressione neutrale. Sono più gelida di FrozenRobot.

«Aysel, lui è Travis e lui è Lance.» C'è una lieve incertezza nella sua voce e noto che ha una piccola spolverata di lentiggini attorno al naso che si sono fatte progressivamente più rosse da quando sono arrivati i suoi amici.

«Vai al liceo di Willis?» domanda Lance. Mi agita davanti le sopracciglia color biondo chiaro.

«L'avremmo notata, se ci andasse» dice Travis con voce untuosa.

Il tono basta a farmi perdere interesse per il frappè. Ovviamente, se ci andassi, Travis non sarebbe così interessato a me. I ragazzi della mia scuola sul genere di Travis e Lance non mi notano affatto. O almeno non in quel senso.

«Non spaventarla» interviene Lance. A quanto pare, ha un approccio più morbido con le donne. Ha più la faccia del rubacuori rispetto a Travis, con un taglio di capelli arruffato da boy band, occhioni azzurri e spalle larghe.

Seguono alcuni secondi di imbarazzato silenzio.

«Va a quello di Langston» dice Roman.

«Aspetta, se sei di Langston conoscerai per forza Brian Jackson, giusto?» chiede Lance, spalancando gli occhi azzurri. Io trattengo il fiato, fissandolo e tentando di capire se ha già ricollegato tutto.

«Ah, allora è così che vi conoscete? Tramite Brian?» esclama Travis, sporgendosi verso Roman per rubargli qualche patatina.

Io e Roman ci scambiamo un'occhiata. «Ehm, no» dice. «Ci siamo conosciuti la settimana scorsa.»

Ah, sì?

«Dove?» domanda Travis. Mi lancia un'altra occhiata di sfuggita. È evidente che ha subodorato qualcosa. Deglutisco e lancio un piccolo appello all'universo: *Ti prego, non mandare tutto all'aria. Ti prego, fa' che non capiscano chi sono.*

«Giù al vecchio campo sportivo. A giocare a basket» risponde Roman, e io prendo mentalmente nota del fatto che questo ragazzo sa mentire da vero professionista. Le sue parole sono lisce e convincenti.

Travis salta su, lanciando le braccia al cielo. «Ci avrei giurato! Hai ancora voglia di giocare. Te l'ho detto che il mister ti riprenderebbe subito nella squadra. Smettila di tergiver...»

«Possiamo discuterne un'altra volta?» lo interrompe Roman, la voce improvvisamente gelida.

«Ha ragione, cavolo» dice Lance, arraffando una manciata di patatine di Roman. «Che senso ha parlarne qui?»

Travis arrossisce. Non sapevo che i ragazzi come lui riuscissero a sentirsi in imbarazzo, ma immagino che certe cose possano smuovere anche tizi del genere. Sto imparando un sacco di cose nuove sul genere maschile oggi. «Scusa» borbotta Travis, distogliendo lo sguardo dal tavolo. Il sorriso torna a illuminargli il volto non appena vede la nostra cameriera. «Mica male Suzie, no?»

«Sembra stia benone» dice Roman con nonchalance. Poi mi fa: «Suzie è la nostra cameriera. Frequenta la nostra scuola».

Annuisco come se capissi di cosa stanno parlando, ma sono quasi certa che c'è dell'altro sotto.

Travis tira una gomitata a Roman. «No, ma dico sul serio. Mi sa che è ancora cotta di te.»

Lance guarda me, poi Roman, poi di nuovo Travis. «Un po' di rispetto, cavolo.»

Sto per dirgli che tra me e Roman le cose non stanno come lui pensa. La sola idea mi fa quasi ridere di nuovo, e mi metto a trangugiare un altro po' di frappè. Mi rigiro i pezzi di fragola in bocca, passandomi la lingua sui denti. Me ne frego se non è fine.

Lance viene di nuovo in mio soccorso, rompendo il silenzio. «Insomma, lo conosci o no Brian Jackson?»

Mi sforzo di non sudare apertamente. Sgranocchio le patatine, tenendo gli occhi fissi sul ketchup. Adesso non riuscirei a guardare in faccia nessuno dei tre. «Non proprio.»

«Ma adesso è diventato famoso, no?» dice Travis. Allunga la mano e dà un'altra pacca sulla schiena a Roman. «Potevi esserci tu al posto suo.»

Lui borbotta qualcosa e io non posso fare a meno di chiedere: «In che senso?».

Gli occhi di Lance passano incerti da Roman a me e poi di nuovo a lui. «Posso dirglielo?»

Roman si porta una mano sulla nuca e volta la faccia in modo da poter distogliere lo sguardo. «Fai quello che vuoi.»

Un altro silenzio pieno d'imbarazzo.

«Roman giocava a basket nel girone Primavera con Brian. Sai cos'è il Primavera, no?» dice Lance.

Ne ho una vaga idea, ma scuoto la testa, tanto per scucirgli maggiori dettagli sul legame tra FrozenRobot e Brian Jackson. Nel cervello è come se mi fosse partito un allarme anticendio – a sirene spiegate. Tento di recuperare la calma concentrandomi sull'inizio della Cavalcata delle Valchirie di Wagner.

«Stai canticchiando?» chiede Travis, prima che Lance possa proseguire nella spiegazione di com'è che Brian e Roman si conoscono. E si mette a ridere, ma Roman gli dà uno spintone. «Non fare l'idiota» dice, fulminandolo con lo sguardo.

Il sangue mi sale alle guance e mi metto a fissare il tavolino da picnic. C'è un grumo di ketchup accanto alle patatine. Mi domando se FrozenRobot sarebbe altrettanto protettivo nei miei confronti se sapesse di mio padre, e poi chissà perché avrà preso le mie difese. Sento tutti i loro sguardi puntati addosso, ma gli occhi di FrozenRobot mi danno una sensazione diversa rispetto a quelli di Travis e Lance. I loro li sento bruciare sulla pelle come quelli dei miei compagni di scuola – ansiosi di smascherare i miei segreti, di scrutarmi dentro. Quelli di FrozenRobot sono dolci e pazienti. Lui sa già quello che si può scoprire, mettendosi a scavare più a fondo. Non c'è alcuna fretta in lui di scandagliare la mia interiorità. Sa che non c'è niente di speciale nel vuoto assoluto, niente d'intrigante nella depressione.

Trovo il coraggio di alzare lo sguardo verso di lui. Mi fa un piccolo sorriso e io ho praticamente la certezza di aver individuato il mio compagno di suicidio.

I suoi amici restano in silenzio, a osservarlo. Anche se lui sostiene di essere stato popolare solo in passato, sembra esserlo ancora. Eccome. Tamburella con le mani sul tavolo.

«Io e Brian eravamo amici, da piccoli. Giocavamo insieme a basket in una squadra per cui dovevi essere selezionato. Una squadra semiprofessionista... Abbiamo giocato a Louisville, Cincinnati, Lexington. Poi, crescendo, ci allenavamo insieme. Correvamo e facevamo palestra. Niente di che.» Roman si gratta di nuovo dietro il collo, gli occhi si fanno annebbiati e difficili da decifrare. «Adesso, lui è un campione. In lizza per le Olimpiadi o qualcosa del genere. Ci sentiamo poco.» Mi guarda fisso. «Niente di così interessante, no?»

Lance sembra essersi convinto che ci sia qualcosa tra me e Roman e tenta di dare una mano all'amico aggiungendo: «Il punto è che il nostro Roman è un atleta da paura».

«Sì, se solo avesse continuato, l'anno prossimo sarebbe andato in Inghilterra con una bella borsa di studio per giocare nella squadra di basket dell'università» aggiunge Travis. Piazza il braccio attorno a Roman, stile fratello orgoglioso, ma lui lo respinge.

«E piantala» dice scuotendo la testa, con lo sguardo fisso a terra. «Aysel se ne frega di queste cose.»

Traduzione: non c'è bisogno di fare colpo su questa ragazza. Non sto tentando di portarmela a letto, ma solo di morirci insieme. Né Travis, né Lance sembrano aver colto il sottotesto, però. Entrambi, invece, alzano le braccia al cielo e iniziano a dire: «Scusami, scusami».

Mentre li osservo, so che dovrei considerarli due pecoroni e basta, destinati a fare le stesse identiche mosse nello stesso identico istante, e invece l'unica cosa che mi viene in mente è di non essere mai stata in sintonia con qualcuno. Mi domando se un tempo FrozenRobot fosse sulla loro stessa lunghezza d'onda, prima di ritrovarsi fuori sincrono.

Mi domando cos'abbia causato la sua caduta. Cosa l'abbia trasformato da stella nascente dell'atletica, nonché amico di una promessa olimpionica, in FrozenRobot, tragico ragazzo che vaga per i siti di suicidio.

Lo osservo con la coda dell'occhio. Ha la testa penzoloni, le spalle ingobbite. Studia l'ultimo seme di peperoncino rimasto, girandolo nel piatto di plastica con il dito. Lentamente, se lo porta alla bocca e lo ingurgita.

Ha gli occhi di tutti noi puntati addosso e alla fine biascica: «Be', è stato un piacere ragazzi, ma mi sa che adesso Aysel deve riaccompagnarmi a casa. Ci vediamo, okay?».

«Okay, amico.» Travis gli stringe le spalle. «Stammi bene. Chiama quando vuoi.»

«Vediamoci uno di questi giorni» aggiunge Lance. «Mi piacerebbe fare due tiri a basket con te giù al campo sportivo. Come ai vecchi tempi.»

«Già» commenta Roman in tono distaccato. «Come ai bei vecchi tempi.» Si alza e butta nel cestino il cibo avanzato.

Faccio un debole cenno di saluto a Travis e Lance e seguo Roman. Butto via le patatine, che avevo praticamente già finito, ma mi tengo il frappè. «Quindi devo accompagnarti a casa?» sussurro, sperando che Lance e Travis non mi sentano.

«Sì. Non guido.»

«Ma l'età ce l'hai.»

Mi lancia lo stesso mezzo sorriso di quando ci siamo conosciuti. «Ti sei studiata bene il mio profilo.»

«Volevo assicurarmi che non fossi una madre frustrata o roba simile» dico, dirigendomi verso la macchina. Non preciso che avrei preferito che il suo profilo specificasse il suo legame con Brian Jackson. Non avrei mai accettato di incontrarlo.

Una volta aperta la macchina, butto dietro tutte le schifezze che ci sono sopra il sedile del passeggero. Ma lascio alcune delle buste oleose del fast food sotto. Può tranquillamente calpestarle. Chi se ne frega. Tanto non è che mi scaricherà perché sono disordinata.

Lui entra in auto e batte le mani sul cruscotto polveroso. «Bella macchina.» Le scarpe da ginnastica fanno scricchiolare le vecchie buste. «Pure ben tenuta.»

Ignoro i suoi commenti e giro la chiave nel quadro. Il motore si mette a scoppiettare. Giro il volante mezzo allentato e partiamo all'avventura. Esco dal parcheggio e poi gli lancio un'occhiata. Guarda fisso fuori dal parabrezza, la testa reclinata sul petto. Gli occhi nocciola sono spalancati ma vuoti. Per la prima volta, lo percepisco chiaramente. FrozenRobot non scherza affatto, vuole davvero farla finita.

Il tarlo nero abita eccome dentro di lui.

Giovedì, 14 marzo

meno 24 giorni

Per un po' guido in silenzio. Temo che FrozenRobot possa spalancare la portiera e gettarsi sull'asfalto. Non so se l'impatto risulterebbe fatale, ma la cosa mi metterebbe comunque in una situazione scomoda.

Quando allunga la mano verso l'autoradio, anziché la maniglia della portiera, tiro un leggero sospiro di sollievo. Sceglie la stazione preferita di Georgia, quella che manda a ripetizione le prime cinque canzoni del momento. Sembra che parlino tutte di ragazze che si ubriacano, indossano abitini corti e luccicanti e trascorrono la notte ballando. Faccio una smorfia.

«Be'?» dice lui.

«Non ti capisco. Sembri uno così...»

Lui fa un gesto, incrociando le braccia a mezz'aria a forma di X, il che immagino voglia dire "chiudi il becco" ed è quello che faccio. È la cosa che mi riesce meglio, eseguire ordini. Ma forse non è vero. Non faccio mai quello che mi dice il signor Palmer, anche se il più delle volte tento almeno di far finta.

Roman spegne la radio. «Scusami. Non sapevo fossi così snob in fatto di musica.»

«Non lo sono per niente» replico.

«Non sei snob, non sei una madre frustrata» riassume lui. «Hai un sacco di qualità.»

«Già» dico, e poi tasto il terreno. «Un sacco di potenzialità sprecate il 7 aprile.» Energia in potenza. Mi domando se FrozenRobot ci pensi mai alla fisica della morte.

«Brindiamoci su» dice, fingendo di innalzare un bicchiere a mezz'aria. «Salute!» Direi che le canzoni della stazione di Georgia sono perfettamente in linea con i suoi interessi.

Procediamo sobbalzando in silenzio lungo la strada ancora per un po'. Allungo la mano e seleziono la stazione di musica classica. Lui non commenta la mia scelta. Il paesaggio si fa lentamente collinare. Arriviamo a una brusca curva e ci allontaniamo dal fiume, in direzione delle colline. I prati sono ancora marroni e secchi dopo l'inverno e la maggior parte degli alberi sono ancora privi di foglie. La primavera quest'anno sembra tardare. Abbasso un po' il finestrino e l'aria umida e fredda s'infila nell'auto. Certi giorni sa di bourbon, il dolce profumo di segale proveniente da una distilleria poco distante, ma oggi si sente solo odore di erba bagnata e fango. L'aria mi investe le guance e io resisto alla tentazione di voltarmi a guardare Roman, tenendo gli occhi fissi sulla strada.

«Non posso più guidare per via di una cosa che è successa l'anno scorso» mi confessa lui alla fine. «Quindi toccherà sempre a te. Prima mi ha dato uno strappo mia madre fino al chiosco. Era così contenta di vedermi uscire di casa dopo mesi per andare a trovare qualcuno.» Mi lancia un'occhiata. «Le ho detto che eri una nuova amica. A mia madre non sfugge nulla.»

Quindi i suoi sono preoccupati. Il che è un problema. Significa maggiori controlli. Ma forse è per questo che gli servo, la sua fidata Compagna di Suicidio. «Capito» dico. «Be', pensi di potermi dare qualche indicazione, tanto per sapere dove devo mollarti?»

Fa una pausa, e il labbro inferiore gli si contrae, come se stesse valutando l'opportunità di dirmelo o meno.

«Allora?» lo sprono.

«Posso chiederti un favore?»

Il mio primo incarico da compagna fidata. Qualcosa dentro di me echeggia come una sedia a dondolo in una stanza deserta – una sensazione di solitudine, mista a un senso di conforto. «Spara. Che c'è?»

«Possiamo fermarci un attimo al negozio di articoli da pesca in centro?»

Arriccio il naso. «Il negozio di articoli da pesca?»

«Sì. Devo passare a prendere dei lombrichi.»

Io strabuzzo gli occhi e lo guardo di sfuggita. Ha lo sguardo fisso davanti a sé. I muscoli del viso sono rilassati, la sua non era una battuta. «Ehm, okay» dico. «Dimmi solo dove devo andare.»

«Tutto dritto fino al bivio all'altezza del ponte. Poi a sinistra e sei già sulla strada principale di Willis. Il negozio è sull'angolo a destra, all'incrocio tra Main e Burns.» La voce di FrozenRobot è tranquilla e pacata nel fornirmi le indicazioni. Sembra un habitué del posto. Strano.

Stringo le mani attorno al volante e tento di concentrarmi sulla musica. La radio trasmette la Sinfonia n. 40

di Mozart, ma neanche il suono frizzante del violino in sol minore riesce più a distrarmi. «Che te ne fai dei lombrichi? Sei appassionato di pesca?»

Lui emette un suono a metà tra un grugnito e una risata. «No.»

A quanto pare, FrozenRobot è un ragazzo di poche parole. «No?»

«No, non vado a pesca.» Si contorce, rigirandosi in modo da essere più vicino alla portiera. Ha le ginocchia che gli battono contro il cruscotto e io valuto se suggerirgli o meno di tirare indietro il sedile se preferisce, ma poi lascio perdere.

«Okay. Devo essermi persa qualcosa. Quindi?»

«Eh?»

Temo voglia davvero che io riformuli la domanda per intero. «Che te ne fai dei lombrichi se non vai a pesca?»

«Per la mia tartaruga» risponde, come se fosse la cosa più ovvia del mondo. Quasi si trattasse di una supposizione ragionevole per chiunque. Forse Willis è la capitale degli Stati Uniti delle tartarughe da appartamento.

Lì per lì l'idea che abbia un animale domestico mi lascia perplessa. Non sembra il tipo, e se anche lo fosse, lo vedrei meglio con un labrador. Sembra più un tizio da sogno americano, che gioca a basket, mangia hamburger e ama i cani. Ma poi sento la gola chiudersi non appena finisco di elaborare la notizia. *FrozenRobot ha un animale domestico.*

Dico a voce alta: «Hai un animale domestico».

«Sì» conferma e poi, come se mi leggesse nel pensiero, si volta a guardarmi. «Tranquilla, però. Non è un buon motivo per tirarmi indietro.»

Faccio un bel sospiro e fisso il tappetino sporco sotto i piedi. C'è una lattina vuota e accartocciata di Coca infilata giù nell'angolo. La superficie metallica riflette i raggi del sole, come se mi stesse facendo l'occhiolino.

«Faresti meglio a guardare la strada» dice.

«Prego?»

«Guarda la strada.»

«Avevo capito» dico con voce secca. «Ma se vuoi farla finita, che te ne importa se guido concentrata o no?»

Tira un sospiro profondo e, con la coda dell'occhio, vedo le sue spalle larghe e ossute afflosciarsi, trasformandolo in una specie di alce appena colpita da un cacciatore. «Voglio farla finita, ma senza metterci di mezzo altri.»

«Giusta osservazione.» Stringo i denti e tengo lo sguardo dritto davanti a me. Non gli dico della lattina di Coca. Potrebbe prenderlo come un elemento di distrazione.

Svolto al bivio menzionato da FrozenRobot, tenendomi sulla sinistra come mi aveva detto. La macchina procede lungo la strada centrale di Willis, che è piena di casette vittoriane dipinte e trasformate in negozietti carini; la gelateria Ricciolo Cremoso, il bar per la colazione Bacon & Egg, la lavanderia a gettoni Bolle di Sapone.

«Come si chiama la tartaruga?»

«Capitan Nemo» dice lui, e poi aggiunge: «Non gliel'ho dato io».

Non indago oltre. L'identità sconosciuta della persona che ha dato il nome a Capitan Nemo aleggia nell'aria come una busta mai aperta. Sappiamo entrambi che c'è dentro una lettera, una storia, ma per ora nessuno dei due ha abbastanza fegato da aprirla.

Arrivando nei pressi di una casa azzurra con adesivi

di pesci alle finestre, rallento. C'è un cartello nel giardinetto davanti con su scritto "Bob & Co. Articoli da pesca". Trovo un posto libero dove parcheggiare dall'altra parte della strada.

«Vado e torno» dice Roman.

Faccio per sfilare le chiavi dal quadro, ma lui scuote la testa. «Aspettami pure qui.»

Prima che io possa dire qualcosa, lui è già sceso e fa una corsetta per raggiungere la porta d'ingresso del negozio. È più scattante di quanto l'abbia visto muoversi fino a questo momento. Al chiosco sembrava mezzo addormentato, apatico.

Deve'essere davvero molto legato a questa tartaruga. Mi sento il cuore pesante, compresso, ma lentamente la sensazione svanisce. Mi do una piccola pacca sullo stomaco. *Ottimo lavoro, tarlo nero.* Mentre aspetto che torni, chiudo gli occhi e ascolto la musica. Stanno trasmettendo un brano di Čajkovskij da *Il lago dei cigni.* Preferisco altre cose. È troppo lieve, troppo grazioso. C'è troppo desiderio nostalgico.

Non mi piacciono i brani nostalgici. Preferisco i pezzi che parlano di distacco, di addii.

In un batter d'occhio, FrozenRobot è già di ritorno, con in mano un bicchiere di plastica.

Mentre sale in macchina, gli dico: «Vedi di non rovesciarli».

«Perché? Non vuoi sporcare la macchina?» Le labbra gli s'increspano, fino ad accennare un leggero sorriso. Questo ragazzo ha seri problemi con il sorridere. Specie per uno che ha il coraggio di accusare me di essere inaffidabile.

Aggrotto la fronte. «Perché mi farebbe schifo.»
«Okay, okay. Ci starò attento.»
Esco dal parcheggio e proseguo lungo Main Street. «Insomma, dov'è casa tua?»
Roman mi dà le indicazioni in merito e poi aggiunge: «Come fai ad ascoltare questa roba?».
Indico la radio. «Questa roba? È opera di un genio.» Avrei preferito non ci fosse Čajkovskij ma qualcosa di più potente, tipo una Toccata di Bach, ma va bene così. *Il lago dei cigni* è mille volte più profondo di qualunque scintillante ballata pop lui voglia ascoltare.
«Non ci sono parole» sottolinea.
«È proprio questo il punto, ed è assurdo che sia tu a lamentartene.»
Lo sento rigirarsi di nuovo sul sedile. Le gambe gli sbattono contro l'interno della portiera. «Che vuoi dire?»
«Che non mi sembri un grande appassionato di parole. Perciò pensavo ne apprezzassi l'assenza, anche in musica.»
Allunga il collo per osservarmi. Sento il suo sguardo sul viso – continua a essere delicato, a non bruciare, ma lo sento comunque. «Mi piacciono le parole degli altri. Mi danno un senso di pienezza.»
«Parole di gente che si ubriaca e si strofina addosso alle ragazze?»
Sbuffa e ride insieme. «No. Quella roba lì è solo rumore. Mi piace anche quello, però. Mi aiuta a dimenticare.»
«Dimenticare cosa?»
«Perché voglio farla finita.»
Arriviamo nel suo quartiere. È molto simile al mio, stesse vecchie case di legno, ma i giardini sembrano tenuti meglio. Non ci sono macchie di erbacce qua e là.

«Non ti capisco.» Ed è vero. È la cosa più sincera che gli abbia detto. Non capisco perché voglia avvertire un senso di pienezza, perché si metta a cercare cose nella musica. Quando io ascolto musica, voglio un posto dove nascondermi, un posto dove fuggire dal mio vuoto interiore.

Lo vedo trafficare con i lombrichi. Si dimenano sul suo grembo e lui tenta di tenere il bicchiere il più possibile dritto e fermo. Mi domando il perché di tutta questa premura per degli esseri che stanno per morire.

Lui non dice nulla, e io azzardo ulteriormente. «Non capisco perché vuoi farla finita, perché vuoi che partecipi a questa cosa.»

«Mi stai chiedendo perché voglio suicidarmi o come mai non mi va di farlo da solo?»

«Entrambe le cose» rispondo, mordicchiandomi il labbro. «Sinceramente, non m'importa molto del perché.» Non è vero, ma non mi va di dirgli la mia motivazione, perciò è giusto non pretendere che mi riveli la sua. «Voglio solo essere sicura che tu faccia sul serio.»

Si lascia scappare una risata fredda. «Ah, quindi adesso sei tu che hai dubbi su di me?»

«Visti i tuoi amici. Voglio assicurarmi che la vostra non sia tutta una montatura.» Quel che non aggiungo è: "dato che conosci bene Brian Jackson".

«Amici?» Sputa la parola con disgusto. «Quelli mica sono miei amici.»

«Non sono un'esperta del settore, ma lo sembravano.»

«Senti, parli di cose che non sai, quindi faresti meglio a stare zitta.»

Il sole, basso sull'orizzonte, illumina l'interno dell'auto, aggiungendo un tocco dorato ai suoi occhi nocciola. Vorrei tanto che tornassero a essere più verdi. Non aveva l'aria così cattiva quando erano verdi.

«Non sei gentile.»

Solleva il mento all'insù, come a dire che non intende scusarsi. «Gira a sinistra qui.» Indica una piccola traversa di Southwind, la strada principale del suo quartiere. «È la casa rossa sulla destra.»

È una vecchia casa malandata come la mia, ma le pareti di legno esterne sembrano tenute meglio e si vede chiaramente che qualcuno ha a cuore il giardinetto sul davanti. C'è un'aiuola concimata di recente e, anche se la fioritura non è ancora iniziata, immagino che a giugno sarà coperta di gigli e calendule. Una buca delle lettere color caramello spicca in fondo al vialetto con attaccato un cartellino e la scritta FAM. FRANKLIN.

«Carino» dico.

«Merito di mamma» dice Roman, scendendo dalla macchina e tenendo in equilibrio il bicchiere di lombrichi nella mano sinistra.

Immagino che tutte le mamme facciano del loro meglio. «Aspetta» dico. «Quindi la facciamo questa cosa o no?»

Lui fa il giro per venire dalla parte del guidatore. Abbasso del tutto il finestrino.

«Sì. Ci sto, se tu ci stai» dice.

«Io ci sto di sicuro» dico. «Ma continuo a non capire.»

«Cosa?»

«Perché hai bisogno di me.»

Neanche a farlo apposta, la porta di casa si apre. Una donna bassa, paffuta, di mezza età, scende di corsa i gradini dell'ingresso. Ha i capelli castani come quelli di Roman, ma s'inizia a intravedere un po' di grigio. Indossa un grembiule da cucina e un paio di zoccoli a fiori. Se lavorassi a una brochure turistica per Willis, Kentucky – cosa che grazie a Dio non farò mai – metterei subito questa donna in copertina. Incarna l'essenza stessa della città.

«Roman!» esclama, salutandoci brevemente con la mano. È il saluto di una reginetta di bellezza. La maggior parte delle donne di queste parti hanno interiorizzato il gesto: polso rigido, rotazione lenta. «Roman!» ripete. «Presentami la tua amica.»

Ho la faccia in fiamme e lo stomaco mi si contorce, aprendosi e chiudendosi come un pugno. Non è che mi senta responsabile; in fondo, mica è colpa mia se suo figlio vuole togliersi la vita. Ma diciamo che non ci tenevo a conoscere la sua famiglia. È esattamente la questione della mamma frustrata che volevo evitare. Due a zero per FrozenRobot: una tartaruga da appartamento e una mamma amorevole. Se volessi fare la difficile, direi che c'è troppa zavorra. Ma vista e considerata la mia situazione, non sono proprio nelle condizioni di lamentarmi.

«Ehm, mamma» dice Roman, la voce incerta. Fa qualche breve respiro, il pomo d'Adamo bene in vista. «Lei è Aysel.»

E bravo, FrozenRobot, bravo davvero.

«Aysel» dice lei, inarcando le sopracciglia. Infila la mano attraverso il finestrino aperto. So benissimo che sto fallendo il Test del Galateo Sudista. Dovrei scendere dall'auto e farle una riverenza se volessi davvero guadagnarmi la sua approvazione. Ma io me ne frego. Non sto mica chiedendo la mano di Roman. E comunque, tra un mese non ci sarò più.

«Piacere» dico, ricambiando debolmente la stretta di mano.

«Bellissimo nome, Aysel» dice. Ho imparato nel corso degli anni che in realtà significa: «Ma che diavolo di nome è Aysel?».

«È turco.» Scruto il suo volto in cerca di reazioni. Per lo più, m'interessa sapere se le vicende di mio padre abbiano avuto anche lì lo stesso impatto sul lungo periodo che hanno avuto a Langston. Se c'è l'eventualità che Roman, i suoi amici o sua madre sappiano di mio padre e di quello che ha fatto. Sono quasi certa che sia l'unico turco a essere finito sui giornali da queste parti del Kentucky. E più di recente, visto che Brian Jackson è sulla bocca di tutti, i riferimenti a mio padre sono sempre più frequenti. Se anche lei ha ricollegato le cose, non ne dà segno. La sua faccia a forma di cuore conserva lo stesso sorriso sincero.

«La tua famiglia abita qui a Willis?» domanda.

«Langston» dico.

«Ho degli amici che frequentano la chiesa anglicana di Langston. Vai anche tu lì?»

Vuole sapere se vado a messa. Astuta. Devo ammettere che apprezzo la sfacciataggine di questa donna.

«Mia madre va alla Santa Columbia.» Non è una bugia. Mamma, Steve, Georgia e Mike vanno in chiesa ogni domenica. A volte mi unisco anch'io, ma ormai è da un po' che non ci vado. Appena mi sono trasferita da loro, mamma mi obbligava ad andarci, ma adesso ci ha rinunciato. È brava a gettare la spugna. Sono sicura che la mia assenza non sarà passata inosservata in chiesa. Staranno tutti spettegolando sul fatto che sto calcando le orme di quel diavolo di mio padre.

Gli occhi della mamma di Roman s'illuminano quando nomino la Santa Columbia. Appoggia le mani sui fianchi ampi e si sporge verso di me, accovacciandosi accanto al finestrino. L'abitacolo si riempie di odore di lacca per capelli. «Dicono sia una bella chiesa. Ci sono andata per la processione di Natale alcuni anni fa. Il direttore del coro è uno spettacolo, vero?»

Non so niente del coro della Santa Columbia. Non so quante varianti esistano di *Lontano in una mangiatoia* o di *Tu scendi dalle stelle*, ma annuisco per darle ragione, come una persona qualunque intenta a discutere amabilmente della propria parrocchia, come se non fossi una mostruosa bomba a orologeria. «Mia sorella canta nel coro.»

La cosa la rende particolarmente felice. Il sorriso è disteso e genuino, ben diverso da quello forzato, quasi incerto di Roman. «Oh, che meraviglia! Vorrei tanto che anche Roman si desse da fare di più in chiesa. È bello vedere dei giovani che lodano il Signore.»

Resisto alla tentazione di alzare gli occhi al cielo. In realtà, non so granché di mia sorella. Saranno due anni che non ci parliamo sul serio, ma dubito fortemente che onori Nostro Signore. Non ha tempo di venerare altri che se stessa. «Le piace un sacco cantare in pubblico.» Evito di aggiungere che adora sentire la propria voce.

Il sorriso della mamma di Roman è così smagliante che ho paura che la faccia si spacchi in due. Si volta di scatto verso Roman. «Ah, sei passato a prendere la pappa per Capitan Nemo.»

Piega le spalle, incurvando la schiena, come per nasconderle il contenitore con i lombrichi. Qualunque posa stia tentando di assumere, sembra funzionare poco. «Sì, ci siamo fermati di ritorno dal chiosco.»

Lei si rivolge a me, radiosa. «Che carini!»

Annuisco, incerta su cosa si aspetti che le dica. Mi trattengo dal domandare chi abbia scelto il nome della tartaruga. Forse lei. Sembra una cui potrebbero piacere gli animali domestici.

Cala il silenzio per un paio di secondi, poi Roman si schiarisce la voce e strascica i piedi. «Senti, mamma» dice. «Puoi lasciarci un attimo soli?»

La mamma sembra confusa, poi uno sguardo strano, febbrile, s'impossessa del suo volto. Il genere di espressione che la gente fa dopo aver completato un triathlon o aver conquistato la cima di una montagna. Pensa di aver capito tutto, e invece non ha capito nulla. Non ha la minima idea. Povera signora.

«Certo, ci vediamo dopo, tesoro.» Gli leva il berretto da baseball e gli passa una mano tra i capelli corti e castani. Gli restituisce il berretto e, in una sorta di *do ut des*, lui le affida i lombrichi.

«Ti dispiace portarli dentro? Poi ci penso io a dar da mangiare a Capitan Nemo» dice Roman.

«Ma certo.» Sua madre prende il contenitore con cura, come se si trattasse di un carico prezioso.

Prima di voltarsi, mi lancia un ultimo sorriso. «È stato un vero piacere. Vieni pure a cena da noi qualche volta.»

«Uh, più che volentieri» mento.

Mentre si allontana, aggiunge voltandosi: «Posso cercare qualche ricetta turca. Prepararti un piatto tipico».

Tiene il bicchiere di plastica con due mani, come fosse un bambolotto, poi si affretta verso la porta di casa, con gli zoccoli che sbatacchiano sull'asfalto del vialetto.

Avrò mangiato cibo turco sì e no due volte in tutta la mia vita, quando mio padre aveva amici in visita. Una delle mogli si era impossessata della cucina e ricordo ancora la casa invasa dal profumo di origano, olio di oliva e sommacco.

«È per questo che ho bisogno di te» dice Roman.

«Per via di tua madre?» dico. «Sembra carina.»

Scuote la testa, le labbra tese e sottili. «Già. Carina, ma iperprotettiva. Dovrai aiutarmi a filarmela, per poi...»

È uno dei problemi dei suicidi tra adolescenti. Riuscire a sottrarsi all'occhio vigile dei genitori abbastanza a lungo da essere sicuri di farla finita prima che qualcuno ti trovi. Non c'è niente di peggio di uno che ti tagli il cappio prima che tu muoia per asfissia, o che ti trascini fuori dall'auto prima che il monossido di carbonio abbia fatto effetto. A quanto pare Roman deve aver capito che non può farsi fuori in casa – Mamma Roman arriverebbe subito in soccorso.

«E sei pure senza macchina» aggiungo. Gli serve uno strappo fino al luogo prescelto. Non sono abituata a sentirmi utile. Ma non è niente male come sensazione. Vorrei che il tarlo nero se la divorasse. Apprezzare certe cose è pericoloso.

«Infatti» ammette.

«Perché non chiederlo a Travis o Lance?» lo stuzzico. «La patente ce l'hanno, no? Puoi farti lasciare dalle parti del ponte in centro. Dirgli che devi partire. Per un lungo viaggio.»

M'incenerisce con lo sguardo. «Non ci vedo nulla di divertente, Aysel.» Traccia una linea nell'erba con la scarpa da ginnastica.

Come farmi sentire una merda, FrozenRobot. «Scusa» dico.

«Ti va di uscire sabato?»

«Uscire?» Credo di non essere mai "uscita" con qualcuno in tutta la mia vita. Anche quando ero amica di Anna Stevens, i nostri incontri avevano sempre un obiettivo preciso: raccogliere e catalogare foglie autunnali, assemblare il modellino di un aeroplano, guardare uno speciale di Discovery Channel sugli scarafaggi africani.

«Lo sai cosa intendo. Vedersi per pianificare la cosa» dice Roman. Continua a passarsi il berretto da una mano all'altra, prima di rinfilarselo in testa.

È buffo, ma per un attimo faccio finta di progettare con lui qualcosa di diverso dal nostro suicidio, tipo una rapina in banca, uno scherzo o anche una cosa semplice come una presentazione in classe per l'ora di letteratura. Ci immagino come due normali teenager, io che vado davvero a pranzo dalla sua famiglia e lascio che sua madre cucini per me piatti turchi, noi che trascorriamo la serata ad ascoltare musica e a ridere mentre guardiamo stupidi video su internet.

Faccio un sospiro e sento la cassa toracica espandersi. No, non siamo due adolescenti qualunque. Sì, il tarlo nero è ancora lì, a divorare ogni pensiero felice che mi concedo. «Sabato sera per me va bene. Me lo segnerò sul calendario come Pianificazione Suicidio.»

Lui fa una smorfia. Niente sorriso a mezzaluna. Tira fuori il cellulare dalla tasca. «Meglio scambiarci i numeri.»

C'è un che di poetico nel fatto che il primo ragazzo in assoluto a chiedermi il numero di telefono sia quello con cui creperò. Scommetto che John Berryman si farebbe grasse risate al riguardo. O forse no. Troverebbe la cosa noiosa e basta.

Do a Roman il mio numero e poi aggiungo il suo come nuovo contatto. Lo inserisco con il nome FrozenRobot. Lui ha un attimo di sconforto nel vedere il mio schermo.

«Be'?»

«Perché mi metti sotto FrozenRobot?»

«Mi viene più facile pensarti così.»

Scuote di nuovo la testa. «Faresti bene a smetterla di tentare di facilitare le cose. Non sarà facile per niente.»

Lo so, FrozenRobot. Lo so.

Venerdì, 15 marzo

meno 23 giorni

Il professor Scott batte il piede sul pavimento di linoleum come se stesse facendo un provino per recitare in *Aspettando Godot*. La campanella suona e lui parte subito a raffica: «Oggi è uno dei miei giorni preferiti».

Controllo la data. Ieri era il Giorno del Pi Greco. Mi domando cos'altro possa entusiasmarlo tanto.

Aggrotta le sopracciglia mentre scruta la classe. Siamo tutti stravaccati sulle sedie, ma la maggior parte tenta di darsi un tono, come se non tenessimo gli occhi puntati sull'orologio che ticchetta.

Il professor Scott sospira. «A nessuno interessa sapere il perché di tanto entusiasmo?»

«A me sì, professore» dice Stacy Jenkins. Si sposta di lato i capelli ramati e lucenti e gli lancia il suo solito sorriso da leccaculo.

«Nessun altro?» esorta lui, e il resto della classe si lamenta.

«Bello vedere l'entusiasmo delle giovani menti del futuro!» I suoi tentativi di fare del sarcasmo cadono nel vuoto. Continuiamo a fissarlo con sguardo opaco e assente, la bocca semiaperta. Scommetto che se filmassero le classi del liceo di Langston e confrontassero il girato con un documentario su creature marine che boccheggiano negli abissi, i punti in comune sarebbero sorprendenti.

«Che le è successo, professore?» lo blandisce Stacy. Sono poche le cose che ammiro di lei, ma devo ammettere che ci vogliono due belle ovaie per rivolgersi al proprio insegnante di fisica come se fosse un cucciolo. Scott non sembra infastidito, però.

«Oggi assegnerò il mio famosissimo progetto fotografico di fisica.» La classe torna a lamentarsi. I progetti sono la cosa peggiore. «Lavorerete a coppie.»

Altri lamenti. Mi correggo. I lavori di gruppo sono la cosa peggiore. «Oh, suvvia» dice lui, sorridendo. «Ai miei studenti piace sempre questo progetto.»

«Cosa dobbiamo fotografare?» domanda Stacy facendo roteare la matita tra le dita.

«Calma, Stacy. Adesso ve lo spiego» risponde e, per la prima volta avverto un briciolo d'irritazione nel tono della sua voce. Mi domando se il professor Scott sognasse di fare l'insegnante di fisica quando aveva la nostra età. Ne dubito. Scommetto che si vedeva a gestire qualche incarico di prestigio alla NASA. Poveraccio. Penso non ci sia quasi sorte peggiore che insegnare alle giovani menti di Langston.

Scott prosegue: «Dovrete scattare cinque foto nel mondo reale che esemplifichino i principi della teoria della conservazione energetica. Le foto dovranno essere collegate a un tema di vostra scelta».

«Tema?» lo interrompe Tyler Bowen.

«Sì. Un tema» conferma Scott. «In passato ci sono stati studenti che hanno usato il basket come tema. Hanno scattato le foto a una partita del liceo di Langston. Altri temi del passato sono stati i parchi di divertimento, i cani...»

«Lo shopping potrebbe andare bene?» propone Tanya Lee.

Il professore ha un attimo di sconforto, prima di tornare subito alla sua espressione neutra. «In teoria, si potrebbero fare le foto anche al centro commerciale.»

Tyler Bowen alza la mano. Il che è una novità, visto che di solito spara subito qualunque cosa gli passi per la testa.

«Sì?» Il professore fa un cenno verso di lui.

«Dobbiamo scattarle noi o possiamo scaricarle da internet?»

Altra smorfia di sconforto.

«Ottima domanda. Dovete scattarle voi. Una bella percentuale del voto sarà su...»

«Non è giusto» protesta Stacy. «Mica è un corso di fotografia questo.» Non è abile quanto Georgia a spacciare i propri capricci per scuse valide, ma si merita comunque un bell'otto per l'impegno.

«Non sarete valutati sulla qualità delle foto» aggiunge rapidamente Scott. «Ma vorrei che...» S'interrompe. «Aspettate. Faccio prima a darvi il foglio con tutte le istruzioni anziché continuare a blaterare.»

La classe borbotta sommessamente, un misto di lamenti e sospiri. La faccia di Scott si fa rossa mentre lui armeggia con le fotocopie. «Qualcuno che mi aiuti a distribuirle?»

Nessun volontario.

«Aysel?» dice lui, con voce supplichevole.

«Ehm, certo.» Mi alzo anche se preferirei ingoiare puntine da disegno piuttosto che interagire con i miei compagni. Tengo lo sguardo basso mentre distribuisco i fogli tra i banchi. Ma nessuno sembra particolarmente interessato a guardarmi. Ogni volta che mi avvicino a qualcuno, lo sento irrigidire la schiena, trattenere il fiato, scongiurare che mi allontani. Una parte di me vorrebbe strillare che non c'è motivo di temermi, ma un'altra, la più grande, evita di farlo perché non ne ha la certezza.

Tornata al mio banco, Scott prosegue nella spiegazione del progetto. Ci dice che vuole le foto incollate su cartoncino bianco e assemblate a mo' di libretto. Ogni foto dovrà essere corredata da una spiegazione dettagliata, con la descrizione della storia del principio fisico rappresentato e le relative formule. Il voto sarà basato sull'efficacia di foto, descrizioni e spiegazioni dei principi fisici coinvolti. Altri possibili punti riguarderanno l'abilità nello strutturare il libretto, e la creatività del tema prescelto. Se ci serve una macchina digitale, possiamo prenderla in prestito in biblioteca. Il professore lascia ben poco spazio alle scuse.

«Dunque non resta che formare le coppie» dice, congiungendo le mani. «Credo che la cosa migliore sia pescare i nomi a caso.»

Com'era prevedibile, esplode la protesta.

«Non è giusto» dice Stacy.

«Esatto» le fa eco Tanya. «Dovremmo scegliere noi con chi lavorare. Specie se il voto finale dipende anche dall'altra persona.»

Il professor Scott si gratta dietro il collo, strizzando gli occhi. «Le volte che ho dato agli studenti la possibilità di formare le coppie da soli, mi hanno consegnato temi poco originali e foto scarsamente ispirate. Invece le volte che le coppie sono state scelte a caso, i lavori finali erano molto più creativi. Credo fosse dovuto al fatto di spronare gli studenti a mettersi in discussione.»

Il dibattito continua, anche mentre ognuno di noi scrive il proprio nome su un pezzetto di carta e glielo consegna. Lui afferra il berretto dei Cincinnati Reds che tiene sulla cattedra e ce li infila dentro. Man mano che legge i nomi delle coppie, i lamenti e i sospiri si fanno più rumorosi.

Stringo i denti e mi pento di non essere stata abbastanza furba da evitare di inserire il mio nome. Magari mi sarei ritrovata a lavorarci da sola, al progetto. E soprattutto, mi sarei risparmiata le reazioni inconsulte del partner assegnatomi dal destino.

«Aysel Seran» annuncia Scott dopo aver estratto il mio nome dal berretto.

Cala il silenzio.

«Lavorerai con Tyler Bowen» annuncia allegro il professore, del tutto ignaro della mia condizione di appestata.

«Oh Dio» dice Stacy. Allunga la mano per dargli una pacca sulla spalla. «Mi dispiace per te, Ty.»

La faccia di lui si fa cupa come se gli avessero appena ammazzato la madre. Forse, visti i trascorsi della mia famiglia, non dovrei scherzare su queste cose. Mi sento quasi male per Tyler. Conosco abbastanza la situazione da sapere che qualunque interazione con me avrà ricadute negative sulla sua vita sociale. Ma tanto il progetto va consegnato il 10 aprile, quindi alla fine poco importa.

Per allora, sarò già sparita dalla circolazione.

Sabato, 16 marzo

meno 22 giorni

Gli ultimi dieci minuti del mio turno alla TMC sono sempre eterni. Valuto se chiamare o meno la persona successiva sulla lista, ma vorrebbe dire che ci tengo a essere una brava impiegata, il che non è vero. Invece, mi metto a cazzeggiare su Dipartite Serene.

Leggo qualche altro annuncio nella sezione Compagni di Suicidio. È strano che certa gente posti lo stesso annuncio più volte. Mi domando se siano rimasti insoddisfatti da chi gli ha risposto prima, e poi mi chiedo se qualcun altro oltre a me abbia scritto a Roman. *Ha scelto me, tra tanti?* Il solo pensiero mi dà una sensazione allo stomaco che non ho mai provato prima. Soprattutto perché in vita mia nessuno mi ha mai scelta, se c'erano possibili alternative. Ma, in tutta onestà, è probabile che anche Roman non ne abbia avute. Willis è in mezzo al nulla. Per sua fortuna, Langston è a soli quindici minuti dal nulla.

«Ti ho già detto che devi smetterla di andare sui siti d'incontri in orario di ufficio» borbotta Laura.

«Ma a te cosa importa?» Chiudo subito la finestra, prima che lei possa vederla meglio.

Si mette a grattare via dalle unghie lo smalto rosa smangiucchiato. «Niente. Anche se devo dirti che finirai per trovare solo svitati patentati, lì sopra.»

Non ha idea di quanto sia vero. «Grazie del consiglio.» Faccio del mio meglio per restare impassibile, ma è più forte di me. Laura scuote la testa.

«Non prendertela con me se poi il tuo computer si becca un virus.» Indica lo schermo.

«Nel caso, dirò subito al signor Palmer che la questione del sito da svitati patentati è opera mia.»

Le faccio l'occhiolino e sollevo la cornetta, sforzandomi di non ridere prima di digitare il prossimo numero sulla lista: Earl Gorges, residente in Rowan Hill Drive.

«Pronto?» risponde una voce profonda.

«Potrei parlare con il signor Earl Gorges?»

«Sono io» dice la voce.

«Salve, signor Gorges, sono Aysel Seran, la sto contattando dalla Tucker's Marketing Concepts a nome della ditta Fit and Active Foods. Gradirei farle alcune domande.»

«Andate all'inferno» dice, e riattacca.

Mi giro verso Laura. «Il tizio mi ha appena mandato all'inferno.»

Stavolta è lei a ridere.

Decido di fare il tragitto lungo per passare a prendere Roman. Le mani cominciano a tremarmi non appena imbocco Tanner Lane. Cerco di evitarla il più possibile da quando è successo il fattaccio di mio padre. È quasi una strada di periferia, con solo il centro sportivo e alcuni negozi malridotti. Nel percorrerla, lancio un'occhiata sulla sinistra.

E lo vedo. Il vecchio minimarket di papà. Lo squallido edificio di cemento grigio non è molto cambiato da quando è stato abbandonato, il che la dice lunga sulle condizioni in cui versava già prima, ancor più che adesso. In città continuano a dire di volerlo demolire. A quanto pare è stato comprato da una società immobiliare che vuole trasformarlo in una di quelle stazioni di servizio nuove dove vendono granite di tutti i colori e pizza calda, mentre fai il pieno. Al minimarket di papà potevi acquistare solo un pacchetto di caramelle, una tazza di caffè e il giornale.

So che dovrei morire dalla voglia di vederlo distrutto, di vederne cancellata la memoria. Forse, se la scena del crimine sparisse del tutto, la gente inizierebbe a non pensarci più. Ma so che non è così. E se anche lo fosse, non voglio vederlo sparire. Nel bene e nel male, rappresenta la mia infanzia.

Fisso l'edificio e mi ricordo di quando sedevo dietro al bancone insieme a mio padre. Ci dividevamo una barretta di cioccolato e ascoltavamo Bach. Mi raccontava che da giovane sognava sempre di imparare a suonare il piano. Diceva che appena avesse guadagnato abbastanza con il negozio, mi avrebbe fatto prendere lezioni di piano. Mi avrebbe mandata a qualche bel campo estivo musicale. Mi sa che le cose non sono andate esattamente come previsto.

Il parcheggio è deserto. Mi piazzo con l'auto davanti all'edificio e spengo il motore. Scendo e passo le mani sui blocchi di cemento tanto familiari. Mi aggiro per la piazzola, in cerca del punto esatto dove ho premuto i palmi nell'asfalto fresco del marciapiede all'età di dieci anni.

Quando papà scoprì cosa avevo combinato, gli occhi gli fiammeggiarono di rabbia e la vena sulla fronte gli si ingrossò, ma poi fissò lo sguardo prima sulle minuscole impronte e poi di nuovo su di me e alla fine scoppiò a ridere. Mi mise a cavalcioni sulle sue spalle e mi disse: «In fondo è meglio così, Zellie. Almeno sapranno tutti che questo posto appartiene a te».

Stringo forte gli occhi e appoggio le mani sulle vecchie impronte. Ormai sono troppo grandi per combaciare con la sagoma sull'asfalto, ma mi sento più a mio agio qui che in qualunque altra parte del mondo. Piego la testa all'indietro e apro lentamente gli occhi. Il cielo è grigio e immobile, come se trattenesse il fiato. Anch'io lo trattengo e aspetto che il groppo che sento montare in gola svanisca. Ma non succede.

«Mi manchi, papà» sussurro, tornando con lo sguardo sul marciapiede. «So che non dovrei dirlo, ma è così.»

Sento il telefono vibrare e vedo un messaggio di Roman. Gli dico che sono già per strada e risalgo in macchina. Quando arrivo a casa di FrozenRobot, gli mando un messaggio per dirgli di uscire. Non mi va di affrontare sua madre. Ma quando la porta si apre, ecco la signora Franklin lì in piedi. Viene verso la mia auto con passo brusco.

Faccio un respiro profondo e abbasso il finestrino.

«Aysel» dice, la voce tesa. «Sono così contenta che tu sia qui.»

Non si direbbe. Annuisco perché non so bene cosa si aspetti che le risponda.

«Roman è rimasto a letto tutto il giorno sia giovedì che venerdì. Si rifiuta di andare a scuola. Ma mi ha appena detto che dovete uscire insieme. È così?» Mi scruta da vicino come per tentare di capire quali attrattive io abbia da offrirgli. Povera donna. Non sa che non sono io ad attirarlo, ma la morte.

Annuisco di nuovo. «Sì. Pensavamo di uscire.» Tento di mantenere un tono neutro, per la paura che la più piccola incertezza possa rivelare le nostre reali intenzioni.

«Per andare dove?»

Sprofondo ancora di più nel sedile. Non mi ero preparata a un interrogatorio. Sto annaspando in cerca di una risposta, quando Roman arriva alle spalle di sua madre. «Facciamo un salto al campo sportivo.»

Lo sguardo di lei passa rapidamente da me a Roman, e un'espressione preoccupata le attraversa il viso. Si pizzica le labbra e sorride, ma è un sorriso debole. «Andate a giocare a basket?»

Guardo Roman in cerca di una risposta. È tutto rattrappito, come se faticasse a reggersi in piedi, come se fosse a disagio per la sua stessa altezza. Ma è una di quelle persone che, pur volendo, stentano a passare inosservate. «Sì. Devo insegnare ad Aysel a fare canestro.» Accenna un gesto verso di me, le mani impacciate. Mi domando se in passato gesticolasse molto parlando. Certo che adesso è proprio fuori forma. «Ti presento la nuova stella del basket.»

Mi costringo ad abbozzare un sorriso e non oso immaginare quanto risulti finto. «Dice di poter insegnare anche a un gatto, allora gli ho fornito un allievo più difficile. Me stessa.»

La signora Franklin ride, ma avverto comunque una lieve esitazione. «Bene allora, divertitevi ragazzi. Ma Roman...» Gli piazza una mano sulla spalla e le unghie laccate di rosa scintillano nella luce dei fari della mia macchina. «Se fai tardi mi chiami?»

«Certo, nessun problema, mamma.» Le dà un debole abbraccio e io distolgo lo sguardo mentre lei gli passa le dita tra i capelli rasati.

Ci saluta da lontano mentre rientra in casa. Roman si piazza sul sedile del passeggero e per un po' restiamo così, in silenzio.

«Piacere mio di rivederti» dico.

«Basta battute, ti ho detto.»

«Non era una battuta.» Riaccendo il motore. «Dunque, siamo davvero diretti al campo sportivo per la nostra uscita?» Uso la stessa parola dell'altro giorno. "Uscire" suona meno macabro rispetto a "Dove pianificare la nostra morte."

«Sì. Il vecchio campetto va bene.» Guarda fuori dal finestrino e sembra perfino più distante di quando l'ho conosciuto la prima volta.

Percorro la strada di casa sua e svolto a sinistra su Main Street. «Dimentichi che non sono di Willis. Non so cosa intendi per il vecchio campetto.» Forse è quel genere di persona che trasforma dentro di sé le bugie in verità. Solo perché ha detto agli amici che ci siamo conosciuti là, l'universo ha in qualche modo reso la cosa vera.

«Prosegui dritto e poi giri a destra su Possum Run.»

Solo a Willis, nel Kentucky, può esserci una strada con un nome così.

«Mi hai già conquistata, con questa destinazione» dico.

Mi fulmina con lo sguardo.

«Okay, okay. Farò la seria.»

«Mi spaventi» dice.

«Perché?»

«Con le tue battute. Sembri convinta della cosa, ma poi ogni volta che ne parli, lo fai a cuor leggero.»

Butto fuori la mia risata. La solita che mi esce quando parlo con Laura. Acuta e soffocata.

«Vedi?»

«Scusami. Rido quando sono nervosa.»

«Perché sei nervosa?»

Svolto a destra su Possum Run. «Perché mi stai facendo il terzo grado sulle mie motivazioni. E comunque, tempo fa ho letto che tra gli effetti collaterali della depressione c'è un incontenibile bisogno di fare battute stupide.»

Lui corruga la fronte.

«Dico sul serio.»

«Non credo sia vero.»

«Informati.»

«Okay, lo farò.» Incrocia le braccia sul petto e guarda fuori dal finestrino. «Insomma, conti di dirmelo o no?»

«Dirti cosa?» La macchina sobbalza su una buca lungo Possum Run.

«Perché vuoi farlo.»

Vedo il campo sportivo sulla sinistra. A quanto pare il "vecchio campetto" consiste in un paio di altalene arrugginite, un campo da basket pieno di crepe con tanto di canestro in rete di metallo e tre tavoli da picnic di legno marcio. Una volta doveva esserci anche una buca di sabbia per i bimbi ma la sabbia deve essere stata rimpiazzata con della ghiaia. L'erba fangosa è disseminata di lattine vuote e cartacce. Per certi aspetti, sembra più un camposanto. Una testimonianza decrepita di ricordi sbiaditi, di tempi migliori. Forse è per questo che piace tanto a FrozenRobot.

Parcheggio e mi volto a guardarlo. Le ginocchia sono piegate e sbattono contro il cruscotto, ma lui non sembra infastidito. Gli occhi nocciola sono spalancati mentre osserva il posto.

«Nemmeno tu me l'hai detto. Non sapevo dovessimo confidarci al riguardo» dico. I polmoni mi si contraggono, segno che farei meglio a non rivelare cose di cui potrei pentirmi.

Lui apre la portiera e scende dalla macchina. Io resto seduta qualche secondo in più e stringo forte gli occhi. So che va contro l'idea stessa di avere un Compagno di Suicidio, ma c'è una gigantesca parte di me che non vuole rivelare a FrozenRobot le mie ragioni. Non mi va che lui si metta a guardarmi come fanno gli altri ragazzi a scuola, quasi fossi una bomba a orologeria pronta a esplodere. Mi piace che Roman pensi che io e lui siamo simili. È bello avere qualcuno capace di relazionarsi con me. Non mi va di rovinare tutto.

E peggio ancora, dal momento che conosce Brian Jackson, dubito possa prendere alla leggera ciò che ha fatto mio padre. Certo, magari non sono più in confidenza come prima, ma mi sentirei comunque a disagio, considerato che è stato mio padre a causare la tragedia che ha tormentato la famiglia di Brian, la ragione stessa per cui il fratello non è andato alle Olimpiadi. Non esiste che riveli a Roman le mie ragioni. Non posso rischiare di essere mollata.

Deve accontentarsi di sapere che sono pronta a morire. Il che basta e avanza. Mi bussa al finestrino. Io scendo dalla macchina e mi ci appoggio con la schiena.

«Scusami» dice. «A volte sono proprio stronzo. Fin da quando...» S'interrompe e si porta una mano agli occhi mentre alza lo sguardo al cielo. Il sole è quasi tramontato, perciò non capisco perché si preoccupi di proteggersi gli occhi. Forse è solo un'abitudine. È strano pensare alle cose che facciamo per abitudine.

«Fin da quando?» sollecito.

Lui raggiunge uno dei tavoli da picnic e ci si siede sopra. Io mi piazzo accanto a lui e respiro l'odore del legno umido e marcio. Il cielo è di un azzurro velato. I tramonti a marzo sono sempre così in Kentucky. È come se il cielo, troppo pieno di umidità, non riuscisse a produrre altro che un azzurro sfumato.

«Da quando è morta.»

«Chi è morta?» gli chiedo subito a ruota. Non sarà molto educato, ma nel rapporto tra me e FrozenRobot le normali regole di comportamento non valgono affatto.

«Mia sorella. La mia sorellina. Aveva solo nove anni.»

Mi mordo le pellicine del pollice e fisso il profilo di Roman. Si è portato le ginocchia al mento, piegandosi come una sedia da campeggio. «Pochi davvero.» Per un attimo, penso a Mike. Ha nove anni, quasi dieci.

«Troppo pochi.»

«Anche diciassette non sono molti» considero.

«Vuoi forse farmi desistere?»

«No. Ci tenevo a sottolineare che non è che devi farla finita solo perché lei è morta. Ci sono...»

Lui m'interrompe. «È morta per colpa mia.» La voce è un ringhio basso e io indietreggio con il busto.

«In che senso?»

Ha un sussulto nelle spalle mentre esala un profondo sospiro. «Dovevo farle da babysitter. Ma non le stavo davvero dietro, sai?»

No, non lo so, ma ovviamente non glielo dico. Gli faccio un leggero cenno del capo, spronandolo a proseguire.

«Era venuta la mia ragazza, e Madison, si chiamava così mia sorella...» Fa alcuni respiri brevi e io sono terrorizzata che possa mettersi a piangere. Non so mai che fare quando c'è qualcuno che piange. È da quando avevo dieci anni che non piango. Penso sia per via del tarlo nero che mi risucchia tutte le lacrime.

Roman prosegue: «Madison voleva fare un bagno e io le ho dato il permesso. Ma vedi, lei soffriva di crisi epilettiche. Crisi terribili. Quindi in teoria non avrebbe dovuto farlo da sola».

«Ah» grugnisco io, prendendo spunto dal copione di Laura.

«Ma volevo, sai no... con Kelly.»

«Aspetta» dico. «Kelly era la cameriera del chiosco?»

Lui scuote la testa. «No. Quella era Suzie.»

«Ma Travis ha fatto intendere che tu e lei stavate insieme.»

«Abbiamo avuto una storia, anni fa.»

«Hai avuto più ragazze?» Mi sforzo di non restare a bocca aperta.

«Davvero non hai di meglio da chiedermi?» Alza le mani al cielo. «Ti racconto le mie cose e questa è la tua domanda?»

Torno a mordicchiarmi il pollice e tiro un calcio alla gamba del tavolo. Trema tutta e per un attimo sembra che debba staccarsi. «Vai avanti.»

«Nemmeno mi chiedi scusa?»

«Ma è una parola priva di significato, no? "Scusa"? Specie se vuoi che venga da me.»

Aggrotta le sopracciglia come se stesse realmente considerando se la parola in questione abbia ancora un senso. Per un attimo, mi sento un po' in colpa e dico: «Hai ragione tu, scusami».

«Sì, okay.» Torna alla sua posizione da sedia da campeggio. «Insomma, ho detto a Madison che poteva farsi il bagno perché sono un idiota e ho pensato che avrei avuto a disposizione quindici minuti ininterrotti con Kelly, perciò io e lei siamo andati in camera mia e ho messo la musica a tutto volume per evitare che Madison potesse sentirci, sai?»

Non so nulla di nulla. Mi stupisce non poco che FrozenRobot dia per scontato che io abbia una vita sessuale.

«Quindi io e Kelly...» Mi lancia un'occhiata imbarazzata e lascia le mani penzoloni lungo i fianchi. Io completo gli indizi non verbali. «Poi esco dalla stanza per andare a controllare Maddie e...» La voce gli si spezza e lo sento trattenere a forza un singhiozzo. «Ho trovato mia sorella morta nella vasca. È affogata in preda a una crisi. Se anche ha gridato, io non l'ho sentita perché ero troppo impegnato con la mia stupida ragazza.»

La sua vicenda mi fa sentire come se mi avessero affondato una pala nel petto. Traggo un sospiro mentre tento di elaborare quanto mi ha appena confessato. So che dovrei dire qualcosa di empatico, una parola gentile, di conforto. Ma il tarlo nero dentro di me si è mangiato ogni possibile cosa empatica, gentile e di conforto da dire. E quindi replico: «Ma che c'entra con il fatto di guidare? Pensavo ti fosse capitato un terribile incidente d'auto».

Lui solleva di colpo la testa e vedo che ha gli angoli degli occhi rossi. Salta giù dal tavolo. «Sai cosa? Lasciamo perdere. Pensavo fossi la persona giusta, per quanto strana e svitata, ma mi sbagliavo.»

«Ti prego, Roman.» Mi alzo in piedi sulla panca del tavolo, osservandolo dall'alto. «Sei ingiusto. Non so cosa ti aspetti da me.»

Lui si passa la mano tra i capelli, rifiutandosi di guardarmi. Fissa il terreno fangoso. «Che tu non mi prenda in giro.»

«Prenderti in giro? E in che modo? Sei tu quello che mi ha appena dato della svitata.»

«Pensi di non esserlo?»

«Lo sono eccome.»

Batte le mani a rilento. «Grazie, signore e signori. Su una cosa almeno siamo d'accordo.»

Salto giù e mi piazzo accanto a lui. Mi sforzo di non afferrarlo per il braccio. «E dai. Vedrai che riusciremo a farla, questa cosa. È che non sapevo che dire. Non sono mica una psicologa.»

«Questo è poco ma sicuro» replica lui, e scuote la testa. Lentamente, un sorriso forzato gli increspa le labbra.

«Volevi che provassi pena per te?» Raggiungo le altalene. Afferro le maglie lisce della catena e mi piazzo sul sedile di metallo coperto di vernice scrostata. Faccio forza sulle gambe, cercando di spingermi più in alto possibile. Magari, se ce la metto tutta, finirò per essere catapultata in aria e la forza centrifuga mi scaglierà fuori dall'universo. Improbabile, ma una ragazza avrà pur il diritto di sognare.

Lui non mi risponde, perciò dico: «Non provo pena per nessuno, io».

«Perché? Perché non esiste vita peggiore della tua?» Si mette a sedere sull'altalena accanto, ma non fa niente per dondolarsi. L'altalena oscilla sotto il suo peso, ma lui non si spinge con le gambe.

«No» rispondo. «È che presumo lo facciano già tutti. Evidentemente vuoi qualcuno che interagisca con te in modo diverso.»

Salgo sempre più in alto e sento l'altalena scricchiolare.

«Stai attenta» mi fa.

«Perché?» Non m'importa di stare attenta. Ma di riuscire a darmi un'ultima spinta, di lasciarmi andare, di volare e di cadere.

«Non sei autorizzata a crepare senza di me» sussurra.

Sabato, 16 marzo

meno 22 giorni

Roman vuole che guidi fino a Crestville Pointe. Si tratta di un parco sulle grandi colline che si affacciano sul fiume Ohio. L'estremità del parco è fatta di strapiombi rocciosi e Roman si è messo in testa che è il posto ideale per togliersi la vita.

Io non ne sono tanto convinta.

«E se non moriamo sul colpo?» chiedo. «Rischiamo di restare agonizzanti nell'acqua almeno per un'ora, a lamentarci e a soffrire come cani. Potrebbe volerci un sacco di tempo. Non voglio una morte lenta e dolorosa. Non erano questi i patti.»

«Sei proprio svitata, lo sai?» dice lui, camminando lungo il sentiero. Stiamo cercando di scovare la via d'accesso più agevole allo strapiombo. I ranger del parco fanno di tutto per rendere la cosa difficile. Soprattutto perché non vogliono che i ragazzini si tuffino per gioco, visto che c'è il rischio di lasciarci le penne. Io spero solo che le probabilità siano più che buone.

«Sono più di undici mesi che ci penso» gli dico. «Sarò anche svitata. Ma ne so più di te.»

«Per favore. Io voglio farla finita quanto te. E comunque, non hai idea di come sia vivere con questo rimorso.» La voce di Roman è fredda e lui tira dritto su per la collina. Sta quasi correndo e fatico a stargli dietro.

«Hai ragione. Non ne ho idea. Ma tu non sai un bel niente di me.» Sputo fuori la frase a fatica. Mi piego in avanti e mi porto la mano al fianco, ansimando pesantemente. Dovrei uscire più spesso. L'erba fresca mi solletica la caviglia, a contatto con l'unica striscia di pelle visibile, tra l'orlo dei jeans e le scarpe da ginnastica. I jeans sono un po' troppo corti ormai, ma preferirei ingoiare vetro piuttosto che andare a fare spese con mamma e Georgia. Tanto vale resistere ancora qualche settimana senza comprarne di nuovi.

«Non so niente perché sei tu che non mi racconti niente» sottolinea. Non sembra per niente spossato. Maledetto lui.

Indico uno spiazzo d'erba. «Mi sa che tagliando di qua arriviamo più vicini all'acqua.»

Lui mi segue. È difficile vedere dove mettere i piedi e mi domando se, per ironia della sorte, finiremo per precipitare giù dal dirupo senza neanche accorgercene. Un ultimo scherzo del destino: per quanto t'impegni, non puoi pianificare la morte.

Lo spiazzo erboso ridiventa lentamente zona boschiva. Siamo circondati da tronchi spessi e scuri, e le nostre scarpe fanno scricchiolare foglie e rametti. Quasi inciampo in una radice sporgente e Roman mi prende al volo. Il fatto è che il fiume Ohio non è particolarmente rumoroso. Nessun gorgoglio o mormorio. Ma sento comunque che ci stiamo avvicinando – avverto l'odore e quasi il gusto dell'acqua putrida e fredda.

Il terreno cambia da sottobosco fangoso a una distesa rocciosa di ghiaia. Eccoci all'estremità. Restiamo entrambi a fissare il fiume; si sentono solo i trilli di qualche uccello.

«Non capisco perché non mi racconti niente» dice lui alla fine.

«Come mai tanta curiosità? Cambia qualcosa se sai perché voglio farla finita?»

«Un po' sì» dice lui.

«In che senso?»

«Perché se è una motivazione stupida, tenterei di farti cambiare idea.»

Rido. «Scordatelo.»

«Sì, invece.»

«E invece no, altrimenti chi ti scorrazzerebbe in giro? Non potresti più sfuggire alle grinfie della Cara Mammina. Tra l'altro, questa devi ancora spiegarmela.»

Fa di nuovo quel suo gesto di portarsi le mani sopra gli occhi mentre guarda in alto nel cielo. Siamo così vicini che riesco a vedere dentro il colletto della sua maglietta. Il profilo della clavicola si staglia netto sotto la pelle. È più magro di quanto pensassi.

Mi sorprende a fissarlo e si sposta di un passo, lasciando più spazio tra noi. «Dopo la morte di Maddie, mi hanno spedito in terapia. Un sacco di terapia. I dottori hanno consigliato ai miei di togliermi la patente perché ritenevano che non fossi in grado di concentrarmi. Hanno anche detto di tenermi sempre d'occhio. A quanto pare, starsene da soli tende a far sentire le persone ancora più depresse, ma nel mio caso, l'essere solo o no non cambia come mi sento per la morte di Maddie.»

Andare in terapia. Subito dopo la condanna di mio padre, a scuola mi hanno obbligato ad andare da una psicologa tre volte alla settimana. Ma gli incontri non sono stati molto proficui. Restavo lì seduta a canticchiare nella testa qualche motivetto e a fissare la sua collezione di piante d'appartamento. Alla fine, ha gettato la spugna.

«Be'?» dice lui. Devo aver fatto una smorfia.

«Niente. Una volta hanno spedito pure me da una psicologa, e trovo divertente che non abbia funzionato neanche per te.»

«Divertente?»

«Non divertente. Ironico.»

«Non so se sia ironico, ma tu sei più intelligente di me, a quanto pare, perciò mi fido.»

«Ti fidi di me?»

Non mi risponde. Si siede accanto al bordo del precipizio e si sdraia di schiena. Usa le mani come cuscino per la testa e allarga i gomiti. Io mi stendo accanto a lui. Non mi sdraio, ma mi rannicchio con il mento sulle ginocchia.

«Vuoi morire in acqua per via di lei?»

Chiude gli occhi e fa un piccolo cenno con la testa. «È il minimo.»

«Possiamo farlo qui, se ti va. È solo che ho un po' di ansia.» Stendo le ginocchia e allungo la mano. Le pietre sono ruvide a contatto con il palmo.

«Mi sa che è una reazione più che naturale.»

Sospiro con forza. «Ma non per l'atto in sé.»

«Ah, sei così tosta che l'idea di buttarti giù da questo burrone non ti scuote minimamente?» Roman si stende su un fianco per guardarmi.

«Okay, forse un po' di paura ce l'ho. Ma mi spaventa di più il dopo.»

Torna a sdraiarsi sulla schiena. «Nel senso di cosa ci succederà una volta morti?»

Raccolgo una manciata di ghiaia e la faccio scivolare tra le dita. «Tu non ci pensi mai? E se la cosa non finisce qui e ci ritroviamo in un posto anche peggiore?»

Si drizza a sedere e afferra una pietra. La lancia oltre il bordo del precipizio. Sembra scomparire prima ancora di colpire l'acqua, troppo piccola per sentirne il tonfo. «Qualunque posto è meglio di questo.»

«Ma credi che sia davvero possibile morire?»

Il suo viso si fa teso, la mascella s'irrigidisce e gli occhi si accendono come due fuochi. Mi domando se FrozenRobot, prima della morte di Maddie, fosse diverso. Con quei capelli castani, la pelle chiara e la mascella volitiva, è il classico belloccio. Di quella bellezza un po' scontata. Da pubblicità di prodotti per la scuola. Di quelli che basta guardarli in faccia per capire che al liceo hanno un alto tasso di popolarità. Sì, Roman è così.

Eppure, più lo guardo, più mi rendo conto che c'è qualcosa di diverso in lui rispetto ai Tyler Bowen e ai Todd Robertson del mio mondo. Mi rimangio quello che ho detto la prima volta che l'ho incontrato: FrozenRobot ha un che di congelato. Tutti i suoi gesti ed espressioni facciali hanno una tensione di fondo, come se lo avessero scolpito nella pietra, rinchiuso in una cella frigorifera e riportato in vita di recente. Non saprei come altro descriverlo, ma più lo osservo, più vedo il dolore che lo stringe come una catena da cui non riesce a liberarsi. Tento di immaginarmelo senza il dolore, senza la pesantezza, ma è difficile vedere qualcosa di diverso da un ragazzo disperatamente triste. Sì, ha l'aria di uno nato per essere popolare e di successo, che si è ritrovato poi obbligato a indossare il dolore.

Il che gli dona. «Come fai a domandarmi una cosa del genere?» La sua voce mi riporta con i piedi per terra. «È evidente che si può. Maddie è morta. Finita. Kaputt.»

Sfrego i palmi sulla ghiaia e i bordi delle pietruzze mi graffiano la pelle. «Ultimamente penso un sacco all'energia dell'universo. E se è vero che nulla si crea e nulla si distrugge, ma muta e basta, secondo te che fine fa la nostra energia quando moriamo?»

Scuote la testa, si alza e si allontana da me, avvicinandosi al precipizio. Lo seguo. Mentre osservo il fiume giù in basso, tento di immaginare come sarà l'impatto con l'acqua. L'Ohio scorre talmente piano che non c'è nessun gorgoglio o mormorio, solo un lento fluire. Forse l'acqua mi abbraccerà stretta, risucchiandomi via tutta l'aria dai polmoni. Magari sarà come essere cullati prima di addormentarsi, oppure mi sentirò trascinare a fondo e tutto diventerà nero e sarà come sognare. Forse.

«Si può eccome» ribadisce. «Maddie è morta. Non vedo la sua energia da nessuna parte.»

«Non vederla non significa che non ci sia.»

Lui prende un'altra pietra e la lancia oltre il precipizio. «Devi piantarla di parlare di questa cosa. Mi dà i brividi.»

«Anche a me» mormoro.

«Ho bisogno di convincermi che una volta morti, siamo morti. Non posso pensare altrimenti.»

«Okay.» Accetto di non parlarne più, ma non significa che non continui a pensarci.

Torniamo entrambi a osservare il fiume in silenzio. A immaginare la nostra morte in acqua.

Lunedì, 18 marzo

meno 20 giorni

Il lunedì mattina a casa è forse il momento peggiore della settimana. Non riesco mai a dormire un quarto d'ora in più perché Georgia si alza sempre all'alba per rovistare nell'armadio. Non sia mai che possa sbagliare abbinamento. A quanto pare la scelta del lunedì è fondamentale, a detta di Georgia determina tutto il resto della settimana. Tipo che se ti vesti particolarmente bene e ti fanno un sacco di complimenti, passerai il compito di algebra di giovedì. Dubito che i polinomi abbiano a che fare con zeppe o jeans attillati, ma Georgia ne è convinta al cento per cento. Meno male che io vesto solo con piccole variazioni sul tema (maglietta a strisce grigie a maniche lunghe, jeans neri, scarpe da ginnastica grigie) quindi non c'è pericolo che per me le cose possano migliorare.

«Aysel» mi sibila. «Aysel, svegliati.»

«Georgia» mi lamento, e mi giro su un lato. Sprofondo con la faccia dentro al cuscino nella speranza di non sentire la sua voce. «Non me ne frega niente se ti metti il vestitino viola o la gonna attillata rossa. Sono certa che sarai bellissima lo stesso.»

Sento il fondo del letto scricchiolare. Lei si mette a farmi il solletico ai fianchi e io mi divincolo, le gambe e le braccia arrotolate nelle lenzuola. «Ma che cavolo vuoi?»

«Svegliati!» Balza di nuovo in piedi e si mette a girare per la stanza. «Guarda fuori dalla finestra.»

Io mi sfrego le tempie. Speravo di riuscire a dormire almeno altri quindici minuti, o anche venti, se decidevo di non pettinarmi. Sospirando, mi costringo a scendere dal letto. Raggiungo a fatica la piccola finestra nel centro esatto della parete in fondo alla stanza. Negli ultimi tre anni, è sempre stata usata come linea di confine: la parte sinistra della camera a me, quella di destra a Georgia. La sua è tappezzata di pagine strappate da riviste di moda e di foto sue e delle sue amiche e c'è anche la sua collezione di saliere. Ha questa bizzarra ossessione per le saliere strane – a forma di gufo, di camion, di lupo – che trova nei negozietti dell'usato. La mia parete è vuota.

«Guarda» insiste lei, puntando il dito verso la finestra.

Fuori vedo l'erba coperta di neve. Sbatto gli occhi perché c'è il sole e il riverbero del cortile è accecante. La neve è ammucchiata contro i tronchi delle querce e, da quel che vedo, ce ne saranno almeno dieci centimetri.

«Pazzesco, no?» dice Georgia, battendo le mani alle mie spalle. «Niente scuola, oggi!»

«Non nevica mai a marzo» dico.

«Una volta è successo, quando eravamo piccole, ti ricordi?»

Sì che me lo ricordo. È stato bello. Avrò avuto massimo nove anni, quindi Georgia sette, e Mike due. Papà mi portò in macchina per farmi trascorrere la giornata qui; voleva comunque aprire il minimarket, nella speranza d'intercettare qualche cliente in più, visto che quel giorno tutti gli studenti sarebbero stati a spasso.

Quella mattina mamma ci fece i pancake al cioccolato e poi passammo il resto della giornata a fare pupazzi di neve in cortile e ad andare con la slitta giù per la collina di Vine Street. Ci siamo sentiti come una vera famiglia, quel giorno. Non avevo l'impressione di essere un'intrusa, di passaggio nei weekend.

È stato un sacco di tempo fa.

Cala il silenzio per qualche istante. Io che fisso la neve fresca fuori dalla finestra e Georgia che osserva me che guardo. Nessuna delle due riesce più a parlare.

«Mi sa che me ne torno a letto» dico. Ecco cosa significa ormai un giorno di neve. Né pancake, né pupazzi di neve, ma ore extra a letto. In solitudine.

La sento emettere l'equivalente verbale di un'occhiata di disapprovazione: un grugnito lamentoso. «Non ti sei ancora ripresa da sabato sera?»

«In che senso?

«Sei tornata tardi» dice.

Mi ributto sul letto e mi tiro il piumone sulla faccia. Non intendo parlare a Georgia di Roman. Mai e poi mai. Lei torna a sedersi in fondo al mio letto. «Con chi sei uscita? Hai qualcuno?»

Non posso fare a meno di ridere. Se ho un ragazzo, si chiama Trapasso. E mi sa che pure Roman è cotto di lui. È una specie di triangolo amoroso finito male. O forse finito bene: ce lo godremo entrambi il 7 aprile.

Georgia sospira irritata e io sento il materasso muoversi quando si rialza. «Bene. Ridi pure. Stavo solo tentando di parlare con mia sorella. Scusa se ho fatto lo sforzo.»

Ah, adesso ti va di parlare con me? Mi verrebbe di nuovo da scoppiare a ridere. È davvero assurdo. Mi cerca solo quando ci sono dieci centimetri di neve a impedirle di uscire con gli amici. «Sorellastra» la correggo e per un attimo mi sento un po' in colpa. Poi il tarlo nero viene in mio soccorso.

«Sei impossibile» dice lei, e sospira. Se non la conoscessi, direi che è triste. Si appoggia alla parete, la mano sulla maniglia della porta. «Per la cronaca, mamma ha fatto i pancake.»

Sento la porta sbattere quando lei se ne va. Qualche secondo dopo, si riapre. «Oh, e per la cronaca, Steve...» Dice «Steve» nel mio stesso identico modo, allungando le vocali come se fosse un elastico allentato. C'è una pausa imbarazzata e poi prosegue: «Sì, Steve, è al lavoro. La Sparkle non ha chiuso la fabbrica».

«Intendi tuo padre» la correggo di nuovo. «Tuo padre è al lavoro.»

«Sì, mio padre. Quello che tu odi senza alcun motivo. Quello che ti ha dato un tetto sulla testa.»

Adesso basta. Butto a terra il piumone e mi drizzo a sedere. «Carino da parte sua. E comunque non lo odio, Georgia.»

«Ah, sì? Be', non si direbbe. Sono stufa di vederti passare tutti i santi giorni a commiserarti per quello che ha fatto tuo padre. Sai cosa? Tu non sei lui. E dovresti smetterla di incolpare il mondo intero per quello che ha fatto. Te compresa.»

Vallo a dire agli altri, penso. Le lancio un'occhiata rabbiosa, nella speranza che mi lasci in pace, e invece non se ne va. Resta a fissarmi per un po', le mani sui fianchi stretti. Io la fisso a mia volta, domandandomi come sia possibile che siamo anche solo sorellastre. Con la sua pelle chiara, i capelli color miele e il nasino all'insù, sembra perfetta per concorrere all'elezione di Miss Kentucky. Lei è il sole e io la cupa e tormentata luna. La sola cosa in comune sono gli occhi. Abbiamo entrambe gli occhi scuri, a mandorla, di mamma.

Oggi ha la treccia e indossa un paio di boxer da ragazzo e una maglietta extralarge dei Kentucky Wildcats. Mi domando se abbia rinunciato alla regola del lunedì. Sto per fare un commento al riguardo, ma prima di riuscirci, lei dice: «Vorrei solo che tu non fossi sempre così triste, Aysel».

Anch'io, Georgia. Anch'io.

Tiro un sospiro profondo e scendo dal letto. «Ti raggiungo di sotto per i pancake. Fammi solo lavare i denti.»

Lei mi sorride come se le avessi appena detto che ha passato a pieni voti l'esame di algebra ed esce saltellando dalla nostra stanza. Credo di non aver più saltellato dai tempi dell'ultima nevicata di marzo.

Attraverso il corridoio fino al bagno e spremo un po' di dentifricio sullo spazzolino. Torno in camera e mi strofino i denti mentre guardo fuori dalla finestra. Sento in lontananza mamma, Georgia e Mike parlare in cucina.

«Scende subito» annuncia Georgia.

«Ah, bene!» esclama mamma. «Meno male che l'hai convinta a scendere dal letto. Sono felicissima.»

Il profumo di sciroppo d'acero riempie la casa. Sento Mike sbattere i pugni sul tavolo. «Mi raccomando, metti un sacco di gocce di cioccolato» dice. «Ad Aysel piacciono tanto.»

Il cuore mi si gonfia e aspetto che il tarlo nero si risucchi via anche questa sensazione, ma non succede. Me la lascia tenere. Il gonfiore si trasforma in una piccola fitta acuta; abbandonarli sarà più difficile di quanto pensassi.

Mentre m'infilo le ciabatte e scendo le scale a passo felpato, mi ritrovo a pensare quanto sarebbe bello se tutti i giorni fossero così. In quel caso, mi sa che non avrei più tanta fretta di farla finita.

Il problema è che le nevicate a marzo sono più uniche che rare. Non si può vivere di soli miracoli.

Mercoledì, 20 marzo

meno 18 giorni

Tyler Bowen mi aspetta seduto a un tavolo nella biblioteca della scuola. Ero convinta che mi avrebbe dato buca, ma a quanto pare capita anche a me di sbagliarmi sul conto delle persone.

La nostra biblioteca è più un'aula di informatica che altro. È al centro dell'edificio scolastico, uno spazio di fortuna pieno zeppo di computer, banchi e scaffali di plastica poco solidi. Di recente, hanno appeso alla parete di fondo alcuni poster di Brian Jackson; gli stessi che ci sono anche alla TMC. Mi perseguitano.

«Ehi, sorella di Georgia» dice lui, quando prendo posto al tavolo.

«Lo sai, vero, che ho un nome?» Apro lo zaino e tiro fuori il quaderno di fisica.

Il volto pallido di Tyler si fa tutto rosso, evidenziandone ancora di più le lentiggini.

«Be'?» Levo il tappino alla penna e la picchietto contro il tavolo.

«Non riesco a pronunciarlo.»

Scoppio a ridere e la sua faccia diventa ancora più rossa.

«Non c'è niente da ridere» dice, con lo sguardo basso sulle scarpe. «Hai un nome... strano. L'ha scelto tuo padre?»

Sbatto gli occhi, leggermente stupita che lui nomini mio padre di proposito. «Penso l'abbia scelto mia madre. Ma non lo so.»

«Quindi come si pronuncia?»

«Aysel» rispondo. «Con l'accento sulla "e".»

Lui strizza gli occhi confuso e perciò io aggiungo: «Aysèl».

«Ok, ci sono: Aysel» dice lui, con l'accento un po' troppo marcato, ma è un inizio.

«Davvero non sapevi pronunciare il mio nome?»

«Avevo una vaga idea, ma non ero sicuro. Sai, è difficile.»

«Touché.» Alzo le spalle, rendendomi conto che mi considero esattamente come mi vede Tyler Bowen: una variabile sconosciuta. «Mi sa che dovremmo cominciare.»

«Sì, sarà meglio.» Si passa la mano tra i capelli ramati. Mi domando se pensi di essere più affascinante così.

«Qualche idea per il progetto?» Mordicchio il tappino della penna, facendo in modo di risultare ben poco affascinante.

Tyler non mi risponde. Sprofonda nella sedia e saluta uno dei suoi compagni di basket appena entrato in biblioteca. Gli amici gli gridano qualcosa, ma vengono subito zittiti dalla signora Silver, la bibliotecaria della scuola.

«Ehi, mi dai un minuto?» domanda Tyler.

«Tranquillo.» Lo osservo mentre si precipita dall'altra parte della biblioteca per andare incontro ai suoi amici.

Li vedo bisbigliare tra loro, facendo cenno verso di me. Tyler incassa la testa nelle spalle. Suppongo stia spiegando che è stato costretto a lavorare con me.

«A presto, amico» sento dire da uno dei due.

«Sì, in bocca al lupo» aggiunge l'altro.

Alla fine Tyler torna verso di me, ma a passo lento, facendo di tutto per sottolineare che si tratta di una condanna. Non di una scelta.

«Scusami ancora.»

«Figurati. Ma adesso è meglio mettersi al lavoro.»

«Ben detto, Aysel.»

«Non è che devi per forza ripetere il mio nome ogni volta.» Allungo la mano nello zaino e tiro fuori il libro di fisica. Lo lascio cadere sul tavolo con un tonfo. «Insomma, hai qualche bel tema per il nostro progetto?»

«Tema?»

È evidente che Tyler Bowen non sta molto attento a lezione. «Sì, un tema. Il professor Scott ha detto che dobbiamo strutturare il nostro progetto attorno a un tema.»

«Ah, *quel* tema.» Stiracchia le lunghe gambe. «E se fosse il basket?»

Lo guardo con occhi spenti. «Dici sul serio?»

«Ma certo!» Tyler si sporge sul tavolo verso di me. «Il professor Scott l'ha usato come esempio, quindi significa che gli piace di sicuro.»

«O che è già stato fatto un milione di volte. Dovremmo essere creativi.» Perché la cosa mi stia così tanto a cuore non lo so. Incontrarmi con Tyler è una perdita di tempo. Tanto il voto finale non conta nulla. Me ne sarò andata prima ancora della consegna del progetto.

Ma voglio fare un lavoro accurato per il professor

Scott. Anche se poi non vedrò la sua reazione, ci tengo che sappia che mi sono impegnata per il suo corso. Cerco una pagina bianca sul mio quaderno. Batto ripetutamente la penna sul foglio, sperando di trovare un'idea.

«Che intendi per "creativi"?» Tyler pronuncia la parola come se per lui fosse strana quanto il mio nome.

«Creativi. Tipo, perché non andiamo allo zoo o che so io?» Annoto la mia proposta.

Lui fa una smorfia. «Lo zoo? Ma è un posto per ragazzini.»

«Oh, ma dai. Scommetto che da piccolo lo adoravi.»

«Sì, quando avevo undici anni.» Si tocca di nuovo i capelli. A sua discolpa, va detto che sono davvero morbidi e lucenti. E la cosa sembra stargli particolarmente a cuore.

«Lo zoo è perfetto» proseguo io. «Ci sono un sacco di opportunità di fare foto. Per esempio, i pipistrelli appesi a testa in giù sono dotati di energia potenziale. E magari riusciamo anche a fotografare un leone che mangia carne cruda e usarlo come esempio di energia in trasformazione.»

«Ma lo zoo è lontanissimo, ci vogliono ore di macchina per arrivare a Louisville. Non possiamo scegliere qualcosa di più facile?»

Non posso mica vuotare il sacco con Tyler e dirgli che voglio andare allo zoo un'ultima volta prima di morire. Che mi piacerebbe un sacco vedere i leoni stesi al sole o gli orsi polari che se la spassano nella piscinetta. FrozenRobot probabilmente mi darebbe della svitata, ma non posso fare a meno di pensarla così.

«Sì. È un bel viaggio, ma una volta arrivati ci metteremo un attimo. Ci sono talmente tante cose da fotografare» argomento, incrociando mentalmente le dita.

«D'accordo, Aysel con l'accento sulla "e". Vada per lo zoo.» Mi prende la penna di mano e afferra il mio quaderno. Lo sventola in aria. Io faccio per riprenderlo, ma è troppo tardi.

Tyler spalanca gli occhi, guardando fisso la pagina che si è aperta a caso. «Wow.»

Riesco a rimpossessarmene e lancio un'occhiata alla pagina in questione. Tiro un sospiro di sollievo. È meno peggio di quanto pensassi. È solo il disegno di un omino stilizzato con un cappio al collo. Penso di averlo fatto a lezione un paio di settimane fa, quando il professor Scott continuava a blaterare di angoli e velocità mentre io non pensavo ad altro che alla distruzione dell'energia.

«Che vuol dire quella specie di... impiccato?»

«L'ho disegnato mentre mi annoiavo a lezione. A te non capita mai? Scott parla sempre e solo di angoli.» Ho il cuore che mi batte a mille, ma faccio di tutto per non alterare il tono di voce.

Lui corruga la fronte e il suo viso si rabbuia. «Sicura che non devo preoccuparmi?»

«Perché gioco all'impiccato?»

«Dalle mie parti questo non è il gioco dell'impiccato» mormora lui.

Alzo di nuovo le spalle e mi costringo a sorridere. «La mia sarà una versione diversa.»

«Okay...» Lui deglutisce e lo vedo annaspare in cerca delle parole. Ho fatto ammutolire Tyler Bowen. Mi sa che posso aggiungerlo alla lista delle cose fatte.

Ricambia il mio maldestro mezzo sorriso. «Una volta ho sentito che i pesci sono gli animali migliori da osservare quando uno è depresso.» Mi dà un piccolo pugno sulla spalla, come fossimo vecchi amici. «E allo zoo c'è un acquario fantastico.»

Lancio un'occhiata di sfuggita al poster di Brian Jackson. Ho le parole sulla punta della lingua e sono quasi tentata di aprirmi di più con Tyler, dirgli che il disegno non è uno scherzo o un gioco. Aspetto che la sensazione svanisca, ma non succede. Sono come una bomba a mano di ceramica – solida e fredda ma fragile. Potrei esplodere da un momento all'altro. Non mi va di farlo davanti a Tyler.

Con il tono più neutro che riesco a fingere, dico: «Insomma quando andiamo allo zoo? Sarà il caso di farlo il prima possibile, e metterci subito all'opera. Penserai che sono una secchiona, ma voglio davvero fare un buon lavoro».

«Potremmo andarci sabato» propone lui.

«Di mattina?» In teoria mi sa che sono di turno, ma posso sempre fare a cambio con qualcuno. O non presentarmi e basta. Il mio lavoro mi sembra più inutile che mai.

Lui arriccia le labbra sui denti, gli occhi azzurri velati di stupore. «Perché? Hai già fatto programmi per sabato sera?»

«No» dico, pronta a incassare una frecciata.

Che non arriva. «Facciamo che ti passo a prendere verso le dieci?»

«Per me va bene.» Non devo neanche dargli l'indirizzo, è già passato a prendere mia sorella un paio di volte. Scommetto che le verrà un infarto a vedere Tyler Bowen che mi aspetta nel vialetto di casa. La sola idea mi fa quasi sorridere.

«Be'?» mi domanda.

«Niente» dico io, posando le mani sul tavolo. «È che sono contenta di andare allo zoo.»

Giovedì, 21 marzo

meno 17 giorni

Oggi è il compleanno di Mike. Siamo tutti riuniti nella sala delle feste sul retro del Pirata Jack Laserplex, che è esattamente come te lo aspetti: una bettola per i combattimenti simulati con le pistole laser ad ambientazione piratesca. È all'interno di un enorme blocco di cemento con finestrelle polverose e pavimenti di piastrelle macchiate.

Steve ha sempre il giovedì libero e mamma si è presa un giorno di ferie. Io e Georgia siamo arrivate direttamente da scuola per aiutarla a decorare la sala con festoni rossi e neri, bende e finte monete d'oro. Chiudendo gli occhi, coprendo le orecchie e ruotando su se stessi un paio di volte, si avrebbe quasi l'impressione di trovarsi su una nave dei pirati, anziché nel bel mezzo di Langston. Quasi.

Sono seduta a un tavolo in fondo alla sala, da sola, il regalo per Mike in equilibrio sulle ginocchia e un bicchiere di aranciata nella mano sinistra, mentre tento di fingere di non sentirmi ridicola con indosso un cappellino di carta da pirata. Steve è seduto insieme ai suoi amici, a tracannare lattine di birra scadente una dopo l'altra e ad applaudire ogni volta che Mike scarta un pallone da basket o un guantone da baseball. Mamma e alcune sue amiche sono, insieme a Georgia, al tavolo accanto a quello di Steve, a spettegolare sulle cheerleader e a lagnarsi del fatto che Christine Beth Thomas ha battuto Sandra Dewitt al concorso di bellezza del mese scorso.

Di tanto in tanto, mamma mi lancia un'occhiata. Come ho già detto, io, lei e Georgia abbiamo gli stessi occhi, ma le palpebre di mamma sono diverse. Sembrano scure e peste. Hanno un che di triste.

Mike ha aperto la sua pila di regali in un battibaleno. Suppongo che ora tocchi a me. Allungo la mano e poso cautamente il bicchiere sul tavolo. Uno schizzo di sciroppo arancione e zuccheroso fuoriesce dal bordo del bicchiere e mi gocciola sulla mano. Me la pulisco nella maglietta e afferro il regalo di Mike. È leggero al tatto e invece vorrei che fosse solido, importante. Vado verso di lui.

Mike me lo strappa di mano. «Ehi, Aysel» esclama, gli occhi grigio-verde che s'illuminano. Mike somiglia a Steve in modo inquietante, una sua versione in miniatura. Hanno entrambi i capelli biondi e mossi, occhi piccoli e penetranti e il mento appuntito.

«Ehi, Mikey» dico. «Buon compleanno.»

Il resto della sala è ammutolito. Tutti ci osservano. Ho confezionato il pacco regalo usando carta riciclata. Lui non sembra accorgersene. Strappa subito via l'involucro e, nel fissare il mio regalo, gli occhietti gli si allargano come palle da baseball.

Mike squittisce e agita in aria il regalo, un fumetto.

È un'edizione di *Spider-Man* autografata da Stan Lee. Se la stringe al petto e mi sorride raggiante. «Spider-Man? È fantastico!» Guarda a lungo la copertina e passa con il dito sull'autografo come se ne fosse ipnotizzato. Poi appoggia con cura il fumetto sul tavolo e spalanca le braccia, tirandomi a sé in un abbraccio strettissimo.

Ho la bocca secca e lo stomaco pesante come una palla da bowling. Ricambio a malapena l'abbraccio e gli passo le dita tra i capelli mossi. «Figurati, fratellino. Spero possa continuare a piacerti anche in futuro.»

Lui fa una smorfia, come se intuisse che c'è qualcosa di strano in quello che ho detto. Il problema è che non posso rivelargli il vero motivo. Dovrei dirgli che ho speso l'equivalente di quindici mesi di stipendio per comprargli quel fumetto perché voglio a tutti i costi che gli resti qualcosa di bello di me. Che mi ricordi come una sorella gentile, in gamba e premurosa. Non come la rampolla svitata di un assassino che si è tolta la vita quando lui aveva dieci anni.

Voglio essere qualcosa di più per lui. So che forse non succederà mai, ma ho questa idea in testa per cui, tra un paio d'anni, quando non ci sarò più e Mike sentirà la mia mancanza, prenderà il fumetto e, leggendolo, si sentirà subito meglio. A suo agio. Sicuro di poter sconfiggere, a differenza di me, i propri demoni.

«Ehi» mi chiama una voce roca.

Lascio scivolare le braccia dalla vita di Mike e mi volto. È uno degli amici di Steve. Ha capelli castani lunghi e radi che gli arrivano sulle spalle e indossa un berretto mimetico da camionista.

«Ehi» ripete. «Sono cose costose, quelle.» Fa segno

in direzione del fumetto con la birra, stretta nella mano destra. «Spero te lo sia procurato legalmente.» Fa un gran sorriso, mostrando i denti gialli e storti. Basta il suo sguardo per capire a cosa sta pensando: mio padre.

«Tranquillo» rispondo. «È tutto legale. L'ho comprato con ore e ore di duro lavoro.»

L'uomo gira la testa per lanciare un'occhiata a mia madre. «Avrà preso da te, Melda?»

Mia madre annuisce impettita e si dirige verso il fondo della sala. Posa una mano sulla piccola schiena di Mike e si volta a guardarmi. «È un regalo azzeccatissimo, Aysel. Grazie.»

Ingoio la rabbia che sento ribollire dentro. *Voglio bene al mio fratellino. È chiaro che gli ho fatto un bel regalo. Perché tanto stupore, mamma?* Serro con forza la mandibola, per paura di quello che potrebbe uscirmi di bocca.

Mike è l'unico di tutta la banda a non essersi scomposto quando mi sono trasferita da loro. Il primo giorno che sono arrivata in casa di Steve, Mike era lì ad aspettarmi sugli scalini dell'ingresso con un sorriso così grande da rischiare di spaccarsi in due la faccia. Avevo il cuore gonfio nel vedere il suo sorriso bucherellato, e il solo ricordo adesso mi fa male. Appena mi sono trasferita, quando mamma lavorava fino a tardi, gli leggevo le storie per farlo addormentare. E ogni tanto m'implorava di giocare con lui nel cortile sul retro. Ci mettevamo a correre, calciando avanti e indietro il pallone sporco di fango. Ma ultimamente non ho più la forza per fare certe cose.

Mamma mi passa accanto per andare a sedersi dietro

il tavolino con sopra la torta. «Mike, vieni ad aiutarmi a tagliarla.»

Mike guarda prima lei e poi me. Mi abbraccia di nuovo e poi corre da mamma. È pieno di entusiasmo, sorrisi e amore. Mikey è sempre stato così.

Ho la gola secca mentre torno al mio posto e osservo mia madre che taglia la torta al cioccolato. È ricoperta di glassa mezza sciolta e colante. Esorta tutti a mangiare in fretta perché tra venti minuti tocca a noi giocare a lasertag.

Mentre divorano la torta, gli amici di Mike esaminano a turno i regali. Quando uno di loro fa per afferrare il fumetto, con le dita piene di glassa al cioccolato, Mike glielo sfila via. «Pulisciti le mani, prima!»

Si volta a guardarmi e il cuore mi si ferma e temo che possa esplodermi da un momento all'altro. A volte mi domando se non sia come un buco nero: è così denso che non c'è spazio per la luce, e potrebbe risucchiarmi. Mike è quello che mi mancherà di più. Talmente tanto che quasi non riesco a sopportarlo.

Infilzo la forchetta nella fetta di torta e sospiro. Mi alzo e vado verso la porta. Mamma mi arriva da dietro e mi mette una mano sulla spalla.

«Dove vai?» Le palpebre le pesano sugli occhi, come se all'improvviso dovessero chiudersi di colpo.

«In bagno.»

«Okay, fai in fretta. Non vorrai perderti la partita.» Le sue parole sono semplici. Innocue. Ma so che in realtà vuole dirmi che qui è proibito comportarmi da straccio ambulante. Questa è la festa di compleanno di Mike e io devo stringere i denti. E il fatto è che ha ragione. Non sarebbe giusto da parte mia chiudermi in bagno e fare l'offesa per ore.

Mi verrebbe da urlarle in faccia. Non si prende mai la briga di chiedermi cosa c'è che non va o come sto. Non vuole saperlo. Anche se mamma non è cresciuta in mezzo ai concorsi di bellezza del Kentucky, ha imparato a fingere. È bravissima a sfoderare un sorriso smagliante anche quando so che vorrebbe piangere. O a parlare in tono calmo e misurato quando vorrebbe urlare. A volte vorrei che si mettesse a urlare per davvero. Il suo fingere che vada sempre tutto bene mi fa sentire ancora più pazza di quanto già non sia.

Getterebbe la maschera se le dicessi quello che ho intenzione di fare? Se sapesse cosa stiamo progettando io e FrozenRobot? Scaccio il pensiero. Dirglielo sarebbe peggio. Nessuna sua parola può salvarmi. Non devo dimenticarlo.

Attraverso il corridoio, osservando le macchie di fango disseminate sulle mattonelle del pavimento. Apro la porta ed esco fuori. Chiudo gli occhi, il vento freddo che mi sferza il viso.

Infilo le mani nella neve ancora non del tutto sciolta. Ho le dita congelate.

Meno diciassette giorni.

Venerdì, 22 marzo

meno 16 giorni

«Non posso credere che domani mi abbandonerai» dice Roman. È seduto sul materasso e saltella su e giù. Malgrado l'altezza, a volte ha l'aria di un ragazzino. Certo, anche l'abbigliamento non aiuta. Non ha la solita tuta con il cappuccio. Vista l'occasione, sua madre deve averlo costretto a indossare pantaloni scuri con la piega e una camicia color crema. Sembra poco a suo agio vestito così, come se fosse un costume di carnevale.

«Abbandonarti?» Mi aggiro per la sua stanza. È semplice, un po' come me l'ero immaginata; non che passi il tempo a immaginarmi la stanza di Roman. Con le pareti beige, il poster di ordinanza della squadra di basket dell'Università del Kentucky e le finiture marrone scuro, potrebbe essere la stanza di un liceale qualunque.

Sul comodino, noto la foto di una ragazzina tutta sorridente. Ha la bocca spalancata e fa la linguaccia a chi sta scattando la foto. Deve essere Madison.

La madre di Roman è sotto che prepara la cena, una sua personale interpretazione della cucina turca. Ci sarà da divertirsi. Il padre è ancora al lavoro ma dovrebbe tornare giusto in tempo per il grande evento. Sono un po' stupita che sua madre ci lasci stare da soli nella stanza di Roman. Sembrava pensare che ci fosse qualcosa tra me e lui, ma forse è più intelligente di quanto creda. Anche se, in effetti, gli ha detto di lasciare la porta aperta.

«Ehi.» Mi volto di scatto a guardarlo. «Perché hai permesso che tua madre organizzasse questa messinscena?»

«Quale messinscena?»

Alzo le spalle. «Questa cena fasulla. Non ti senti un po' in colpa che lei stia spignattando di sotto?»

Smette di saltellare sul materasso e abbassa lo sguardo. «Un po' sì. Ma non avevamo scelta.»

Arriccio il naso in segno di disappunto.

«Devo assolutamente farle credere che stia nascendo qualcosa tra noi» spiega lui. «Così mi farà stare da solo con te il 7 aprile. Non mi lascerebbe mai uscire con un estraneo il giorno del primo anniversario della morte di Maddie. È troppo intelligente.»

Quindi sarei una pedina nel tuo giochetto. Mi sa che l'avevo già intuito. In fondo è per questo che ha bisogno di un compagno di suicidio. E comunque anche lui è una pedina per me. Un mezzo per ottenere un fine. O meglio, il mezzo per la Fine.

Torno a curiosare nella stanza di Roman. Ha una palla da baseball firmata, messa strategicamente all'interno di un cappellino dei Cincinnati Reds. «Me l'ha data mio padre» dice. «Siamo andati a una partita insieme quando ero piccolo.»

Annuisco e continuo a rovistare tra gli oggetti. Chissà se gli dà fastidio. Io che vado in cerca dei suoi segreti sotto il suo stesso sguardo. Gli lancio un'occhiata e lo vedo steso sul letto, il mento rivolto al soffitto. Anche se gli desse fastidio, non lo dà a vedere. Forse è un effetto collaterale del fatto di sapere che stai per morire: nessuno dei tuoi segreti ha più importanza. Una volta tolto il disturbo, verranno a galla comunque. Sviscerati da altri.

Non mi piace che altra gente si metta a curiosare nei miei segreti. Non so nemmeno se ne ho, al di là di FrozenRobot. E il segreto che sto nascondendo anche a lui, quello su mio padre

«Quindi domani vai allo zoo?»

«Già» dico, sfogliando una copia di *Viaggio al centro della Terra*. Fa quasi tenerezza che lui abbia questa specie di ossessione per Jules Verne. Rinfilo il libro sullo scaffale e tiro fuori *Ventimila leghe sotto i mari.*

«Mi piacevano un sacco da piccolo.»

«Mmm.» Lo apro, osservando le illustrazioni in bianco e nero. È una bella edizione, di quelle costose. Da collezionisti. Un'inquietante creatura marina mi fissa dalla pagina con i suoi occhi grandi come pompelmi. Chiudo il libro di scatto. Nel farlo, fuoriescono alcuni fogli volanti. Ne afferro uno. È uno schizzo a matita di una piccola tartaruga. Il disegno è così ben fatto che sembra quasi tridimensionale. Pur essendo un carboncino, si riesce a percepire la rugosità del collo e la levigatezza del carapace. Ma ha anche un che di strano, è quasi come fissare una tartaruga attraverso una lente offuscata. Surreale. I segni sul guscio sono fin troppo marcati e le zampe anteriori lunghe e sottili.

Sfoglio rapidamente gli altri disegni; molti raffigurano la stessa tartaruga, ma uno è un ritratto di Madison. Gli occhi sono grandi e ombreggiati con grande maestria, e lo schizzo è riuscito a cogliere il suo sorriso smagliante. Ma anche se sta sorridendo, c'è una tristezza di fondo nel disegno, come se l'autore, a differenza di lei, sapesse già della sua fine. Non riesco a smettere di fissare il disegno. È un'ossessione.

FrozenRobot si alza di colpo e si siede ai piedi del letto. «Sono stupidaggini. Non guardarli.»

Torno al primo schizzo della tartaruga e mi avvicino di un passo all'acquario che ospita il famoso Capitan Nemo. La tartaruga sta andando su e giù nell'acqua poco profonda, spingendosi con le zampette rugose. «Ma quali stupidaggini? Sono bellissimi.» Confronto lo schizzo con il soggetto in carne e ossa. È praticamente identico, eccetto per quel non so che di surreale che ha il disegno. La tartaruga disegnata da Roman sembra triste, quasi in lutto. Gli occhietti piccoli e lucidi sono scuri e le zampe posteriori sembrano troppo gonfie e pesanti per consentirle di nuotare. «Li hai fatti tu?»

«Sì.» La sua voce è bassa e lo sento rigirarsi nel letto, con il materasso che cigola sotto il suo peso. «Rimettili via, per favore. Sono imbarazzanti.»

«Perché? Voglio dire, hai fatto un Capitan Nemo un po' più emo di com'è in realtà, ma al di là quello, è perfetto.» Accosto il disegno all'acquario. «Davvero incredibile.»

Roman non dice nulla, ma lo sento fare un piccolo sospiro di protesta. Mi volto a guardarlo. Si è stretto le ginocchia al petto e le tiene avvolte tra le braccia.

«Non sapevo che disegnassi. A volte anch'io faccio qualche schizzo, ma solo omini stilizzati.» Fisso il disegno e passo le dita sul guscio dall'aspetto liscissimo, quasi mi aspettassi di sentirne la reale consistenza. «Sono impressionanti.»

«Figurati. Mica sono un artista.» Alza le spalle. «Sono solo cosette che faccio quando me ne sto qui dentro da solo. Per passare il tempo.»

Annuisco e rimetto i fogli sotto la bandella della copertina dell'edizione da collezione di *Ventimila leghe sotto i mari*. Il corpo di Roman si rilassa visibilmente una volta spariti i disegni. «Quindi suppongo che il nome Capitan Nemo derivi dal personaggio di Verne?»

«Te l'ho già detto, non gliel'ho dato io.» La voce di Roman è improvvisamente fredda.

Non bado alla sua durezza. «È stata Maddie?»

«Sì.»

Lascio perdere e torno a fissare la tartaruga vera. Non me ne intendo granché, ma sembra particolarmente ben tenuta. Ha una scodella di frutta fresca, palline rosse per giocare e una grande lastra di pietra per riscaldarsi al sole. Mi chiedo come faccia Roman a sopportare l'idea di abbandonare Capitan Nemo e se sappia cosa ne sarà della tartaruga quando non ci sarà più lui a prendersene cura. Mi mordo il labbro; non sono abbastanza coraggiosa da domandarglielo. O forse non voglio conoscere la risposta.

«Quindi tu e quel tizio state insieme o cosa? Quello con cui vai allo zoo?» domanda Roman all'improvviso.

Mi sforzo di non ridere e scelgo di ignorare la sua stupida domanda. Evidentemente non è così preoccupato per la sorte di Capitan Nemo. O se lo è, preferisce far finta di nulla. Mi chino in avanti per ispezionare meglio la sfilza di trofei sullo scaffale. Leggo le diciture incise, per lo più sono premi da tornei amatoriali, ma c'è una grande targa d'argento che salta subito all'occhio. Sopra c'è scritto: "WILLIS HIGH SCHOOL, SQUADRA UFFICIALE DI BASKET". La prendo in mano per osservarla meglio. È pesante.

«Insomma avevano ragione i tuoi amici. Eri davvero bravo a giocare a basket. Come mai facevi il modesto?»

Alza le spalle. «Così.»

«Dico davvero, perché?»

«Non è che lo ero. Lo sono ancora. È solo strano vantarsi per qualcosa che sai fare.»

«Ma non giochi più?»

«No.» Si ributta sul letto. «Non faccio più nulla, punto e basta.»

«Eccetto assillarmi con la storia dello zoo. Non è che avessimo un appuntamento, FrozenRobot.»

«Non chiamarmi così.»

«Okay, okay.»

Lui mi lancia un cuscino e mi colpisce di lato sulla faccia.

«Ehi!» dico, sfregandomi la guancia destra come se il cuscino avesse potuto davvero lasciarmi un livido.

«Scusami, volevo solo la tua attenzione, perché ho pensato una cosa.»

«Sentiamo.»

Si lascia scivolare giù e si siede ai piedi del letto. Accarezza il pavimento accanto a sé. Io mi siedo vicino a lui. Suppongo sia stanco di vedermi curiosare in cerca dei suoi segreti. Appoggio la testa contro il bordo del materasso.

«Ho pensato che sto per morire con te e non so neanche qual è il tuo colore preferito.»

Mi porto la mano alla bocca e scuoto la testa. *Così rendi di nuovo tutto più complicato, FrozenRobot.* Mentre rifletto sulla domanda, tolgo la mano dalla bocca e mi metto a giocherellare con la moquette. È più pulita di quella nella stanza mia e di Georgia. Niente patatine sbriciolate o pallini di polvere nascosti qua e là.

«Be'?» fa lui.

«Il mio colore preferito non ti rivelerà niente di me.»

Lui si fa più vicino, appoggiando la spalla contro la mia. «Giusto. Allora dimmi qualcosa di te. Voglio che mi racconti di te. Mi fa strano considerarti una perfetta estranea.»

«Perfetta estranea? Sai un sacco di cose di me. Cavolo, tua madre mi sta preparando la cena.» Lui si limita a guardarmi, perciò aggiungo: «Cibo turco. Sta preparando cibo turco apposta per me. Perché io sono...»

Agita la mano a mezz'aria e m'interrompe. «Sai cosa voglio dire. Non queste cose finte.» Gli occhi gli si spalancano e ha quasi l'aria di un cucciolo. Un cucciolo triste. «Voglio sapere qualcosa di autentico. Che non tutti sanno.» La sua espressione da cucciolo si fa più intensa, la bocca piegata all'ingiù.

«Non riesco ad addormentarmi con indosso i calzini, ma ho sempre freddo ai piedi, quindi è un po' un problema.»

Osservo il suo viso aprirsi in un sorriso obliquo. Fissa le mie Converse grigie. «Maddie odiava portare i calzini.»

«Davvero?»

«Sì. Mi diceva sempre che le sembrava che così i piedi soffocassero.»

«Bambina sveglia.»

«Già» dice. Mi appoggia la testa sulla spalla e io non

so bene come comportarmi. Suppongo voglia un po' di conforto, ma io non posso darglielo. Imbarazzata, tengo le mani rigide lungo i fianchi e mi metto a canticchiare la Sinfonia n. 24 di Mozart.

Lui non sembra prendersela, però. Rimane dov'è e io sento le sue spalle sollevarsi e abbassarsi lentamente a ogni respiro. Ultimamente, noto molto più le cose che facciamo per restare in vita – inspirare, espirare, i battiti del cuore.

«Posso chiederti una cosa senza farti infuriare?»

«Spara» dice lui.

«So che ti senti in colpa per la morte di Maddie, ma anche i tuoi hanno dato la colpa a te?»

Il suo corpo si fa improvvisamente rigido, ma lui non stacca la testa dalla mia spalla. Anzi, si accosta ancora di più a me, come un asse di legno appoggiato a una parete. «Fanno gli struzzi. Ma ogni sera sento mia madre piangere. Si sforza di fare la splendida, ma dentro so che è a pezzi. Ed è tutta colpa mia. Perciò direi che non m'incolpano di nulla. Almeno non apertamente. Ma solo perché sono terrorizzati all'idea di perdere anche me.»

Il cuore mi si stringe. Strizzo forte gli occhi nel tentativo di cancellare quello che Roman ha appena detto, ma una serie di immagini di sua madre mi affollano la mente. La vedo in piedi accanto al suo cadavere – i vestiti zuppi di acqua di fiume, il viso bluastro e freddo, la bocca aperta, la lingua gonfia per la mancanza di ossigeno. La bile mi sale in fondo alla gola e mi stacco da lui.

Il suo corpo reagisce di soprassalto e lui drizza subito la schiena. Si porta le ginocchia al petto, nella sua posa da sedia da campeggio. La gente è strana. Più passi tempo con qualcuno, più ti accorgi che facciamo tutti gli stessi identici gesti. Ci illudiamo che ogni giorno sia diverso, che mutiamo di continuo, ma in realtà è come se certe cose fossero scritte fin dall'inizio.

Non so se Roman sia sempre stato uno che sorride a mezza bocca e che si raggomitola quando si siede. Forse è cambiato dopo la morte di Maddie. Ma una cosa è certa: il suo corpo è perennemente in allerta, come se camminasse su un filo a venti metri da terra. Suppongo che la sua energia potenziale stia tentando di salvaguardarlo dal dolore del mondo, dicendogli: "Sorridi, presto sarà tutto finito, e rannicchiati e sentirai meno dolore". Forse persino dopo la morte la sua energia continuerà a vivere, compiendo quei gesti. Mi domando se siano cose che anche sua madre ricorderà di lui. O se invece lo ricorderà sul campo da basket, intento a dribblare. O magari stravaccato sul divano a fare schizzi, o con il naso infilato tra le pagine di un romanzo di Jules Verne.

Mi domando che fine farà la mia energia dopo che sarò morta. E se la nostra energia sopravviva a noi oppure no.

Lui allunga la mano per toccarmi. «Aysel?»

«Sì.»

«Sembravi imbambolata.»

«Scusami.»

«Okay, be', ho pensato che...»

«Sì?»

«Voglio venire con te allo zoo. Faresti bene a portarci anche me quando vai con quell'altro.»

Prima ancora che io possa replicare, sua madre ci chiama. «Ragazzi, a tavola! Scendete.»

Lui si rialza lentamente e mi porge la mano. Io la afferro e lui mi tira su. So che aspetta una risposta riguardo allo zoo, ma io faccio finta di niente. Lui accenna un inchino, cedendomi il passo sulle scale.

La mamma di Roman è lì che ci aspetta sul pianerottolo. Mi afferra la faccia tra le mani e mi tira a sé. «Sono così contenta che tu sia riuscita a venire! Spero davvero che la cena ti piaccia.»

Forse dovrei dirle che non sono esperta di cibo turco, che non lo conosco proprio, che avrebbe potuto farmi un cheeseburger e spacciarmelo per piatto tipico. Ma in fondo non mi dispiace essere al centro dell'attenzione. Comincio a capire come mai Georgia faccia sempre di tutto per mettersi in mostra. È bello avere gente che pende dalle tue labbra. Arrotolo la sensazione e la metto via. Sono felice di averla sperimentata prima del 7 aprile.

«Aysel» dice lei, pronunciando il mio nome alla perfezione: «Ti presento il signor Franklin». Il padre di Roman è alto quanto lui, quasi calvo, con il viso lungo e affilato. Mi tende la mano e io gliela stringo.

«Piacere di conoscerti» dice. Faccio del mio meglio per apparire gentile e educata.

«Aysel e Roman si sono conosciuti al vecchio campo sportivo» spiega lei al marito, prendendolo sottobraccio.

Lui si volta verso Roman. «Hai ripreso a giocare?» C'è un accenno di stupore nella sua voce. Io passo rapidamente con lo sguardo dal signor Franklin a Roman. Suo padre ha capito tutto?

«Sto morendo di fame» dico, nella speranza di dribblare altre domande su come io e Roman ci siamo conosciuti.

«Anch'io» concorda suo padre. «Tutti a tavola!»

Una volta seduti, la mamma di Roman recita le preghiere. Io resto con gli occhi aperti ma noto che Roman li chiude. L'intera sala da pranzo profuma di origano e cumino, e rivedo la moglie dell'amico di mio padre che cucinò per noi quella sera. Anche lei mi aveva preso la faccia tra le mani, come la signora Franklin, e mi aveva sussurrato qualcosa in turco. Io non avevo capito una parola, perciò avevo fatto finta che mi avesse detto: «Andrà tutto bene, Aysel. Vedrai che tutto si risolverà».

Adesso so che difficilmente può avermi detto così. E in ogni caso, si è sbagliata.

Il signor Franklin mi passa una specie di stufato tiepido. «Questo è kuzu güveç.» Mi guarda come per chiedermi se la pronuncia è corretta. Io non ne ho la più pallida idea, perciò annuisco debolmente. «È una specie di stufato di agnello.»

La tavola è piena zeppa di altri piatti: foglie di vite ripiene, kebab di pollo e agnello, riso pilaf, e una salsa allo yogurt. C'è anche un piattino di peperoncini messicani per Roman. Sua madre ci avrà messo ore a preparare tutte quelle portate, e sembrano buonissime, ma non appena infilo la forchetta nella carne d'agnello, pronta ad assaggiarla, sento che mi scompare l'appetito. Fisso la signora Franklin, il suo sorriso, la sua faccia piena di buoni propositi, e capisco che io e Roman stiamo per spezzarle il cuore.

Durante la cena, i suoi sforzi per entrare in sintonia con me sono superiori a quelli che abbia mai compiuto mia madre in tutta la sua vita. Il signor Franklin continua a sorridermi e a chiedermi opinioni su qualsiasi cosa. Ha gli occhi luminosi e io ne riconosco la scintilla: speranza. Pensa che Roman stia guarendo, che abbia trovato una nuova amica, che abbia ripreso a interessarsi alle ragazze.

Io trascino la forchetta nel piatto, spingendo l'agnello in mezzo al riso. Faccio di tutto per ingoiare il senso di colpa.

«Ottimo davvero, tesoro» dice il signor Franklin, pulendosi la bocca con il tovagliolo. «Devo ammettere che all'inizio ero un po' perplesso.» Lancia un'occhiata verso di me. «Non che dubitassi che fossero cose buone, solo che non le avevo mai assaggiate prima.»

Io annuisco, per dimostrare che non mi sento offesa. Conosco troppo poco la cucina turca per valutare se al signor Franklin piaccia davvero o no. Mi domando come ci si possa sentire sapendo qualcosa di più preciso sul paese di provenienza dei miei.

La signora Franklin annuisce dall'entusiasmo per il complimento del marito. «Piace anche a te, Aysel?»

«È delizioso» dico spacciandomi per un'esperta.

«Oh, bene.» Si stringe le mani, palmo contro palmo, e sorride raggiante.

Non mi va proprio di spezzarle il cuore.

Sabato, 23 marzo

meno 15 giorni

Io e Georgia siamo sedute al tavolo di cucina e lei continua a sbirciare fuori dalla finestra. Suppongo speri di intravedere Tyler prima che ce ne andiamo.

«Chi è il tizio carino?» Preme la faccia contro il vetro della finestra.

Io bevo un sorso di caffè. Mi ostino a farmelo piacere, ma per quanto mi sforzi non riesco a superare quel gusto amaro. «Pensavo conoscessi già Tyler.»

«Niente scherzi» dice lei. «Quel tizio non è Tyler. È più alto e ha i capelli più corti.»

Guardo fuori dalla finestra e vedo la jeep rossa della signora Franklin uscire dal nostro vialetto. Il campanello suona e io mi alzo per andare ad aprire, ma Georgia mi batte sul tempo. Spalanca la porta, si piazza le mani sui fianchi e con voce suadente dice: «Ciao, piacere di conoscerti».

«Ehm, ciao» fa Roman, entrando. Non mi sono mai vergognata di nulla a casa di Steve, soprattutto perché passo tutto il tempo a vergognarmi di me, ma nell'attimo esatto in cui Roman varca la soglia, comincio a notare tutte le cose che non vanno. La moquette è macchiata e c'è una pila di piatti sporchi nel lavello. Niente a che vedere con casa Franklin, perfetta e immacolata.

So che dovrei fregarmene di quello che pensa. Mica si rifiuterà di gettarsi con me dal burrone di Crestville Pointe solo perché casa mia è un campo di battaglia, ma il fatto è che non mi va di fargli pena. Vorrei tanto che il tarlo nero divorasse il mio imbarazzo oltre che la felicità.

Roman porge la mano per salutare Georgia come fosse un uomo di Stato. Le buone maniere del Sud sono dure a morire, mi sa.

«Sono Roman» dice. «Un amico di tua sorella.»

Mi sorprende che sia riuscito a ipotizzare che Georgia sia mia sorella, vista la mancanza assoluta di somiglianza. «Sorellastra» mi affretto a precisare prima che Georgia possa aprire bocca.

Un'ombra di fastidio le attraversa il viso, ma poi m'ignora e torna a concentrarsi su Roman. Fa un altro passo verso di lui e giocherella con la sua lucente coda di cavallo. «Insomma com'è che conosci Aysel?»

Roman abbassa lo sguardo e strascica i piedi. «Ci siamo conosciuti qualche settimana fa al campo da basket di Willis.»

Georgia si volta a guardarmi. «Che ci facevi a Willis?»

«Non sono affari tuoi.» Faccio segno a Roman di accomodarsi al tavolo di cucina. «Vuoi qualcosa da bere?»

Osservo i suoi occhi che scrutano la stanza, mi verrebbe voglia di tapparglieli e accompagnarlo fuori prima che lui possa vedere altro. «Mia madre lavora» dico, cercando di trovare una scusa qualunque del perché la casa sia in disordine.

«Sì, lavora giù allo Swift Mart» aggiunge Georgia, arrivando saltellante in cucina. «Sei giorni a settimana, povera donna.»

Povera donna? Ci sono cose peggiori nella vita di mamma che lavorare allo Swift Mart. Per esempio: il suo primo marito è un ergastolano omicida. Oppure: la sua primogenita è una maniaca depressiva.

«Non avevi qualcosa da fare? Allenamenti o roba del genere?» domando, mentre apro il frigo. Roman non ha specificato se voleva o no qualcosa da bere, ma ho deciso di rifilargli comunque un'aranciata. Gliela verso e gli metto il bicchiere davanti.

«Grazie» dice lui distrattamente. Ha la testa altrove. Noto che il bicchiere è sporco di polvere. Che schifo. A volte bisogna osservare un altro che osserva il tuo modo di vivere per capire davvero come vivi.

Georgia si siede accanto a lui. «Oggi niente allenamenti. Pensavo di unirmi a voi, magari.»

Mi sforzo di non restare a bocca aperta. *Sta scherzando?* «Ehm, ma è per un progetto di fisica.»

Lei si volta verso Roman. «Lavori anche tu al progetto?»

Lui accenna un sorriso prima di dire: «No, mi piacciono gli zoo e basta. Il senso di avventura, gli animali».

Lei piazza i gomiti sul tavolo e mi sorride. «Anche a me piacciono gli zoo. Per non parlare delle avventure.»

Suonano di nuovo alla porta e io attraverso il corridoio per andare ad aprire. Tyler Bowen è in piedi sulla soglia, le mani infilate in tasca, con in testa un cappellino da baseball bianco che gli ripara gli occhi azzurri. «Ehi, Aysel.»

«Ti va di entrare un attimo?»

Alza le spalle. «Okay.» Mi segue in cucina.

«Tyler!» Georgia balza in piedi, si precipita da lui e lo abbraccia.

Lui ricambia, stringendola a sé e sollevandola da terra. Lei ridacchia, e Roman e io ci scambiamo un'occhiata stile che-diavolo-sta-succedendo.

«Come va?» dice Tyler, e non capisco se la domanda sia rivolta a tutti, ma solo Georgia risponde.

«Stavo giusto chiedendo se posso unirmi a voi.» Lancia a Tyler uno sguardo supplichevole, come se spettasse a lui fare da ago della bilancia tra il mio ferreo no e la sostanziale indifferenza di Roman.

«Non sapevo che voi due usciste insieme» dice Tyler a Georgia, serissimo. Adesso sono io che vorrei quasi abbracciarlo.

«Secondo me farebbe bene a venire» propone Roman. Mi verrebbe quasi da tirargli un pugno in faccia. A quanto pare, ha cambiato il suo voto da indifferente a sì.

«Io comunque sono Tyler» dice, tendendo la mano per salutare Roman. «E tu sei?»

«Roman.» Gliela stringe. Con forza. *Ben fatto, FrozenRobot*. «Sono un amico di Aysel.»

Tyler tenta di nascondere lo stupore, ma si capisce subito cosa sta pensando. Quello che penserebbero tutti i miei compagni nel vedere me e Roman fuori contesto: un bel giocatore di basket e una ragazza cupa con un padre assassino.

«Si sono conosciuti al campo sportivo di Willis» interviene Georgia, sorridendo a Roman.

«Capisco» dice Tyler. «Be', sarà il caso di andare, visto che gli animali tendono a sonnecchiare nel pomeriggio. Dobbiamo fotografarli da svegli, no?»

«Guidi tu?» domanda Georgia.

«Sì» dice Tyler, dondolando le chiavi a mezz'aria. «Andiamo con la mia.»

«Io sto davanti!» esclama Georgia, balzando in piedi.

Corro sopra in camera nostra a rovistare nello zaino in cerca della macchina fotografica che ho preso in prestito a scuola. La trovo e la infilo in una pochette che scovo nell'armadio di Georgia. È azzurra, a forma di conchiglia e in finta pelle. È una cosa che non comprerei mai e poi mai, ma è perfetta per le dimensioni della macchina fotografica, perciò chi se ne frega del colore. Essere alla moda è l'ultimo dei miei problemi in questo momento.

Mi siedo a terra e faccio un paio di respiri profondi, canticchiando il Requiem di Mozart, preparandomi mentalmente a quello che sta per succedere. Quando faccio per rialzarmi e tornare di sotto, sento un rumore di passi alle mie spalle.

«Oggi ci sarà da divertirsi» dice Roman. *E bravo a seguirmi di sopra senza permesso, FrozenRobot.*

«E lo dici a me. Comunque non ho capito come mai hai insistito per venire» dico.

Lui mi porge la mano e mi aiuta a rialzarmi. «Di' la verità, sei ben contenta che ci sia anch'io, altrimenti ti saresti sorbita da sola tutte le moine tra Tyler e Georgia.»

«Sei tu che le hai dato il permesso di venire» borbotto mentre scendiamo le scale.

«Meglio così.» Mi apre la porta di casa.

Io afferro il giubbotto dall'attaccapanni, tiro fuori dalla tasca le chiavi di casa e chiudo la porta. «Ne dubito.»

«Te l'assicuro» dice. «Fidati.»

L'aria fuori è frizzante, il cielo limpido e nell'aria si sente il profumo umido e floreale della primavera. È un giorno perfetto per andare allo zoo. Mentre ci dirigiamo verso la macchina, io alzo lo sguardo su Roman. Non so se quello che provo sia fiducia. Suppongo che dovrò fidarmi di lui quando sarà il momento di saltare nel vuoto insieme, anche se l'importante per me è farla finita. So che è terribile da dire, ma è forse l'unica cosa su cui i troll del web hanno ragione: è un gesto egoista. È una cosa fra te e te, il che rende la storia del compagno di suicidio davvero strana.

Hai bisogno di un compagno. Ma solo fino a un certo punto.

Sabato, 23 marzo

meno 15 giorni

Arriviamo allo zoo dopo due ore di macchina. In realtà il tragitto è stato meno terribile di quanto pensassi – eravamo tutti molto silenziosi e abbiamo trascorso gran parte del tempo ad ascoltare Georgia canticchiare le canzoni trasmesse dalla radio.

Ogni tanto Tyler le faceva una domanda e lei rispondeva con il suo stile esuberante.

Ha fatto il terzo grado a Roman e lui se l'è cavata più che bene. Gli ha chiesto di tutto fuorché se stiamo insieme e lui è addirittura riuscito a tenerla comunque sulle spine. Conoscendo la madre, immagino debba essere allenato a rispondere alle domande a raffica.

Tyler parcheggia e ci dirigiamo verso l'ingresso. Ci mettiamo in coda per i biglietti. C'è un attimo d'imbarazzo quando mi rendo conto che Tyler non sa se pagare o meno il biglietto a Georgia, ma poi sarebbe costretto a pagarlo anche a me, e diciamocelo pure: Tyler Bowen non ha nessuna intenzione di investire soldi su di me.

Roman mi supera sgomitando e consegna alla tizia

della biglietteria alcune banconote. «Quattro riduzioni studenti, per favore.»

«Roman» dice Georgia con finta indignazione: «Non devi sentirti obbligato».

«Esatto, amico» interviene Tyler. «Posso anche pagarmelo da solo, il biglietto. Non c'è problema.»

«Tranquilli.» Roman mi sorride. La bigliettaia conta il resto e glielo consegna. Noto che ha le mani molto più rugose del viso. Osservo le mie e non so se essere felice o triste per il fatto che non le vedrò invecchiare.

Una volta entrati, sussurro a Roman: «Perché l'hai fatto?».

Lui si stringe nelle spalle. «I soldi non te li porti nella tomba.»

Tyler inarca le sopracciglia nel vedermi bisbigliare all'orecchio di Roman. «Non sapevo che volessi trasformare il nostro progetto di scienze in un appuntamento galante.»

Georgia infila il braccio sotto quello di Tyler. «È per questo che mi sono aggregata, Ty. Per non farti sentire di troppo.»

Lui le accarezza il braccio, mentre torna a concentrarsi su di me. «Lo zoo è stata una tua idea, Aysel. Dove si va?»

«Perché non cominciamo dal padiglione degli animali notturni? Possiamo fotografare i pipistrelli. Stanno a testa in giù. Energia potenziale.»

«Già. I pipistrelli sono come impiccati ancora vivi» commenta Tyler, con un che di tagliente nella voce. Roman e Georgia lo guardano perplessi, e anch'io faccio del mio meglio per apparire confusa. Il che risulta piuttosto facile visto che i pipistrelli non sembrano affatto degli impiccati, ma forse non è questo il momento di approfondire la questione con Tyler.

«Da questa parte» dico, e mi porto in testa al gruppo. Conosco lo zoo di Louisville come le mie tasche. Da piccola, mamma mi ci portava spesso durante il finesettimana. Pensava mi facesse bene trascorrere del tempo da sola con lei. Ci ha rinunciato quando avevo otto anni, visto che Georgia cominciava a crescere e Mike era poco più che un neonato. Non lo ammetterebbe mai, ma era impegnata a costruire la sua nuova famiglia e dunque ben felice di mollarmi con mio padre. C'è voluto che lui uscisse di testa perché lei tornasse a percepirmi come reale. E nessuno vuole sentirsi al centro dell'attenzione per un motivo del genere – è come essere una specie invasiva che nessuno nota finché non soffoca la rigogliosa vegetazione locale.

Il padiglione degli animali notturni è esattamente come lo ricordavo. È buio e puzza di frutta e verdura marcia. Sento Georgia ridacchiare alle mie spalle, perciò deduco che il gruppo sia riuscito a starmi dietro malgrado il mio passo spedito. Supero di volata le gabbie con gli opossum e gli orsetti lavatori e vado dritta dai pipistrelli vampiro. Sono appesi al soffitto, i corpi avvolti nelle loro membrane nere.

Roman mi arriva da dietro e mi mette la mano sulla spalla. Io sobbalzo.

«Sono io, tranquilla» dice.

«Lo so.» *È proprio per quello che mi è venuto un colpo.* Tiro fuori la macchina fotografica dalla pochette.

«Grazie per avermi chiesto il permesso di prenderla» esclama Georgia.

«Vedi di abbassare la voce» dico. «Rischi di spaventare gli animali.»

Georgia m'incenerisce con lo sguardo e increspa il labbro superiore, i denti bianchi luccicano nel buio del padiglione. «Questa sì che è bella. Tu che dici a qualcuno di non far paura.»

«Georgia» le sibila Tyler.

«Che?» dice lei gettando la testa all'indietro. La sua frecciata aleggia nell'aria come il fumo di un falò.

«Ehm» interviene Roman, spostando il peso dal piede destro a quello sinistro. «Che ne dite se lasciamo Aysel scattare le foto in pace?»

«Ottima idea» approva Georgia. «Che se ne occupi lei. Vi va di vedere gli armadilli? Sono così buffi!»

«Per me va bene tutto» risponde Roman, mentre si avviano insieme per il corridoio.

Aziono la macchina fotografica e guardo nel mirino. Scatto alcune foto e poi le ricontrollo nel visore. «Ecco» dico, allungando la macchina a Tyler. «Questa può andare.»

«Sì, penso piacerà al professor Scott» risponde lui.

Peccato che non potrò vedere la sua reazione. Ripongo la macchina fotografica nella pochette. «Li raggiungiamo dagli armadilli?»

«Sta solo cercando di esserti amica, sai» dice Tyler.

Chiudo la pochette con una tale foga che quasi rompo la cerniera. «Mmm. Ne dubito.»

«Sì, invece. Per questo è venuta oggi.»

«Come no.»

«È talmente ovvio.» Gli lancio un'occhiata vuota ma lui prosegue. «Cerca sempre di attirare la tua attenzione, di farti ridere. Non è così cattiva, sai?»

Mentre attraversiamo il corridoio semibuio in cerca degli armadilli, rimugino sul fatto che Georgia voglia essermi amica. Sono convinta che siano balle. Georgia è venuta per fare gli occhi dolci a Tyler. Uscire con lui farebbe schizzare alle stelle il suo status: cheerleader di prima liceo esce con giocatore di basket di quarta. È peggio di una commedia romantica per adolescenti. «Mi sa che ti sbagli» concludo. «Non è venuta per me. Ma per te.»

Avvicinandoci agli armadilli, vedo Roman e Georgia in piedi l'uno accanto all'altra, appiccicati al vetro. Scrutano gli animali e ridono come fossero vecchi amici.

«Forse non sono io l'oggetto del suo desiderio.» Tyler mi dà un colpetto con la spalla.

Alzo gli occhi al cielo. «Glielo cedo volentieri.» Ma senza specificare: "Cavoli suoi, tanto tra qualche settimana sarà morto stecchito".

Roman sorride quando ci vede. «E adesso dove si va?»

«Dai leoni?» suggerisco. «Credo gli diano da mangiare intorno a mezzogiorno. Se ci sbrighiamo, riesco a fotografarli mentre consumano il pasto.»

«Ho una sete» fa Georgia. Si gira verso Roman. «Vieni a prendere una limonata con me?»

Roman mi guarda e io alzo le spalle. «Ci troviamo dai leoni.»

«Ho sete anch'io» dice Tyler. «Vengo io.»

Georgia s'incupisce leggermente. «Ah, okay.»

«Allora io vado con Aysel» fa Roman, e si mette accanto a me. «Ci vediamo dopo.»

Appena Georgia e Tyler se ne sono andati, dico: «Peccato, ti sei giocato la chance di provarci con Georgia al chioschetto dei gelati!».

«Mi sembrava avessimo detto niente più battute idiote.»

Gli rifilo la mia espressione da colta-in-fallo. Usciamo dal padiglione degli animali notturni e ci dirigiamo verso i leoni. Quando arriviamo, noto che il cielo si è scurito e il sole si nasconde dietro una cortina di nubi minacciose. Infilo le mani nella tasca della giacca e faccio scorrere le dita lungo l'imbottitura. «Dico sul serio. Sono abbastanza sicura che voglia mangiarti la faccia di baci.»

«Certo che non vi assomigliate per niente. Com'è possibile?»

Tengo lo sguardo fisso davanti a me, senza incrociare il suo. «Abbiamo padri diversi.»

«Sì, me l'hai detto che siete sorellastre, ma insomma. Lei sembra un leone e tu... un armadillo.»

«Un armadillo?»

Mi sfiora la spalla. «Sai cosa intendo.»

«Mio padre fa la differenza.» Gli lancio un'occhiataccia, sperando che cambi argomento. «Non mi aspetto che tu capisca, ma è una differenza che conta un sacco.»

Arriviamo ai leoni. Solo tre di loro sono in vista e non sembra che stiano mangiando. Maledizione. Mi sa che ci siamo persi l'ora del pranzo. Il maschio è sdraiato su un grosso masso di pietra e le due femmine sono accoccolate insieme nell'angolo opposto del recinto. Il leone apre la bocca per sbadigliare e un bimbetto accanto a noi si mette a saltellare per l'entusiasmo. Un altro, a quanto pare meno coraggioso, si rifugia tra le gambe della mamma. Afferro la macchina fotografica e mi pento di non averla avuta a portata di mano per catturare il momento.

«E adesso dov'è tuo padre?» chiede Roman.

La risposta alla domanda è: in prigione. A quanto ne so, è rinchiuso in un paesino in mezzo al nulla a migliaia di chilometri da qui.

«Via. Sparito» rispondo, e scatto alcune foto ai leoni. Magari almeno una verrà bene. «Lasciamo perdere, okay?»

Roman allunga la mano e mi prende il polso. «Non capisco come una persona che non c'è più possa fare tutta questa differenza.»

Mi libero dalla presa, mi allontano dalla gabbia dei leoni e mi siedo su una panchina. Roman mi segue. «Scusami. La smetto, promesso.»

Appoggio i gomiti sulle ginocchia e mi piego in avanti. «So che è difficile da capire, ma è così. Mio padre...» Faccio un sospiro. «Mi ha rovinato la vita.»

Non solo per quello che ha fatto, ma anche per avermi instillato la paura di quello che sono – ma questo non lo dico a Roman.

Mentre ci rifletto, sento muoversi qualcosa dentro di me. Non so se sia il tarlo nero che si aggira in fondo allo stomaco o qualcos'altro di cui ignoravo l'esistenza, ma inizia a crepitare come un minuscolo petardo.

«Dovrei andare a trovarlo» butto lì prima ancora di rendermi conto che devo smetterla di parlare di mio padre con Roman. Che lui conosce Brian Jackson e che mi odierebbe se sapesse la verità.

Roman si schiarisce la gola. «Cosa?»

Balzo in piedi dalla panchina. «Ho deciso. Voglio rivedere mio padre un'ultima volta, prima di morire.»

Roman non si alza. Quando trovo il coraggio di guardarlo, ha l'aria corrucciata. «Non stai mica morendo di cancro, Aysel» esclama, alzando la voce. «Mica sei una malata terminale.»

«E con questo?»

«Non siamo qui a scrivere liste di desideri. Non si tratta di realizzare tutte le cose che vorremmo fare prima di morire. Qui l'unica cosa che conta è farla finita.» Strascica i piedi e si torce le mani. «Ti stai tirando indietro?»

Sento la faccia arrossire. «Non mi sto tirando indietro. Ho solo bisogno di vederlo un'ultima volta. Voglio guardarlo negli occhi e...»

Roman si alza dalla panchina. Mi appoggia il braccio sulle spalle, ma stavolta non sobbalzo. Mi stringo a lui. «E perché? Cosa pensi di trovare? Sembri quasi in cerca di motivi per continuare a vivere.»

Mi si chiude la gola e un sacco di parole si allineano, pronte a uscire, ma il tarlo nero le divora una a una.

«Non è così» riesco a squittire.

«E allora cosa?»

«Ho bisogno di rivederlo e basta, Roman. Una volta che l'avrò fatto, penso che riuscirò a buttarmi giù dal burrone. Niente potrà più trattenermi.»

Lui alza la testa al cielo. «E adesso invece no?»

Non so come dirgli che dubito di poter distruggere completamente la mia energia potenziale senza aver prima compreso cosa c'è all'origine di tutti i miei problemi. E due minuti fa mi sono convinta che l'unico modo per riuscirci è rivedere mio padre un'ultima volta.

Roman abbassa il mento e torna a guardarmi. «Possiamo andarci insieme. Se è quello che vuoi, ti aiuterò.»

Una parte di me vorrebbe gettargli le braccia al collo, premere la testa contro il suo petto e ringraziarlo, ma questo non rientra nei patti. Vorrei tanto che qualcuno affidasse il mio cuore a una macchina della verità – continua a mentire, a sobbalzare, a cambiare idea. Non so più cosa conti davvero riguardo a Roman: che sia lì quando dovrò affrontare mio padre o che non scopra la verità su di me.

Nell'osservare lui che mi guarda, gli occhi castani grandi e ansiosi, avverto un piccolo brivido nel petto. Sarò ingenua, ma comincio a credere che Roman potrebbe capirmi. E che non mi riterrà responsabile per quello che ha fatto mio padre. Forse devo solo dargli la possibilità di dimostrarmi che è realmente diverso da tutti gli altri.

Scruto la sua faccia, in cerca di segnali che mi dicano che ha già capito tutto. Il mio nome non compare mai negli articoli su internet che parlano di mio padre (ho controllato più volte), ma sono certa che una ricerca qualunque su Google gli permetterebbe facilmente di fare due più due. Non ci sono tanti turchi nel Kentucky, per non parlare di Langston. Ma nel fissare i suoi occhi profondi, le labbra carnose, le guance leggermente arrossate dal sole, niente lascia presagire che sospetti qualcosa. Sembra solo mosso da un interesse genuino, il che m'inquieta quasi quanto il fatto che possa venire a sapere di mio padre.

Forse sarebbe meglio dirgli tutto e basta, che lo scoprisse da me piuttosto che da altri. Sento le parole prendere forma in fondo alla gola e sono sul punto di raccontargli tutto, quando lui allunga la mano e afferra la mia. La stringe, massaggiandomi le dita. «Va tutto bene, Aysel. Scusa se ho alzato la voce prima. Andremo a trovare tuo padre insieme, okay?»

«Okay» è l'unica parola che riesco ad articolare. Premo la lingua contro il palato e mi riprometto di raccontargli tutta la verità su mio padre. Non oggi, ma quanto prima.

Mi stringe di nuovo la mano. «Quindi dove andiamo adesso?»

«Ti va di vedere gli orsi polari? Dovrei fare loro un po' di foto mentre nuotano.»

«Va bene.» Mi lancia il suo sorriso a mezzaluna. «Sarà bello vederli un'ultima volta. Maddie li adorava.»

E a quel punto mi domando se anche FrozenRobot abbia, a sua insaputa, una lista di cose da fare prima di morire.

Voglio scoprirlo.

Martedì, 26 marzo

meno 12 giorni

Esco dal lavoro prima del solito e mi precipito subito a casa in macchina. Voglio battere gli altri sul tempo, così da poter rovistare nello studio in pace. Se mamma ha conservato qualcosa su mio padre, dev'essere lì per forza.

Apro la porta d'ingresso e resto per un attimo ferma sulla soglia, con il fiato sospeso, sperando di essere sola.

«Chi è?» sento Mike gridare.

«Sono io» rispondo piano, per non rivelare la mia presenza nel caso ci fosse qualcun altro con lui.

«Cosa si mangia per cena?» Il suo vocione scuote quasi le pareti. Mike ha ereditato le corde vocali di Steve. Se non gli volessi così bene, la cosa potrebbe infastidirmi. Ma non riesco mai a prendermela con lui.

«Non lo so, Mike. Mamma torna tra poco. Chiedilo a lei, okay?»

«Okay» risponde lui. «Vieni su a giocare al computer con me?»

Trattengo un sorriso. «Magari più tardi. Ho un sacco di compiti.»

«Va bene.» Avverto delusione nella sua voce.

Faccio del mio meglio per non lasciarmi impietosire e concentrarmi sul mio obiettivo: ficcare il naso tra le cose di mamma. Percorro lo stretto corridoio e svolto nello studio. È poco più grande di una cabina armadio piena zeppa di roba. Scavalco un paio di scatoloni per riuscire a infilarmi dietro la traballante scrivania di plastica.

Allungo il collo per dare una sbirciata agli scatoloni sugli ultimi ripiani della libreria. Se conosco mia madre, e in effetti non è detto che sia così, avrà nascosto i nostri panni sporchi nel posto più inaccessibile della casa.

In piedi sulla sedia della scrivania, faccio per afferrare uno degli scatoloni pieni di cartelle portadocumenti. La sedia con le rotelle mi scivola via da sotto i piedi. Allungo le dita per aggrapparmi allo scatolone, perdo l'equilibrio e finisco per buttarne a terra altri due, insieme ad alcuni libri.

Cado dalla sedia con un tonfo, premendo i palmi contro la moquette consunta del pavimento per attutire la botta. Sento bruciare i polsi e vedo i fogli spargersi ovunque. *Cavolo.*

«Aysel?»

Alzo lo sguardo e vedo Mike in piedi davanti a me. *Doppio cavolo.*

Tiene stretto il joystick del computer ed è rimasto a bocca aperta. «Tutto bene?»

«Sì, scusa per il rumore.» Faccio un cenno con la mano in direzione dei fogli sparsi. «Ho perso l'equilibrio.»

«Che stavi cercando?»

Mi metto carponi e inizio a raccattare i fogli, rinfilandoli alla rinfusa negli scatoloni. Tanti saluti all'ordinatissimo studio di mamma. Mi cade l'occhio su uno in particolare. È una mia vecchia pagella di quarta elementare. La prendo e sfioro con le dita la carta sottile. Mi stupisce che l'abbia tenuta.

«Aysel» dice Mike, alzando il tono di voce. «Perché frughi tra le cose di mamma?»

Gli mostro la pagella. «Oh, scusa. Stavo... ehm, cercando vecchie cose mie di scuola. Sai, per fare domanda al college.»

«Perché continui a scusarti?» Tiene il joystick con la mano sinistra e si passa la destra tra i capelli biondi e mossi. Si tocca sempre i capelli quando si sente a disagio.

Tento di alleggerire l'espressione sul mio viso. «Perché ti ho spaventato.»

Mi fa un sorriso smagliante. «Non mi hai spaventato.»

Mi sforzo di ricambiare il sorriso. «Ehi, perché non torni di sopra?»

Aggrotta le sopracciglia. «Non posso darti una mano a cercare?»

«Mi sa che mamma si arrabbia se ti becca a giocare qui.»

Increspa il labbro inferiore. «Ma io non gioco, ti aiuto.»

«Lo so, ma non vuole che entri qui.»

Sospira. «Va bene.»

Mentre se ne va, dico: «Ehi, Mikey?».

«Sì?»

«Posso chiederti un favore?»

«Dipende.»

«Non dire a mamma che ero qui.»

«Quindi è una specie di segreto?» domanda lui, pieno di entusiasmo.

«Sì, il nostro segreto.»

«Figo. Dopo vieni su a giocare?»

Annuisco con convinzione, al punto che mi fa male il collo. Non sono abituata a movimenti così bruschi. «Certo.»

Appena se n'è andato, mi rimetto a raccattare i fogli. Ci sono un sacco di cose. Vecchi biglietti d'auguri, bollette, cedole bancarie. Mi verrebbe quasi da dire che non ci sia stato un vero criterio di catalogazione, ma forse sono stata io a rimescolare tutto rovesciando accidentalmente gli scatoloni.

Sono sul punto di gettare la spugna, quando mi capita tra le mani una busta. È vuota ma l'indirizzo del mittente mi incuriosisce: "Penitenziario di McGreavy". C'entrerà mio padre. *Penitenziario di McGreavy, ecco dov'è.* Sono lì che giro carponi in cerca del contenuto della busta, quando sento la porta di casa che si apre.

«Chi è?» strilla Mike.

«Sono io, tesoro» sento mamma rispondere.

Mi sbrigo a finire di infilare i fogli volanti negli scatoloni e faccio per rimetterli a posto sugli scaffali, quando sento un rumore di passi alle mie spalle.

«Aysel, che ci fai qui dentro?»

Mi giro e me la trovo davanti. Ha indosso la divisa da lavoro – polo rossa e pantaloni beige con la piega. O almeno, così dovrebbero essere. Ma i suoi sono stropicciati e già un po' logori. Mi accorgo che anche le scarpe sono vecchie e consumate. Forse quando io non ci sarò più e lei avrà una figlia in meno da accudire, potrà permettersi di lavorare meno ore. O di comprarsi un paio di scarpe nuove.

«Cercavo dei documenti per presentare domanda al college.»

L'espressione sul volto di mia madre mi lacera dentro. È dolce, piena di stupore e di speranza. «Ah, sì?»

«Sì, devo controllare se a biologia il primo anno avevo preso A o B.» La sua bocca si tende in una linea sottile, come se lei non fosse del tutto convinta, perciò aggiungo: «Sai, in base a quello, cioè ai voti, cambia il tipo di college a cui posso fare domanda».

Mi guarda fisso e si porta le dita sulle labbra. «E a scuola non ti possono aiutare con queste cose?»

«Sì, ma ero troppo ansiosa di controllare.» La bugia mi rende subito la lingua spessa, mentre il viso di mia madre torna a splendere.

«Be', hai trovato quello che cercavi?» Lancia un'occhiata verso gli scatoloni come se già sapesse che ho messo via tutto alla rinfusa.

«Sì.» Mi piazzo davanti agli scatoloni nel tentativo di occultarne la vista e mi dondolo avanti e indietro sulla pianta dei piedi. «Scusa se li ho tirati giù, adesso li sistemo.»

Lei scuote la testa. «No. Rischi di farti male. Ci penserà Steve quando torna dal lavoro.»

Rimane sulla soglia e intuisco che vuole che la segua. Mi avvio per raggiungerla in corridoio e lei spegne la luce dello studio. Ci dirigiamo in silenzio in cucina e poi mi congedo prima di salire di sopra.

Arrivata in camera, mi tuffo sul letto e tento di levarmi dalla testa l'espressione solare e speranzosa di mia madre. Mi tiro il piumone sulla faccia e sprofondo nel materasso. Poso le mani sulla pancia e prego il tarlo nero di ricordarmi che mamma sarà più felice senza di me. Più al sicuro. Che quello che accadrà il 7 aprile, in fondo, è anche per il suo bene.

È per il bene di tutti. Specialmente il mio.

Mercoledì, 27 marzo

meno 11 giorni

Oggi al lavoro siamo impegnati in una maratona telefonica per conto del comune di Langston. Ogni anno a fine marzo la città organizza una fiera nel cortile delle medie per raccogliere fondi da destinare alla scuola. (Per lo più alla squadra di basket, ma loro fanno gli splendidi e sostengono che i soldi vengono investiti nei programmi di scienze e di matematica). Fanno sempre arrivare qualche giostra di serie B (una ruota panoramica e le tazze che girano), allestiscono i chioschi di zucchero filato e bibite ultrazuccherate, e chiamano le cheerleader per qualche numero acrobatico un po' osé. I bavosi di mezza età di Langston adorano il Luna Park di Primavera.

Alzo la cornetta e digito il prossimo numero sulla lista. John Gordon, residente in Mound Street, 415. Forse John fa parte di quel campione di popolazione che andrà comunque alla fiera, senza bisogno di sollecitazioni da parte mia. Due squilli e risponde. Peccato.

«Pronto?» dice con perfetto accento del Kentucky.

«Salve, signor Gordon» comincio. «Mi chiamo Aysel

e la sto contattando dalla Tucker's Marketing Concepts a nome del comune di Langston.»

«Sì?» Sembra un po' impaziente, ma non così indispettito come i tipi che mi capitano di solito.

«Come lei sa, la città si prepara a ospitare anche per quest'anno il Luna Park di Primavera.» Faccio il mio discorsetto su come il ricavato dell'evento costituisca una preziosissima risorsa per le scuole di Langston. Mi dilungo sui prossimi spettacoli delle cheerleader e su quanto sia divertente (e sicura, sì, figuriamoci) la ruota panoramica. Concludo con la frase d'obbligo: «È un'occasione di svago per ogni età. Un evento perfetto per tutta la famiglia». Ovviamente non specifico che le cheerleader ballano all'aperto in bikini leopardato, nonostante ci siano a malapena dieci gradi.

Silenzio all'altro capo del telefono.

«Signor Gordon?»

«Sì, so cos'è il Luna Park di Primavera» dice. «Io e la mia famiglia abbiamo già in programma di andarci domani pomeriggio.»

«Ottimo. La ringrazio, signor Gordon.» Una cosa va detta: la gente di Langston sostiene quasi sempre gli eventi cittadini.

Oggi al lavoro sono più concentrata del solito. Voglio assolutamente arrivare in fondo alla lista. Davvero, non vedo l'ora di finire il turno. Ultimamente ho notato che se mi concentro, il tempo passa più in fretta. Dopo aver contattato sei persone di fila, lancio un'occhiata a Laura. Ha le sopracciglia corrugate e continua a sbattere gli occhi.

«Be'?» domando, e alzo la cornetta per digitare un nuovo numero.

«Oggi sei strana.» Si alza e si dirige verso la macchinetta del caffè. «Sembri quasi contenta. Hai per caso conosciuto qualcuno?»

Rido e mi esce fuori un sibilo aspro. *Contenta?* La cosa triste è che in fondo c'ha azzeccato. Ho davvero conosciuto qualcuno. Ma non nel senso che intende lei. «Ti sembra strano vedermi lavorare?»

Annuisce. «Stranissimo.»

«Voglio che tu sia orgogliosa di me, Laura.» Le faccio un finto saluto militare e lei scuote la testa.

Due minuti prima di finire il turno, vado su internet. È tutto il giorno che sgobbo, quindi credo di essermi ampiamente meritata questa piccola interruzione. Cerco il numero del penitenziario di McGreavy. Ci metto un po', ma alla fine lo trovo. Lo annoto sul blocchetto accanto alla mia scrivania, poi strappo il foglietto e me lo ficco in tasca.

Mi alzo dalla sedia e infilo lo zaino in spalla. Uscendo, saluto da lontano il signor Palmer. Sembra sull'orlo di un attacco cardiaco.

«Ciao, Aysel.»

Come ha evidenziato Laura, so di dar l'impressione di essere di buonumore, ma non riesco a capire se lo sono davvero o se è solo una reazione della mia mente. Tipo che, sapendo che presto sarà tutto finito, non ha più senso preoccuparsi di nulla. Ho tutto sotto controllo. So esattamente come voglio trascorrere i miei ultimi giorni, e il fatto di avere un obiettivo dà soddisfazione.

Prima per me era davvero devastante pensare al tempo che passa, a come le giornate sembrano trascinarsi all'infinito, immutabili. E, come dice John Berryman, terribilmente noiose. Mi domando se sia quello che provano anche i maratoneti nell'ultimo tratto della corsa: sanno di potercela fare, quindi non ha più senso affaticarsi così tanto.

Butto lo zaino sul sedile del passeggero e salgo in macchina. Apro la cerniera e afferro il cellulare. Tiro fuori il foglietto dalla tasca dei pantaloni. Faccio un bel respiro profondo e digito il numero.

Al lavoro non faccio altro che chiamare sconosciuti, quindi la cosa non dovrebbe mettermi ansia, ma ho il cuore a mille, perciò mi sintonizzo sulla stazione di musica classica, a volume bassissimo. La Messa di Bach in si minore fuoriesce dalle casse ed è come se qualcuno mi avvolgesse le spalle in una coperta calda. Regolo il volume perché non sia troppo alto, casomai dovessero rispondermi.

Appoggio i piedi sul cruscotto e reclino lo schienale in modo da sdraiarmi completamente. Accompagno la musica canticchiando sottovoce, tamburellando le dita sul rivestimento strappato del sedile, quando vengo colta alla sprovvista da una voce all'altro capo del telefono.

«Salve, sono Tom. Come posso esserle d'aiuto?»

Mi raddrizzo all'istante. «Parlo con il penitenziario di McGreavy?»

«Sì» risponde lui in tono afflitto.

«Chiamo per avere informazioni su come far visita a mio padre.»

«Eh?»

«Mio padre. È...» cerco la parola giusta «detenuto nella vostra struttura.»

«Ah» fa Tom. Immagino che sia un uomo di poche parole. «Le passo l'Ufficio Visite.»

La linea s'interrompe senza neanche darmi il tempo di replicare, e torna la musichetta d'attesa. Alzo il volume della radio.

Dopo non molto, vengo accolta da un'altra voce. «Salve, sono Bob.» I dipendenti del penitenziario di McGreavy non solo rispondono a monosillabi, ma adorano anche i nomi monosillabici.

«Salve Bob» dico, tentando di fare la simpatica per convincerlo ad aiutarmi. «Sto chiamando per avere informazioni su come fare visita a mio padre.»

«Tuo padre è rinchiuso qui?»

«Sì» dico, fingendo nonchalance, come se fossi esperta di sistemi carcerari.

«E sei sulla lista?»

«Cosa?»

«La sua lista di visite autorizzate. Se sei la figlia, dovresti esserci.»

Deglutisco con forza. «Non so se sono sulla lista.» Mamma non ha mai voluto che gli facessi visita. Nemmeno una volta.

«Be', se non sei sulla lista, non posso farci niente. Ma così a naso mi verrebbe da dire che ci sei. Quando uno finisce dietro le sbarre, di solito tende a inserire nella lista la cerchia familiare più ristretta. In caso qualcuno decida di fargli visita.»

«Okay» dico. «Quindi mi presento lì e basta?»

Emette un suono a metà tra una risata e un grugnito. «Sì. In orario di visita. Chi prima arriva, meglio alloggia. Se quando ti presenti non ci sono postazioni libere, devi metterti in lista d'attesa. Ma su quella non posso darti garanzie.»

Quante liste. «E quali sono gli orari di visita?»

«Ragazzina» risponde Bob, e quasi lo sento scuotere la testa. «Queste cose le trovi tutte sulla nostra pagina internet. Ma siccome mi piaci, te lo dico lo stesso.»

A quanto pare, fare la simpatica ha funzionato. «Grazie mille, Bob.»

«Dunque, dal martedì al sabato. La mattina dalle dieci a mezzogiorno. E il pomeriggio dall'una alle quattro. E lo vuoi un consiglio?»

«Sono tutta orecchi, Bob.»

«Vedi di venire sul presto. Avrai qualche chance in più. Verso fine giornata c'è sempre ressa.»

«Grazie di cuore. A sabato, allora.»

«Sì, a presto.» Bob riattacca per primo.

Risistemo lo schienale in posizione verticale ma resto parcheggiata davanti alla TMC. Ho la testa pesante e piena di pensieri contraddittori. Me la stringo tra le mani e faccio dei bei respiri profondi. Dopo qualche minuto, agguanto di nuovo il telefono e chiamo FrozenRobot. So che è stupido, ma è più forte di me. Ho bisogno di condividere i miei pensieri con qualcuno, e lui è l'unico con cui posso parlare. Immagino sia uno dei tanti motivi per cui si cerca un compagno di suicidio. Può sempre tornarti utile.

«Ehi» dice Roman.

«Ehi, come va?»

Silenzio.

«Solo nella tua stanzetta?» intuisco.

«Cos'altro dovrei fare?»

«Non so. Giocare a basket.»

Me lo immagino che m'incenerisce con lo sguardo.

Sdraiato di schiena sul piumone di cotone, gli occhi nocciola chiusi a fessura, una matita in mano, un blocco da disegno in equilibrio sulle ginocchia. Mi immagino Capitan Nemo che gli consiglia di rilassarsi e lui che se la prende ancora di più. Mi sa che mi viene da ridere perché Roman dice: «Per favore, smettila».

«Okay, la smetto. Promesso.»

«Lo dici sempre e non lo fai mai. La cosa comincia a darmi sui nervi.»

Affondo le dita nel sedile della macchina. Non voglio far innervosire FrozenRobot. So che dovrei fregarmene di cosa pensa. Ma c'è una piccola parte di me a cui importa.

«Scusami» dice Roman a bassa voce. «Non volevo.»

«Tranquillo. Colpa mia.»

«No, invece.»

Resto un attimo in silenzio. Lui fa altrettanto e sento solo il suono flebile del suo respiro. Vorrei chiedergli se stava disegnando, ma non lo faccio. «Ti va se ti passo a prendere?»

«Per andare dove?»

Inspiro con forza e tento di trovare una scusa per vederci. Ho la testa che mi gira e mi tornano in mente tutte le telefonate della giornata. «Ho pensato che potevamo fare un salto al Luna Park di Primavera di Langston.»

«Ti ha dato di volta il cervello?»

«È un sì?» scherzo, ma aggiusto subito il tiro. «Insomma, l'hai detto tu che sarà più facile svignartela il sette, se tua madre si convince che c'è del tenero tra noi.»

«Vero, ma non ho ben capito perché vuoi andare al luna park.»

«Un quarto d'ora e sono lì» dico, e riattacco.

Ha ragione lui. Da tutti i punti di vista, e dal mio di sicuro, dovrei evitare la fiera come la peste. Ma più si avvicina il 7 aprile, più mi sento coraggiosa.

La verità è che il Luna Park di Primavera è uno degli ultimi posti dove ricordo di essere stata davvero felice. Non so quanti anni avrò avuto quando sono arrivata alla conclusione che il tarlo nero avrebbe divorato qualunque pensiero positivo. Ma so per certo che l'ultima volta che sono stata alla fiera, mano nella mano con mio padre, la felicità non ha preso il volo.

È rimasta.

Mercoledì, 27 marzo

meno 11 giorni

Gli mando un messaggio quando arrivo davanti a casa sua. Pochi secondi e FrozenRobot viene verso la mia macchina. Ha il cappuccio della felpa azzurra tirato su e se ne sta ingobbito come a volersi nascondere da chissà quale nemico invisibile.

«Insomma che ci andiamo a fare al luna park?» dice non appena salito in macchina.

«Pensavo di farti un favore. Tua madre sarà super contenta che esci un po' a socializzare.»

Sbatte la nuca contro il poggiatesta. «Sì, l'hai detto anche al telefono. Ma la mia domanda è *perché* vuoi andarci.»

Ha la mandibola serrata e lo sguardo basso. Non sembra affatto in vena di scherzare. *Non c'è bisogno di prendersela tanto, FrozenRobot.* «Okay, bene. Giocherò anch'io a carte scoperte. Ho chiamato il penitenziario di McGreavy.» Pausa. «È dove sta mio padre, se proprio vuoi saperlo. Lo tengono rinchiuso lì. E comunque, volevo raccontarti quello che mi hanno detto su come fare per andare a trovarlo.»

Alza il mento e guarda fisso davanti a sé. Non sembra minimamente scalfito dalla notizia che mio padre è dietro le sbarre. È come se gli avessi appena detto che lavora in una tavola calda del centro. «Hai sentito quello che ho detto? Mio padre è detenuto nel penitenziario di McGreavy.»

Roman non si volta a guardarmi. «E non facevi prima a dirmelo per telefono?»

«Be', sì. Ma ho pensato che poteva essere divertente andare al luna park e così avrei potuto dirtelo di persona.»

«Divertente?» sputa fuori come aveva fatto con la parola "amici" la prima volta che l'ho conosciuto. Alla fine, si volta a guardarmi. «Ma chi sei?»

Premo il piede sull'acceleratore e tengo lo sguardo incollato alla strada, sforzandomi di non dare a vedere quanto il suo tono mi faccia soffrire. Lascio cadere la domanda perché temo di non avere una risposta. Percorriamo il resto del tragitto in silenzio.

Arrivati al luna park, lascio la macchina nel parcheggio fangoso davanti alle scuole medie di Langston. Camminiamo fianco a fianco fino all'ingresso e io pago il biglietto per entrambi. È il minimo che possa fare, visto che l'ho costretto a venire e che lui ha pagato per me allo zoo.

Sui cancelli che conducono al cortile principale sono stati appesi cinque poster giganti, tutti con Brian Jackson. Lancio un'occhiata a Roman e vedo che li sta studiando. Ho la bocca secchissima, ma mi costringo a parlare. «Da quant'è che non vi sentite, voi due?»

Alza le spalle. «Parecchio. Praticamente, ci siamo persi di vista.» Sarò forse paranoica, anzi, lo sono di certo, ma ho la sensazione che ci sia sotto dell'altro. Come se Roman sapesse cose che non vuole che io sappia.

«Eri davvero veloce come lui?» Ripenso alla prima volta che ho conosciuto Roman, quando i suoi amici Lance e Travis si sono messi a esaltare le sue capacità atletiche.

Roman si lascia scappare una risata fredda. «No. Bri mi batteva sempre.» Passa con lo sguardo dal poster a me, un ghigno furbetto sul viso. «Ma riuscivo a palleggiargli intorno.»

Una piccola ondata di sollievo m'invade. Forse quello che ho avvertito nella sua voce non era un tono di condanna per mio padre. Forse davvero non ne sa nulla. Forse la sua era solo gelosia, la controprova di quanto la sua vita sia cambiata da quando Maddie non c'è più. Avrei quasi voglia di fargli altre domande, ma Roman accenna con la testa in direzione del luna park. «Allora? Che aspettiamo a entrare?»

Gli do il suo biglietto. «Sì, dai. Andiamo.»

Il posto è già piuttosto affollato. Ragazzini ci sfrecciano accanto, rincorrendosi con le mani impiastricciate di zucchero filato e le labbra blu di granita. Mi si stringe il cuore. Ho nostalgia di quell'età. Quando ancora non sapevo con certezza che ci fosse qualcosa di sbagliato in mio padre, qualcosa di sbagliato in me.

Roman mi posa una mano al centro della schiena. Ancora non riesco a inquadrare FrozenRobot. Per essere un tipo così freddo, sa essere molto espansivo. «Tutto bene?»

«Solo un po' persa nei ricordi» dico. Il terreno è soffice sotto i piedi e le scarpe da ginnastica sprofondano nel fango. Tutto puzza di popcorn, cibo fritto e terra umida.

Lui annuisce e mi sposta la mano della schiena. «Maddie adorava questo luna park.»

Non so cosa dire, perciò lancio una proposta da sfigati. «Ti va di fare un giro sulla ruota panoramica?»

Alza le spalle. «Ma sì. Perché no?»

Ci mettiamo in coda. Intravedo anche alcuni compagni di classe. Mi domando se siano venuti apposta per assistere al numero di mia sorella. Dovrei andarci anch'io. Benché la mia presenza possa peggiorare le cose anziché migliorarle. Come sempre.

Vedo Stacy Jenkins sporgersi verso Nate Connors e sussurrargli all'orecchio. Immagino stia dicendo qualcosa su di me. Mi mordo l'interno della guancia e faccio del mio meglio per ignorarli.

Roman mi guarda e sembra avvertire la mia tensione. «Che hai? Problemi con...»

Lo interrompo. «No, tranquillo.»

Si volta e lancia un'occhiataccia in direzione di Stacy e Nate. Se prima non stavano sparlando di me, adesso sì che sanno della mia presenza. Odio sentire i loro occhi puntati sulla nuca come fossi un bersaglio da colpire. Mi stringo le braccia al petto e tento di cancellarli dalla mente. Canticchio il Requiem di Mozart, dondolandomi lentamente avanti e indietro sulla pianta dei piedi. Non voglio che Roman si metta a discutere di me con i miei compagni di classe. Se quelli aprono bocca, capirà di sicuro chi è mio padre. Non riesco a immaginare un modo peggiore per lui di scoprirlo.

Arriva il nostro turno e un tizio mezzo sdentato ci fa cenno di accomodarci nel vagoncino. Saltiamo dentro e lentamente ci stacchiamo da terra.

«Pensi davvero che far visita a tuo padre possa esserti d'aiuto?» domanda Roman. Guarda me anziché giù in basso, perdendosi tutto il bello della ruota panoramica.

«Non lo so. Ma devo scoprire delle cose.»

Osservo i chioschetti e gli stand dei giochi rimpicciolirsi. Mi domando se sia lo stesso quando si muore. Ogni cosa nella mente si fa sempre più piccola fino a scomparire.

«Quali cose?» m'incalza Roman. «Hai detto che rivederlo non avrebbe influito sulla tua scelta di... lo sai, no?» Mette le mani sulle ginocchia. Non so se dirgli che ormai dovrebbe sentirsi abbastanza tranquillo da pronunciare "morire" senza problemi, ma alla fine evito. L'ultima cosa che voglio è rimettermi a discutere.

«Senti» dico, a voce più alta. «Mio padre è un uomo spregevole, okay? Ha fatto una cosa terribile, inimmaginabile. Voglio solo sapere perché.»

«E allora? Se davvero non ha importanza, perché ci tieni tanto a scoprirlo?» La sua voce è calma e gentile. Niente pressioni. Niente giudizi.

Provo l'istinto irrefrenabile di abbracciare FrozenRobot. Adoro il fatto che la sua domanda non riguardi cos'ha commesso mio padre. Non gli interessano i dettagli macabri. Fisso le sue ampie spalle e immagino la mia faccia premuta contro il suo petto. Non posso permettermi di fare certi pensieri, perciò abbasso lo sguardo, focalizzandomi sul chiosco di pretzel giù in basso. Mio padre ne era ghiotto. Scherzava sempre dicendo che erano una delle cose migliori della vita in America. Ne comprava uno con zucchero e cannella per me e un altro con formaggio e cipolla per sé. Giravamo per il luna park con i pretzel in mano, indicando le diverse attrazioni per decidere su quali salire. E in quei rari momenti, mi sentivo a casa.

«Ehi, svegliati.» Roman mi picchietta sulla spalla e mi agita la mano davanti agli occhi.

«Scusami. Ero imbambolata. Mi piace guardare giù. Vedere tutto che si rimpicciolisce.»

«Okay, ma non hai ancora risposto alla mia domanda. Ho bisogno di capire, Aysel. Davvero. Ma non ci riesco. Se il 7 aprile salterai comunque giù con me, che importanza ha sapere perché tuo padre ha fatto quello che ha fatto?»

Mi mordicchio l'unghia del pollice e mi costringo a ripensare alle settimane subito prima del delitto. Mio padre era un fascio di nervi, più del solito. Era convinto di essere in perdita per via di certi ragazzini che uscivano dal negozio senza pagare, nascondendosi in tasca barrette di cioccolato e riviste senza che lui se ne accorgesse. Ricordo che una volta sono entrata di corsa nel minimarket dopo scuola e l'ho trovato seduto dietro al bancone che scartabellava ossessivamente una pila di fogli. Mi ha guardato con gli occhi iniettati di sangue. «Io faccio del mio meglio, Zellie. Ma non so se basterà.» Una parte di me avrebbe voluto fuggire lontano da quegli occhi, ma ho deglutito con forza e l'ho raggiunto dietro al bancone. L'ho abbracciato stretto e ho premuto il naso nel tessuto della sua camicia, che sapeva sempre di aglio. Dopo un po' lui ha iniziato a canticchiare un brano tratto dal Concerto brandeburghese n. 1 di Bach.

Strizzo forte gli occhi. A volte, ho ancora nelle orecchie la sua voce bassa e smorzata. «Non lo so, Roman.»

Sospiro e apro gli occhi. «Ma sono cresciuta con lui, capisci? Ho bisogno di chiudere quel capitolo.»

Il nostro vagoncino si ferma in basso e noi balziamo fuori. Roman mi passa il braccio attorno alla spalla e mi stringe a sé. «A patto che poi non ti tiri indietro.»

«Te l'ho detto, non mi tirerò indietro.»

«Brava la mia ragazza.»

Il mio cuore esita al suono di quelle parole e rischio quasi di perdere l'equilibrio. Roman comunque si sbaglia: non intendo tirarmi indietro, né cercare ragioni per continuare a vivere. Ma solo un motivo in più per morire. Eppure, quando alzo lo sguardo e vedo le sue occhiaie scure, non so chi devo convincere, se lui o me stessa. *Non mi sto tirando indietro*, ripeto tra me e me, *non mi sto tirando indietro. È quello che voglio.*

«Che ti prende?» domanda Roman, incupito.

«Niente» rispondo, e vorrei che fosse vero. «Insomma ci vieni questo sabato?»

«A far visita a tuo padre?»

«Sì.»

«Certo, perché no» dice. «Devo solo inventarmi una scusa con mia madre.»

«Okay. Facciamo che passo a prenderti sabato mattina, sul presto. Ti va bene?»

Alza le spalle. «Mandami un messaggio.»

«Okay.»

Rimaniamo in silenzio per qualche istante, imbarazzati. «Be', visto che mi hai trascinato fin qui, tanto vale approfittarne per divertirsi un po'.» Pronuncia "divertirsi" come se fosse una parola straniera, uno scherzo.

Mi porta fino allo stand del minibasket. Consegna

alla tizia un paio di banconote stropicciate e lei gli dà un pallone. Non la riconosco, ma deve essere la mamma di qualche mio compagno di scuola. Mi lancia un'occhiata come se mi conoscesse e sapesse chi è mio padre, ma non apre bocca.

Lui tiene il pallone tra le mani e mira al canestro. Svolgo mentalmente il problema di fisica applicata, tentando di calcolare l'energia potenziale del pallone. Roman lo appoggia sul bordo del bancone e mi guarda. «Lo stai facendo di nuovo, vero?»

«Cosa?» Incrocio le braccia sul petto. La donna inarca le sopracciglia. Si capisce subito che è una di quelle mamme attratte dai drammi adolescenziali. Ottimo.

«I tuoi calcoli da nerd. Pensi sempre alla fisica.»

Ho le guance in fiamme. «Come facevi a saperlo?»

Il viso gli s'illumina con il solito sorriso sbilenco. «Avevi la stessa espressione di quando facevi le foto allo zoo. Tipo che eri davvero concentrata.» Si volta verso il canestro e fa un tiro. *Swoosh*. Il pallone centra il canestro in pieno. FrozenRobot ci sa fare.

La donna alza un dito smagrito a indicare che ha fatto punto. *Grazie tante. Sappiamo contare anche noi fino a uno. Abbiamo tendenze suicide, ma non siamo inetti.* Le faccio un cenno con la testa per dirle che abbiamo capito.

Roman giocherella con il pallone tra le mani. «Mi piace però quello sguardo da pensatrice. È carino.»

Non posso fare a meno di ridere. Penso che in tutta la mia vita nessuno abbia mai usato l'aggettivo "carino" nei miei confronti. Anche da piccola, ero sempre "unica" (ovvero diversissima da chiunque altro) e "dolce" (ovvero silenziosa e modesta).

«Be'?» Lui flette leggermente le gambe e lancia di nuovo la palla in aria, la quale rimbalza sull'anello di metallo, ma finisce comunque nel canestro. Io alzo due dita in direzione della donna e lei mi sorride debolmente.

«Esatto» dice. Ha un fortissimo accento del Sud. «Ne ha fatti due e ha ancora due tiri a disposizione.»

Roman studia i peluche in premio. Ci sono file intere di panda rosa e tigri color arancione fosforescente. Si intravedono persino alcuni elefanti azzurri. «Cosa si vince?»

Lei balza in piedi, drizzando le spalle e imitando al meglio le vallette della TV con un ampio gesto delle braccia, spalancate in direzione di elefanti, panda e tigri. «Se fai quattro canestri, puoi scegliere quello che vuoi.»

«Compreso quell'enorme leone?» domanda Roman, allungando il collo per guardare meglio il gigantesco peluche appoggiato sullo scaffale più in alto. Mi sa che la criniera deve essere particolarmente pungente a contatto con le guance, ma nell'insieme è impressionante.

La donna mi sorride. «Compreso il leone. Vuoi quello?»

«Io?» Sbatto le palpebre.

«Sì. Lo fa per te, cara. No?» Emette un suono tipo chioccia. Chissà come mai alle donne di Langston piace tanto fare così. Suppongo che avvertano una strana affinità con il mondo delle galline.

«Ne dubito.» Mi infilo le mani nelle tasche dietro dei jeans neri e sposto il peso dal piede destro al piede sinistro.

Roman finge di non aver sentito il commento della donna. Si prepara per il prossimo tiro. Mentre lo osservo (il viso concentrato, lo sguardo profondo e acuto, i muscoli nodosi delle braccia in evidenza) mi domando se lui veda qualcosa di analogo quando osserva me che penso alla fisica. Certo, ha sicuramente un'aria poco felice, da FrozenRobot. Eppure c'è qualcosa in lui, tipo le ombre che a volte s'insinuano nell'inquadratura di una foto. Una parte di me vorrebbe afferrare quel qualcosa, portarlo alla luce.

Improvvisamente, intuisco di che si tratta. Gioia. FrozenRobot adora il basket. Adora giocare. Per quanto si sforzi di cancellarla, quella gioia resiste. Mi domando se anche la gioia abbia un'energia potenziale. O se l'energia potenziale possa condurre alla gioia, come un siero della felicità che agisce nello stomaco e ribolle fino a suscitare la sensazione che chiamiamo felicità.

Ma anche se così fosse, il mio tarlo nero la divora tutta. O meglio, quasi tutta. Vedere FrozenRobot che gioca a basket mi ha fatto quasi sorridere. Parola chiave: quasi.

Centra anche il terzo e il quarto canestro. Non ho neanche visto i tiri. Preferisco il momento di preparazione, rispetto al lancio in sé. Il tiro finisce in un attimo, è quasi impossibile da isolare.

«Quindi, cosa ti do?» domanda la donna. Mi accorgo che ha una sbavatura di rossetto color mora sul dente davanti.

«A lei la scelta» dice Roman, cogliendomi del tutto impreparata.

La donna con l'incisivo macchiato di rossetto si gira verso di me. «Facciamo il leone?»

Le poche parole che avevo mi si sono tutte mescolate in gola. FrozenRobot non dovrebbe vincere premi per me alla fiera. L'ultima cosa di cui ho bisogno è avere altra roba da lasciarmi alle spalle. O sentirmi confusa. Scuoto la testa in direzione della tizia. «Non voglio nulla.»

Lei corruga la fronte, e Roman mi dà una piccola spallata. «E dai, Aysel. Devi scegliere per forza. Ho vinto.»

«Lo so» farfuglio. «È che voglio un'altra cosa.»

L'espressione della donna si fa più acuta. «Non abbiamo altri premi in palio, cara.»

Scuoto la testa, con più forza. «No, no. Il premio va benissimo, voglio solo che lo dia a qualcun altro.»

La tizia inarca le sopracciglia, confusa.

Tento di spiegarmi meglio. «Tipo, se arriva uno che non fa canestro neanche una volta. Può consegnarlo a lui?» Mi mordicchio il labbro inferiore.

La donna si piazza le mani sui fianchi. «E come faccio a sapere a chi darlo?»

Alzo le spalle. «Lo dia a chi secondo lei ne ha più bisogno. Quello che ha l'aria di essere più solo.»

Arriccia il naso mentre ci riflette su, poi mi fa un piccolo sorriso. «Okay, tesoro. Come vuoi. Chiunque sarà, lo farai felicissimo.»

«Sarà il leone gigante a farlo felice» dico, e poi mormoro tra me e me: *O almeno spero.*

Mentre ci allontaniamo dallo stand, Roman mi tende la mano. La afferro e lui intreccia le sue dita alle mie. Io non apro bocca. So che non lo fa in quel senso. Non è quel genere di gesto. È più simile a quello che faremo il 7 aprile.

Ma anche se ne sono perfettamente consapevole, il calore mi attraversa la pelle. Spero che lui non se ne accorga. Magari penserà che mi sudano le mani e basta.

«Hai fatto benissimo» dice, dondolando le nostre mani avanti e indietro. Io lo lascio fare, come se fossimo un'unica entità. «Soffrivi di solitudine da bambina?»

Ci penso su un po': «Non sempre».

Abbassa il mento per riuscire a guardarmi negli occhi. Non dice nulla ma non ce n'è bisogno. So che vuole una spiegazione.

«Dopo la vicenda di mio padre, ho perso tutti i miei amici. Alcuni mi hanno abbandonato subito, altri li ho allontanati io. Era troppo pericoloso farli avvicinare.» Sospiro. «Non so come spiegarti.»

Roman annuisce. Nella luce del giorno, i suoi occhi sono verde oro, come un prato illuminato dal sole estivo. «No. Ti capisco. Era come se la tua tristezza fosse così intensa e profonda da rischiare di travolgere chiunque si avvicinasse troppo.»

Lo capisce, eccome. «Esatto.»

Allunga l'altra mano e mi scosta una ciocca di capelli dalla fronte. «Anch'io ho fatto lo stesso, sai? Ho allontanato i miei amici. Ma suppongo sia inevitabile. Non c'è altro modo.»

Continua a tenermi stretta la mano, le dita intrecciate alle mie, e mi domando con quanta rapidità mollerebbe la presa se sapesse quello che ha fatto mio padre a Timothy Jackson. «Raccontami meglio della tua tristezza» dice.

«Perché?»

«Voglio capire. Mi piace. È da tanto che non interagisco con qualcuno, ma penso di poterti capire.»

Il buco nero nel mio cuore si contrae, risucchiandomi tutta l'aria dai polmoni. Non può essere. Finirà solo per complicare ulteriormente le cose, il 7 aprile. Un'orda di ragazzini delle medie ci passa accanto prendendoci in giro con degli "uuuh". Le guance di Roman si infiammano, ma si rifiuta di mollare la presa. Anch'io mi sento arrossire.

Restiamo immobili per qualche minuto, poi lui mi tira leggermente la mano, spronandomi a seguirlo, e ci aggiriamo per il luna park in silenzio, con le scarpe da ginnastica che fanno scricchiolare la paglia stesa a terra ad assorbire il fango.

Mentre ci avviciniamo alle tazze che girano, Roman ricomincia a parlare. «A volte è come se il dolore mi divorasse vivo. Ho sempre pensato che i momenti più duri sarebbero stati legati ai ricordi, ma non è così. La cosa più dura è sentire la mancanza di Maddie in prospettiva. Certo, le vacanze sono toste, ma parlo delle piccole cose, tipo quando siamo al supermercato e passiamo accanto ai surgelati e immagino Madison che implora mamma di comprarle una confezione di ghiaccioli formato gigante.» Per un attimo smette di parlare ed emette un suono profondo, a metà tra un colpo di tosse e una risata. «Già. Per sei mesi mia madre mi ha marcato a vista. Perciò mi obbligava ad accompagnarla a fare la spesa.» Tiene la testa china, lo sguardo fisso sulle scarpe sporche di fango. «Il brutto è che so benissimo che è tutta colpa mia se lei non è lì a implorare per i ghiaccioli. Cosa non darei per rivederla un'ultima volta, per essere io al suo posto.»

Stringo la presa attorno alla sua mano come se temessi di vederlo scomparire, quasi che il dolore potesse divorarlo sotto i miei occhi.

«È per questo che disegno» confessa. «Prima della morte di Madison facevo qualche schizzo, ma tenevo tutto nascosto. Non m'impegnavo. E, diciamocelo, a quelli della squadra di basket non sarebbe fregato granché. Ma adesso disegno perché a volte mi è impossibile parlare. È come se fossi intrappolato in un buco profondo da cui non riesco più a uscire. Disegno per tentare di liberarmi, anche se so che non succederà.»

Ingoio il groppo che sento in gola e rimugino su quello che mi ha appena confessato; penso di non aver mai sentito FrozenRobot pronunciare così tante parole tutte di fila. Mi sento male per lui e vorrei poterlo aiutare, ma so benissimo che non posso farci niente. Non c'è modo di salvarlo dal suo buco nero. Né di salvare me dal mio tarlo.

«Almeno hai tutto il diritto di sentire la mancanza di Madison» mormoro.

Deve aver capito cosa intendo dire, perché mi domanda: «Manca anche a te? Tuo padre?».

«Sì» rispondo senza esitazione. «Sì, mi manca. Ed è per questo che sono pazza.»

Lui smette di camminare e si gira verso di me, annullando ogni distanza tra i nostri corpi. Restiamo l'uno contro l'altra, o meglio, il mio mento contro il suo petto. Continua a tenermi per mano con la sinistra, mentre con la destra mi cinge la nuca. Il palmo è caldo e umido. Forse, solo forse, anche lui è un po' confuso e agitato.

«Per me non sei pazza» dice. «Ma capisco la tua confusione. Vorrei non fosse così. Che nulla di tutto ciò fosse successo.»

«Anch'io» respiro, la voce udibile a malapena.

Mi scosta appena per aumentare lo spazio tra di noi e guardarmi negli occhi. «Posso chiederti una cosa?»

«Certo.»

«In quanto nerd, tu ci credi negli universi paralleli? Pensi che ci sia un'altra dimensione in cui possiamo essere felici? Dove tu hai ancora tuo padre e io Maddie? Dove possiamo essere un ragazzo e una ragazza qualunque al luna park?»

Lascio andare la sua mano e mi stacco da lui. «Non posso pensarci.»

Fa una smorfia e si accarezza la nuca. «Come mai?»

«Così mi confondi e basta.»

«E tutte le tue sciocchezze sull'energia potenziale, allora?»

Ho la faccia che mi brucia. «Non lo so. Mi sembra una cosa diversa. Meno campata in aria, forse.»

Tento di trovare qualcosa d'intelligente da dire. Qualcosa che gli faccia capire perché le mie tirate sull'energia potenziale sono più legate ai fatti che alla fantascienza, ma prima ancora di riuscire a inventarmi qualcosa, lui dice: «Sai cosa mi manda in confusione?».

Annuisco per incitarlo a proseguire.

«Vederti così felice quando pensi alla scienza. Quasi quasi... fa sentire felice anche me.» Piega le spalle e strascica i piedi. «Questo sì che mi confonde.»

Sento salirmi un groppo alla gola e so che dovrei accennare a quello che ho sentito quando lui faceva canestro, ma resto in silenzio. Ripenso al tarlo nero che si aggira dentro di me, trangugiando la mia riserva potenziale di gioia. Premo la mano sullo stomaco e vorrei tanto farlo sparire, trovare un modo per scacciarlo, per curarmi. Infilo le unghie nella pelle della pancia e stringo i denti.

Roman posa la sua mano sulla mia. «La cosa più strana è che essere confuso nel vederti felice non cambia la situazione.» Abbassa la voce per non farsi sentire da altri. «Voglio comunque farla finita il 7 aprile. E ho bisogno di farlo insieme a te.»

A un tratto il luna park sembra troppo rumoroso. Sento lo stridere metallico della ruota panoramica e il volteggiare delle tazze e le grida entusiaste dei ragazzini. Faccio per portarmi la mano alla testa, ma lui me l'afferra, intrecciando le sue dita alle mie, e me la ritira giù.

«Lo so, tranquillo» dico in un sussurro strozzato. «Non mi tirerò indietro.»

Lui mi stringe la mano così forte che non la sento più. Vorrei che qualcuno facesse altrettanto con il mio cuore.

Venerdì, 29 marzo

meno 9 giorni

Mi siedo proprio mentre suona la campanella e lancio lo zaino sotto il banco. Tyler mi fa un cenno di saluto. Ultimamente lo fa spesso, come se dal giorno dello zoo fossimo diventati grandi amici o chissà cosa. Non oso immaginare i pettegolezzi che questo scatenerà tra i miei compagni.

Il professor Scott ha scarabocchiato in blu sulla lavagna bianca il nome "Einstein". Ci picchietta contro il tappo del pennarello, in attesa che si faccia silenzio. «Buongiorno, buongiorno a tutti.»

Alcuni borbottano un saluto di risposta. Io rimango zitta.

«Oggi voglio lasciare da parte calcoli ed equazioni e dedicare un po' di tempo alla teoria. Potremmo chiamarlo un venerdì di riflessione.» La classe borbotta contrariata mentre Scott si gira verso la lavagna e scarabocchia: *Teoria della relatività ristretta*.

«Alzi la mano chi ha già sentito parlare di questa

teoria.» Picchietta di nuovo il pennarello sulla lavagna, mentre alcuni alzano la mano.

Ovviamente ne ho già sentito parlare. Chi non conosce Einstein? Persino Mike saprebbe identificarlo a colpo sicuro. E conosco vagamente anche la teoria, ma mi rifiuto di farmi avanti – odio parlare in pubblico.

Scott punta il tappo in direzione di Melanie Taylor. Credo non abbia nemmeno alzato la mano. «Ti va di spiegarla agli altri?»

Le sue guanciotte tonde si accendono di rosa. «Ehm, non ne so granché, credo.» Giocherella con uno dei pacchianissimi bottoni d'ottone del suo cardigan. «Ma ho sentito parlare di Einstein. Come tutti, no? Il genio con i capelli da pazzo.»

Vedete? Lo conoscono tutti. Persino Melanie Taylor.

«Okay» fa Scott. «Qualcun altro?» Lancia un'occhiata in giro per l'aula e indica me. Non ho la mano alzata. Non capisco cos'abbia in mente.

«Aysel» dice. «Sai nulla di questa teoria?»

Alzo le spalle e scuoto la testa. È una combinazione di gesti che mi fa sembrare intenta in una specie di danza – il balletto del non-lo-so e del ti-prego-ti-prego-ti-prego-non-farmi-rispondere.

«Su. Qualcosa saprai di sicuro. Visto il tuo ultimo compito in classe, direi che sei naturalmente portata per la fisica.»

Dalla classe arrivano fischi e stupidi ululati.

Chissà perché i professori sono convinti che mettersi a sbandierare i bei voti di uno studente davanti al resto della classe possa migliorarne la reputazione. E comunque, il voto del mio compito dimostra solo che ho imparato quello che il professor Scott ci ha insegnato, nient'altro. «Dai, Aysel» mi incoraggia. «Buttati.»

Vorrei buttare te nel burrone, penso amareggiata, e tamburello con le dita sul banco. Fortuna che non l'ho detto ad alta voce. Stacy Jenkins e la sua combriccola sarebbero uscite di testa. Il solo pensiero mi spaventa e vorrei quasi riavvolgere il nastro, cancellarlo dalla testa.

«Aysel» mi sprona, e ha un che di disperato nella voce. Mi fa quasi pena. Che vita terribile deve essere la sua, se è costretto a fare affidamento su studenti come me. Vorrei potergli consigliare di puntare su altri, di non sprecare tempo e fiato con me. Mi domando se esista un termine scientifico al riguardo. Certo, ci sono le stelle morte. Ma quantomeno prima erano stelle. E la loro è stata una morte da supernova, cosa che difficilmente passa inosservata. Ma io ho come la sensazione che la mia sarà diversa. Nessuno vedrà la mia energia spegnersi. Eccetto forse Roman, ma immagino che lui avrà ben altro a cui pensare.

«Aysel» torna a ripetere. È come se la considerasse una parola magica, capace di risvegliare il mio cervello e trasformarmi nel genere di ragazza che sa la risposta.

Scott e io ingaggiamo una sfida di sguardi. Lui non batte ciglio.

Alla fine getto la spugna e dico: «C'entra con il fatto che non possiamo sempre fidarci delle nostre percezioni, giusto? Tipo che la mente umana è così lenta da non poter capire a fondo le cose troppo rapide».

«Cose troppo rapide?» Ruota il polso a mezz'aria, incoraggiandomi a proseguire.

«Tipo la velocità della luce. Ha a che fare con quello,

la teoria della relatività, no? O almeno mi pare, e poi c'è anche l'altra sua teoria.»

«La teoria della relatività generale» aggiunge Scott.

«Infatti. Che introduce nell'equazione anche la forza di gravità.»

«Esatto.» Scott mi dedica un patetico pollice alzato e io vorrei sparire nell'etere. In momenti come questo, ho sempre la sensazione di avere la pelle troppo sottile, come se tutti potessero vedermi dentro, le interiora nere e vuote.

«Hai detto benissimo, Aysel. Brava.» Sorride senza rendersi minimamente conto di quanto la situazione sia imbarazzante.

Io giocherello con il polsino della maglia a strisce e tengo lo sguardo fisso sulla lavagna. Scott prosegue precisando che Einstein ha rivoluzionato l'intero campo della fisica con questa sua teoria. Ce ne fornisce poi una spiegazione più semplificata possibile. Ci spiega che non c'è nulla che viaggi più rapidamente della luce e che la misurazione risulta sempre la stessa, a prescindere dalla velocità e dalla direzione del nostro movimento. In pratica, la velocità della luce è costante. Non è possibile in alcun modo superarla, ma neanche rallentarla.

E il tempo non è costante. O quantomeno la percezione che ne abbiamo noi. Einstein ha teorizzato che più ci muoviamo in fretta, più lento sarà per noi lo scorrere del tempo. Gli orologi però continueranno comunque a battere allo stesso modo – dipende tutto dalla percezione di chi osserva.

Direi che questo vale per gran parte delle cose della vita.

Scott dice: «E sapete, c'è una famosissima frase di Einstein sulla relatività. Qualcuno la conosce?».

Silenzio di tomba.

Scott impugna il pennarello e inizia a scrivere sulla lavagna. Una volta finito, legge ad alta voce quanto ha scarabocchiato. «Quando un uomo siede un'ora in compagnia di una bella ragazza, sembra sia passato un minuto, ma fatelo sedere su una stufa per un minuto e gli sembrerà più lungo di qualsiasi ora. Questa è la relatività.» Premo la matita sul quaderno, facendo piccoli sbaffi di grafite. Mi domando se la teoria di Einstein abbia davvero una sua validità. Da quando ho conosciuto Roman e abbiamo stretto il patto del salto a Crestville Pointe, il tempo è volato. Preferisco pensare che Roman non c'entri nulla. Che sia il tempo a scorrere più rapidamente verso la fine. In effetti avrebbe senso. Nel momento in cui so che tutto sta per finire per sempre, la mia voglia di uscire di scena rallenta.

Ultimamente faccio tutto più lentamente, tipo mangiucchiare le barrette di cereali per gustarmi di più le gocce di cioccolato. E trattengo in bocca la spremuta d'arancio un paio di secondi in più, così da assaporarne meglio le note agrodolci. Forse aveva ragione Einstein. Forse adesso che mi muovo più lentamente, il tempo scorre più in fretta. Forse è così che funziona e Roman non c'entra nulla, né c'entra il fatto che averlo conosciuto mi abbia fatto cambiare prospettiva.

Ma a dire la verità, non lo so. Non so un bel niente.

Suona la campanella mentre il professore ci informa che non ci saranno compiti per il weekend. La classe prorompe in un applauso e io tento di nascondere la delusione. Mi piace risolvere i problemi di fisica. Almeno ho qualcosa da fare alle due di notte, quando la casa è buia e silenziosa e Georgia, collassata sul letto, russa leggermente. Mi fanno sentire meno sola. È strano come calcolare la forza di gravità di un qualunque oggetto possa farti sentire più radicato a terra.

Mi alzo dal banco e infilo il libro di fisica nello zaino. Sto per schizzare fuori dall'aula, quando vedo Scott venire verso di me. «Aysel» mi dice. «Aspetta un attimo.» Torno a sedermi e alzo lo sguardo verso di lui.

Mi piazza davanti una brochure patinata. «L'Università del Kentucky sponsorizza un programma estivo di due settimane rivolto a studenti interessati alle scienze.» Afferra la sedia dal banco davanti al mio e la tira a sé in modo da potersi sedere di fronte a me. Apre la brochure e mi indica il testo a pagina tre. «Hanno persino un programma speciale di fisica. Penso che potrebbe interessarti.»

Faccio un respiro profondo. Non è che posso dirgli che non ci andrò perché sarò morta. «Quest'estate devo lavorare.»

Mi rivolge un sorriso complice. Non avevo mai notato quanto fossero scuri e dolci i suoi occhi. Ricordano quelli di un cavallo. Forse mi sono sbagliata riguardo a lui. Forse ha sempre desiderato fare l'insegnante. Forse è una di quelle persone tagliate per accudire gli altri. «Non devi preoccuparti per i soldi. Se verrai accettata, ti daranno una borsa di studio, comprensiva di vitto e alloggio.» Spinge la brochure verso di me. «Credo che potrebbe essere un'esperienza fantastica per te, Aysel.»

Prendo la brochure e la infilo in fondo allo zaino. Gli dico che ci darò un'occhiata e lo ringrazio per aver pensato a me. Dopo, nell'ora di matematica, la ritiro fuori e sfioro con le dita le foto patinate. Penso a tutte le fantastiche esperienze che, a quanto pare, mi perderò – e alla relatività del tutto.

Sabato, 30 marzo

meno 8 giorni

Arrivo a casa di Roman poco dopo le sette e mezza di mattina. Faccio per mandargli un messaggio e dirgli di uscire, quando si apre la porta di casa. La signora Franklin esce sulla veranda, in accappatoio color crema e ciabatte rosa e pelose ai piedi. Mi saluta da lontano e io mi sforzo di fare altrettanto.

Viene verso di me e io scendo dall'auto. «Buongiorno.»

«Buongiorno, Aysel!» Fa per abbracciarmi e io sobbalzo. Non sono abituata a essere toccata, di solito la gente cerca di starmi il più possibile alla larga come se, sfiorandomi, potesse essere contagiata dalla pazzia di mio padre.

Ma la signora Franklin non sa nulla di lui e dunque mi stringe a sé con una forza al limite dell'umano. Sento l'odore di menta del suo dentifricio e il battito rapido del suo cuore. Mi libera dall'abbraccio, ma continua a tenermi le mani sulle spalle. «Insomma sei contenta di andare in campeggio?»

Campeggio? Mi sa che Roman deve averle detto che saremmo andati via in tenda per giustificare la nostra assenza prolungata. Avevo dimenticato che a sua madre interessa dove va e come trascorre le sue giornate. Alla mia ho detto che dovevo lavorare fino a tardi e quindi di non aspettarmi in piedi, mentre Georgia di solito passa il sabato sera a casa di un'amica. Ma sono quasi certa che potrei tranquillamente arrivare al Polo Sud prima che qualcuno a casa mia cominci a preoccuparsi per la mia assenza.

«Oh, sì. È da un sacco che non vado in campeggio» dico alla signora Franklin. Lei lascia la presa sulle mie spalle e fa un giro attorno alla macchina, lanciando un'occhiata ai sedili posteriori. Per "un sacco" intendevo "mai".

Dev'essersi accorta della mia scarsa dimestichezza con il mondo del campeggio perché mi domanda: «Ce l'hai il sacco a pelo?».

«Sì, è nel bagagliaio» mento. Roman e io avevamo programmato di passare la notte dalle parti del penitenziario, così da evitare di farmi andata e ritorno nello stesso giorno. E comunque, chissà quanto mi toccherà aspettare per la visita a mio padre. Il progetto iniziale prevedeva di infilarci in un motel qualunque lungo la strada – lui avrebbe dormito sul letto e io per terra. Ma forse alla fine Roman deve aver optato per una gita in campeggio. O almeno ha fatto in modo che sua madre preparasse i bagagli in tal senso.

«Bene, bene. Vi ci vorrà il sacco a pelo con questo tempo» dice lei. «Ad ogni modo, Roman è un po' in ritardo. Svegliarsi presto non è il suo forte. In pratica ho dovuto trascinarlo giù dal letto. Sta facendo la doccia, ma dovrebbe essere pronto a momenti. Ti va di entrare a fare colazione?»

«Ho già mangiato» mento di nuovo, e maledico mentalmente Roman per il fatto di non essere pronto. È esattamente quello che volevo evitare. Non mi va di approfondire ulteriormente la conoscenza di sua madre.

«Oh su, prendi almeno una tazza di caffè.» Faccio una smorfia e immagino risulti ovvio che non sono una grande appassionata di caffè. «O una cioccolata calda? Non vorrai aspettare qua fuori.» Si riavvia verso casa e mi fa cenno con la mano, obbligandomi a seguirla.

Sospiro e mi accodo, tenendo lo sguardo fisso sul vialetto di lastricato ben tenuto. Una volta entrate, mi fa accomodare al tavolo di cucina. Riempie d'acqua il bollitore e lo piazza sul gas. «Un minuto e l'acqua è pronta.»

Annuisco, come se una tazza di cioccolata calda fosse la cosa che più desidero al mondo. Osservo la cucina di casa Franklin. Le pareti sono giallo canarino e gli stipetti in legno di ciliegio. Sul bancone color avorio c'è una foto incorniciata di Roman e Madison. Lei ha le braccia intorno al suo collo e lui ha gli occhi semichiusi, come se dovesse scoppiare a ridere. Abbasso lo sguardo in direzione del pavimento piastrellato – non riesco a guardare quella foto.

Non so come i signori Franklin possano sopportare di vederla ogni giorno.

La signora Franklin mi mette una tazza davanti e si siede al tavolo con me. «Allora, raccontami dove andrete di bello. Io adoro il campeggio. Ci andavamo spesso. Continuo a fare pressioni su Jim e Roman per riuscire a programmare un viaggio per quest'estate. Sai, a Roman piaceva un sacco stare all'aria aperta. Amava l'avventura.»

Bevo un sorso di cioccolata. Mi brucio la punta della lingua e faccio una smorfia.

«Oh! Attenzione. È calda.»

«Non so dove andremo di preciso» dico. «È Roman che ha proposto la gita.»

Il volto della signora Franklin si rabbuia. «Ah, sì. Come dicevo, gli è sempre piaciuta la natura. Gli farà bene.» Mi guarda dritto negli occhi. «Sono così contenta che abbia conosciuto te, Aysel.» Si guarda dietro le spalle in direzione delle scale e poi si sporge verso di me. A voce bassa, aggiunge: «Questa è una cosa nuova per me. Lasciarlo uscire da solo, senza stargli con il fiato sul collo. Ma non potevo dirgli di no. Ha l'aria così felice quando parla di te. Gli farà bene, giusto?». Lo sguardo le si fa opaco come se stesse passando in rassegna vecchi ricordi. «Tienilo d'occhio tu. Mi raccomando, okay?»

Non posso ignorare la stretta alla bocca dello stomaco, immagino il mio senso di colpa sotto forma di un cappio che va stringendosi gradualmente attorno al collo. Ho i palmi sudati e li premo attorno alla tazza. Il vapore della cioccolata calda sale e mi solletica la faccia.

«Ehi» sento dire Roman, mentre entra in cucina. Ha i capelli bagnati e lo zaino in spalla. «Scusami. Non ho sentito la sveglia.»

Alzo le spalle anche se so benissimo che gliela farò pagare non appena saremo soli in macchina. Dubito che esista un galateo per i Compagni di Suicidio, ma bisognerebbe inventarlo. Se non avessi pianificato di farla finita tra otto giorni, lo scriverei io. Regola numero uno: mai svegliarsi tardi se c'è qualcosa in programma con il tuo compagno. Regola numero due: mai consentirgli di far colazione con tua madre, perché finiranno per trangugiare un gigantesco piatto a base di rimpianti e senso di colpa.

«Puoi darmi le chiavi? Vado a prendere la tenda in garage» dice. «Così la metto nel bagagliaio.»

«Ah, Roman» dice sua madre.

«Sì, mamma?»

«Ho messo delle bibite nella borsa frigo e te l'ho appoggiata in garage. Ho pensato che potesse servirvi. Ci ho messo anche dei würstel. Non dovrebbe essere difficile grigliarli. Poi ho preparato un cestino con degli snack e l'ho messo accanto alla borsa frigo. Ma vi consiglio di fare un salto al supermercato lungo la strada per comprare i panini per gli hot dog. Purtroppo li ho finiti.» Alza i palmi e mi fa un sorriso di scuse. «Non ne ho più in dispensa. Roman me l'ha detto solo ieri sera che avevate in mente di andare in campeggio. Mi sarei organizzata meglio.» Si struscia le mani sul tessuto morbido della vestaglia.

«Ottimo così, mamma. Tranquilla. Ci fermiamo al supermercato e prendiamo quello che manca.»

«Dovete assolutamente comprare gli ingredienti per fare i toast con i marshmallow.» Si appoggia una mano sul cuore e sospira. «Sono la parte migliore del campeggio.»

«Sì, mamma. Ci penso io. Non preoccuparti.»

«Sì» intervengo. «Grazie di tutto.» Lancio a Roman le mie chiavi e lui esce per andare in garage.

La signora Franklin si alza dal tavolo e apre la dispensa. «Gli preparo un panino con marmellata e burro di arachidi per il viaggio, così non vi farà tardare ulteriormente.»

«Oh» dico. «Può fare colazione qui, se preferisce.»

Lei si gira a guardarmi, sorridente. È la prima volta che la vedo struccata. Malgrado il sorriso, gli ampi cerchi neri sotto gli occhi sono evidenti. Forse ha ragione FrozenRobot. Forse passa davvero tutta la notte a piangere. Deve essere stranissimo per lei: singhiozzare in silenzio di notte e fare la casalinga allegra di giorno. Dubito che ci riuscirei. A separare in due la mia vita. Ma forse è così che si fa quando vuoi bene a una persona.

Mi rabbuio pensando a quanto bene debba volere a Roman. Lei nota la mia espressione e dice: «Oh, tesoro. Non voglio trattenervi oltre».

«No. no...» balbetto. «Non c'è nessun problema.»

Lei agita uno strofinaccio in aria e lo batte contro il bancone della cucina. «Be', cosa sono questi musi lunghi? Vi divertirete un sacco.»

Se solo sapesse che non si tratta di un viaggio di piacere o di una scampagnata. Niente dolcetti allo spiedo, hot dog e sacchi a pelo. Solo la necessità di affrontare il mio passato per meglio convalidare ciò che già conosco riguardo al mio (inesistente) futuro. E non c'è proprio niente di divertente.

«Ad ogni modo, dovete sbrigarvi. Roman può mangiare durante il viaggio.» Torna a preparargli il panino e io resto a fissare la cioccolata calda. Non riesco a vedere la mia immagine riflessa, ma fingo di sì. E non mi piace la ragazza che vedo. Capace di fare una cosa simile alla signora Franklin, a tradimento.

Mi domando se esistano più modi di uccidere una persona. Forse mio padre non ha fatto fuori solo Timothy Jackson ma anche la madre di Timothy, spezzandole il cuore. Ha devastato un'intera famiglia. Forse è per questo che Brian Jackson è così proiettato verso le Olimpiadi – deve riparare i danni arrecati da mio padre.

Ad ogni modo, non mi va di farle questo, devastarla così. Faccio ruotare la tazza tra le mani e bevo un sorso. Poi me la scolo. Bevo per cancellare il riflesso. Voglio far scomparire quella ragazza.

Appena Roman rientra, lei gli dà il panino e lo abbraccia forte. «Trovato tutto?»

«Sì, mamma. Ho messo tutto via. Grazie ancora.»

Lei gli sorride radiosa e lo stringe ancora più forte.

«Oh, una cosa mamma.»

«Sì?»

«Puoi dare da mangiare a Capitan Nemo?»

Sua madre si sporge in avanti per guardarlo dritto negli occhi. «Ma certo, tesoro. Baderò io a lui. E ti terrò informato sugli sviluppi.»

Roman si divincola dalla presa, allontanandola. Si fa rosso in faccia e la chiazza di lentiggini sul naso riluce per l'imbarazzo. «Basta che ti ricordi di dargli da mangiare, okay?»

Sua madre non sembra infastidita dal suo atteggiamento. Fa per abbracciarlo un'ultima volta. «Come vuoi tu, caro.» Lancia un'occhiata oltre la spalla di lui, incrociando il mio sguardo. «Ma adesso dovete davvero andare. Guidate piano e chiamatemi quando arrivate al campeggio.»

Ho la pelle che mi prude e so che non ce la farei ad assistere a un altro abbraccio. O a sentirla ripetere che deve stare attento. Le faccio un piccolo saluto con la mano e mi precipito fuori. «Piacere di averla rivista, signora Franklin.»

«Divertitevi!» mi grida dietro. «E Roman, mi raccomando, chiamami!»

Entro in macchina e sbatto le mani contro il volante, in attesa di Roman. Guardo fisso davanti a me. A quanto pare, la brina ha intaccato pesantemente l'aiuola della signora Franklin. La terra è bagnata nei punti dove la neve si è sciolta. Uno dei cespugli è marrone, i rami ancora spogli. Non so se la gelata significa che i fiori ci metteranno più tempo a sbocciare. Spero per lei che fioriscano presto. Ne avrà bisogno.

Finalmente Roman esce e percorre il vialetto con calma. I capelli sono bagnati, per cui sembrano più scuri e lui ancora più pallido. Più congelato. Però cammina più dritto. E c'è una certa leggerezza nel passo, anziché la solita riluttanza. Forse ha ragione sua madre, gli piace davvero andare in campeggio.

Fa il giro dalla parte del guidatore e mi bussa sul finestrino. Lo abbasso. «Be'?»

«Ho dimenticato il cellulare in garage. Torno subito.»

«Sbrigati» borbotto, e lo guardo correre via in direzione del garage, sul retro della casa. Sembra più un capanno, con il tetto di tegole arrugginito e l'intonaco color mirtillo tutto scrostato. Roman torna subito, agitando il cellulare in aria per mostrarmi che l'ha recuperato.

«E che cavolo» dico appena monta in macchina. L'abitacolo si riempie subito del profumo del suo deodorante al pino. Mi porto la mano alla bocca e quasi tossisco.

«Be'?»

«Hai commesso due delitti.» Esco con l'auto dal vialetto.

«Eh?» Si strofina gli occhi. A quanto pare, FrozenRobot

è poco reattivo la mattina presto. Non so a che ora pensiamo di andare a Crestville Pointe il 7 aprile, ma meglio fare sul tardi.

«Delitto numero uno, ti sei fatto il bagno nel deodorante.»

Lui affonda nel sedile, sbattendo la testa con forza contro il poggiatesta. Si sistema lo zaino sotto i piedi. «Non uso deodorante.»

«Qualunque cosa sia, sembra di stare accanto a un pino silvestre.»

Lui si annusa la spalla, tirandosi la stoffa della maglietta nera. «E quale sarebbe il secondo?»

Stringo la presa attorno al volante. «Il secondo è il crimine peggiore.»

«È per questo che andiamo in una prigione? Quanti anni mi sono beccato? Mi spiace dirtelo, ma temo che sparirò dalla circolazione prima di aver scontato la pena per intero.»

Sorvolo sulla sua frecciata. «Mi hai costretta a un incontro ravvicinato con tua madre. Anzi. Due. Ti meriti sicuramente una pena detentiva.»

«Incontro ravvicinato?» Roman si gira in modo da essere rivolto verso di me. Non sono abituata a portare passeggeri in macchina. Non mi ricordavo fosse così piccola, specie quando qualcuno si sporge dalla parte del guidatore. Se inclinassi la testa, ci ritroveremmo guancia a guancia. Mi allontano subito e allungo il collo dalla parte opposta.

«Sì, ravvicinato.» Torno alla mia posizione normale. Non è che posso guidare fino a McGreavy con la testa piegata a sinistra. «È inutile che fingi di non sapere a cosa mi riferisco. Mi spezza il cuore starle accanto. È così gentile.»

Lui grugnisce e scuote la testa. «Tu non la conosci.»

«Ah no?»

«No.» Tira fuori il sandwich dal sacchetto di plastica. Stacca via la crosta e la addenta. «Ma possiamo smetterla di parlare di mia madre? La cosa non ti riguarda affatto.»

«Bene. Allora fa' in modo che non mi riguardi più.» Ci allontaniamo dal suo quartiere e scendiamo lungo la collina, diretti all'autostrada. Le colline lasciano il posto al bacino del fiume, piatto e fangoso. Evito di guardare l'Ohio. Ormai, fissarlo mi mette a disagio, è come se conoscesse i miei segreti. A volte mi sembra di sentirmi giudicata, di averlo deluso. So che è solo frutto della mia immaginazione, ma alcune sensazioni sono più difficili da scacciare di altre.

Torno a concentrarmi su Roman. Ho lasciato perdere la questione della madre per cinque secondi. «Ancora non ci credo, comunque, che ci abbia lasciati andare da soli. Non è da lei.»

Le labbra di Roman si aprono in un sorrisetto furbo. È calcolato, dritto. Diverso da quello sbilenco cui sono abituata. «Prima della vicenda di Maddie, non me l'avrebbe mai permesso. Ma visto che ho trascorso l'ultimo anno chiuso in camera, è felicissima che abbia voglia di uscire.»

Prima che io possa commentare, apre lo zaino e tira fuori una cartina spiegazzata. «Allora, ho calcolato la via più breve per arrivare a McGreavy.» Mi dà le indicazioni mentre imbocco l'autostrada. Accendo la radio sulla stazione di musica classica e lui fa versi di protesta.

«Be'?»

«Come fa a piacerti questa musica noiosa?»

«Me l'hai già chiesto.»

«Lo so. Ma non mi hai mai dato una risposta sensata.»

Alzo le spalle. «Come ti ho già detto, mi aiuta a pensare.» *E una volta qualcuno mi ha detto che ci avrei trovato delle risposte, ascoltando con attenzione.*

«È priva di personalità.»

«Non è vero. È poco appariscente. Più profonda. Richiede maggiore coinvolgimento da parte dell'ascoltatore. Per quello mi piace. Non è immediata.»

«Se lo dici tu.» Appoggia la testa contro il finestrino. «Insomma ti senti pronta o no?»

Picchietto le dita sul voltante, canticchiando sull'onda della musica. Non lo so se sono pronta. Né per quello, né per tutto il resto. Ieri notte ho faticato ad addormentarmi. Ho trascorso il tempo a passare in rassegna scenari diversi, ma ogni volta che mi immaginavo seduta davanti al vetro, con il telefono arancione in mano, non riuscivo mai a scorgere chi ci fosse dall'altra parte. Era tutto opaco e, per quanto mi sforzassi, non riuscivo a vedere mio padre.

Quando poi mi sono addormentata, ho avuto un incubo in cui ero a Crestville Pointe, in attesa di Roman, ma lui non si presentava. Ho aspettato e aspettato, le ginocchia insanguinate dopo essere caduta sulla ghiaia. Alla fine è arrivato, ma era insieme a Brian Jackson. Ridevano di me, e le loro risate fredde e ossessionanti mi hanno circondata come un branco di lupi. Roman e Brian strillavano, dicendomi di buttarmi, e io mi sono avvicinata sempre di più al precipizio, ma poi ero come bloccata.

«Aysel?» m'incalza lui.

Non posso raccontargli del sogno. Non posso dirgli che non mi sento affatto pronta per questo viaggio, perché temo che possa rovinare tutto quello che c'è fra di noi. Che possa dimostrargli che non gli ho detto tutta la verità, la vera verità.

Spegne la radio. «Aysel, guardami.»

«Credevo mi avessi detto di guardare la strada.»

«Lasciamo perdere.»

Gli lancio un'occhiata. «Cosa?»

«Ti senti pronta o no?»

«Sì, mi sento pronta» mento. «Cioè, penso di esserlo.»

«Non basta. Devi esserne sicura.»

Il problema è che non lo sono. Non lo sono più riguardo a niente.

Lui infila la mano nello zaino e tira fuori un taccuino da disegno. «Ti dispiace se mi metto a disegnare?»

Gli lancio un'occhiata e lo vedo che mi scruta intensamente. «Disegnare me?»

«Sì. Se però non vuoi...»

«No. Tranquillo» mormoro e riaccendo la radio. Mi sforzo di tenere gli occhi fissi sulla strada e di dimenticarmi che è a pochi centimetri da me, intento a studiarmi.

«Rilassati. Se sei tesa, faccio più fatica a disegnarti.»

«Okay» dico più a me stessa che a lui. Dopo alcuni minuti, gli lancio un'occhiata. È appoggiato contro la portiera, il collo reclinato in avanti, il carboncino in mano, lo sguardo concentrato sul foglio. Sembra più rilassato, più a suo agio di quanto l'abbia mai visto.

Mi sorprende a guardarlo. «Smettila» dice.

«Che?»

«Se pensi a me che ti disegno, non riesco a fare un ritratto naturale. Voglio disegnarti per come ti vedo io, non per come vuoi che io ti veda.»

Arriccio il naso. «Non ha alcun senso.»

«Fidati.»

«Come vuoi.» Non perdo neanche tempo a domandargli perché ci tenga tanto. Sento un lieve solletico allo stomaco, una leggerezza che non avvertivo da tempo, se mai l'ho avvertita, e ho paura di quello che possa significare. E sono terrorizzata che la sua risposta potrebbe rovinare tutto, perciò tengo la bocca chiusa.

Alzo il volume della radio e torno a concentrarmi sulla strada. Fingo di non sentire la matita di Roman grattare sul foglio, né i suoi respiri lunghi e profondi. E mi metto a contare le miglia che mancano al penitenziario di McGreavy, al momento in cui rivedrò mio padre.

Sabato, 30 marzo

meno 8 giorni

Arriviamo al penitenziario a metà pomeriggio. Il sole mi scalda la faccia mentre ci avviamo verso l'ingresso. L'edificio è meno inquietante di quanto mi aspettassi. È un grande parallelepipedo di mattoni, a un piano. Certo, il tutto è circondato da due spazi all'aperto delimitati da una rete metallica non propriamente ospitali, ma se non fosse per le spire di filo spinato in cima, non sembrerebbe nemmeno il cortile di una prigione.

Roman mi afferra la mano. Io stringo la sua e poi lascio la presa, con l'intento di segnalare che sto bene. Ma ho la bocca secca e la verità è che non so se mi va di farlo, né se ci riuscirò. Mi sono così affezionata a questo pensiero, l'idea che debba vedere mio padre un'ultima volta prima di farla finita, ma adesso non so più cosa mi passasse per la testa. Cosa sperassi di trovare qui a McGreavy. Più fisso l'edificio davanti a me, più mi convinco che qualunque sia la cosa che sto cercando, non è certamente qui. Sempre che stia cercando qualcosa. Forse ha ragione Roman. Forse cerco solo una scusa per continuare a vivere.

Il penitenziario di McGreavy non è un luogo dove trovare scuse per vivere.

Ho le ginocchia che mi cedono e la brutta sensazione che l'uomo che sto per vedere non corrisponderà alla figura paterna che ricordo. Al padre che mi ha insegnato ad amare Mozart e con cui mangiavo caramelle nei pomeriggi uggiosi. Ma forse quel padre non è mai esistito davvero, perché quell'uomo non avrebbe mai commesso un omicidio a sangue freddo.

Perciò il punto è proprio questo, forse. Affrontare finalmente la questione, affrontare lui, il vero lui. Forse.

Roman mi tiene aperta la porta ed entriamo. Ci accolgono un metal detector e quattro guardie carcerarie. Passiamo il primo controllo senza problemi. Vado dritta allo sportello accettazione.

«Hai l'aria di una che non dovrebbe stare qui» commenta l'uomo alla scrivania. Ha indosso la divisa da agente ma ha aggiunto un tocco di stile personale sfoggiando un berretto da baseball dei Kentucky Wildcats. Il cartellino con il nome sulla divisa dice JACOB WILSON.

Jacob Wilson si basa troppo sulle apparenze. «Cerco mio padre» dico, e rovisto nella borsa in cerca del portafoglio. Tiro fuori la patente e gliela allungo. «Si chiama Omar Seran. Ho chiamato qualche giorno fa e mi hanno detto che il sabato l'orario di visita è fino alle quattro. Dovrei essere sulla sua lista di visite autorizzate. Sono la figlia.»

Non so niente della lista, ma mi sembrava la cosa giusta da dire. Do una sbirciata al telefono per controllare l'ora. 14:17. Siamo ancora in orario di visita.

Jacob Wilson batte qualcosa sulla tastiera del computer. L'aggeggio è voluminoso e ingombrante, tipo quelli che abbiamo alla TMC. Preme altri tasti e si rabbuia, infine clicca sul mouse e fa un sospiro.

Mi preparo all'idea di non essere sulla leggendaria lista delle visite approvate. Ottimo. Mia padre non vuole nemmeno darmi la possibilità di confrontarci, di pretendere delle risposte su cosa sia scattato in lui. Prima ancora di poter aprire bocca, interviene Roman: «Qualcosa non va?».

«Tuo padre non è più qui» mi dice Jacob.

«Come, scusi?» Non ho ascoltato quello che mi ha detto.

«È stato trasferito.»

Sbatto gli occhi ancora un paio di volte ma tengo le mani dritte lungo i fianchi. *Mostra un po' di contegno.* L'obiettivo del viaggio era liberarmi. «Com'è possibile?»

Lui allarga le braccia, i palmi rivolti verso l'alto. «Non conosco i dettagli, tesoro. So solo quello che mi compare qui. E il computer dice che è stato trasferito.»

Roman si avvicina alla scrivania. Ci sbatte sopra le mani e si sporge verso Jacob. «Non è obbligatorio informare la famiglia prima di effettuare un trasferimento?»

«Ehi, ragazzo» fa Jacob ridacchiando. «Vediamo di calmarci, eh?»

«Mi scusi.» Roman si raddrizza.

«Ma hai ragione. La famiglia viene informata.» Dà una sbirciata allo schermo del computer, chinandosi in avanti sulla sedia. Poi torna con lo sguardo su di me. «Qui dice che è stata fatta una telefonata alla signora Melda Underwood. Ed è stata spedita anche una lettera.» Corruga la fronte e torna a fissare lo schermo. «Underwood?»

«È mia madre.»

La guardia inarca un sopracciglio, perciò aggiungo: «Risposata».

Lui solleva il labbro superiore in una specie di smorfia. «Succede spesso quando i mariti finiscono dietro le sbarre. Lontananza difficile.»

Dubito ci sia qualcosa del genere nella vita di mio padre. Dal mio punto di vista, la sua vita è stata una "lontananza difficile" più per gli altri che per sé. «E quindi dov'è, ora?»

«Sul computer dice che è all'ospedale psichiatrico di Saint Anne.»

Ospedale psichiatrico. «E dove sarebbe?»

«Non saprei» risponde Jacob. «Presumo in zona, visto che difficilmente li trasferiscono fuori dal Kentucky, ma chi lo sa.»

«Per caso sa come possiamo contattarlo?» interviene di nuovo Roman.

Non capisco perché si senta autorizzato a mettere becco nella conversazione, ma gliene sono stranamente grata. Di solito sarei infastidita, ma al momento faccio fatica anche solo a mettere a fuoco quello che vedo. Non penso più ad altro: *mio padre è rinchiuso in un ospedale psichiatrico.*

Jacob ci fa un sorriso triste. «Come vi ho detto, è al Saint Anne. Se volete, posso provare a chiamarli e vedere se c'è qualcuno in grado di darvi informazioni su come mettervi in contatto con lui.»

«Okay» dico debolmente. «Se non le dispiace.»

Lui si lancia un'occhiata alle spalle, come per assicurarsi che non ci sia il suo capo. «Adesso no, ma posso farlo più tardi. Potreste chiamare voi, ma rischiate di metterci un sacco a trovare le informazioni che vi servono. Burocrazia e tutto il resto.» Mi fa l'occhiolino. «In teoria non sarei autorizzato, ragazzina, ma voglio aiutarti.»

Strappa un foglio da un blocco e me lo passa. Mi allunga una penna. «Vai. Dammi il tuo numero. Vedrò se riesco a scovare qualcuno in grado di dirmi come rintracciare tuo padre. Se scopro qualcosa, ti chiamo.»

Butto giù rapidamente il mio numero. Il foglio è color oro scintillante. Non è la tonalità ideale per l'occasione, credo. La persona incaricata degli ordini di cartoleria della prigione dovrebbe pensarci a queste cose.

Gli consegno il numero. «Grazie mille.»

«È il minimo. Mi spiace solo non poter fare di più. So quanto possa essere frustrante quando i genitori ti tengono nascosto qualcosa.» Si aggiusta il berretto da baseball. «Ti consiglio di affrontare la cosa con tua madre.»

Annuisco. *Lo farei, se solo ci parlassimo.* «Sì, mi sa che dovrò farlo. Grazie ancora per il suo aiuto.»

«Nessun problema. Spero che tu riesca a trovare quello che cerchi.» Il modo in cui mi guarda mi fa pensare che forse capisce la mia situazione più di quanto non dia a vedere. Lo fisso per un attimo e poi mi aggrappo alla maglietta di Roman e trascino via la nostra strana coppia fuori dal penitenziario di McGreavy.

Una volta all'esterno, Roman si scherma gli occhi con la mano e guarda lontano come se fosse in cima al Grand Canyon anziché in mezzo al cortile deserto di una prigione. «Pensavo avessi chiamato.»

«L'ho fatto. Mi sono informata sugli orari di visita.»

«Non hai pensato di chiedere di tuo padre?»

Mi mordo l'interno della guancia. «Non c'era motivo di pensare che fosse altrove.» Faccio una pausa e lo guardo. Lui non si volta, continua a fissare l'orizzonte. «Aspetta, mi stai accusando di qualcosa per caso?»

Strascica i piedi sul cemento. Il sole si riflette sui suoi capelli, facendoli sembrare più biondi che castani. L'aria risulta più spessa di prima, come il vapore dopo una doccia bollente. Non sembra di essere a marzo. Forse i fiori della signora Franklin sbocceranno presto. «Non lo so, Aysel.» Si gratta la nuca. «È che mi sembra che cerchi una scusa dietro l'altra per posticipare la cosa.»

«Posticipare che cosa?»

«Lasciamo perdere...»

Incrocio le braccia sul petto. «No. Dillo.»

Lui si volta a guardarmi, gli occhi spalancati ma vuoti. «Metti che non riesci a parlare con tuo padre prima del 7 aprile. Ti lancerai comunque con me, giusto?»

Rispondo di sì, ma non lo guardo negli occhi. Non ci riesco.

Sabato, 30 marzo

meno 8 giorni

Parcheggio davanti all'area di campeggio. Se si può chiamare così. Sembra più uno spiazzo terroso. Non che sia un'esperta, ma direi che lo standard qui è davvero basso. Gli unici comfort, a quanto pare, sono un buco per il fuoco (completo di cenere e ciocchi mezzo bruciati), una grande quercia e un bidone dell'immondizia arrugginito.

Roman scende dall'auto e fa il giro fino al bagagliaio per recuperare la tenda. In lontananza, intravedo una spiaggia rocciosa, il fiume che lambisce i ciottoli. Forse non sarà poi così male. Forse avremo modo di parlare un po'. Forse riuscirò finalmente a trovare le parole giuste per spiegargli cosa c'è che non va in me.

Recupero lo zaino dal sedile posteriore e seguo Roman fino allo spiazzo. Quando lui apre la custodia della tenda, mi accorgo che ci ha nascosto dentro due bottiglie di vino.

«Sofisticato» commento.

«Il vino rosso si può bere anche tiepido. La birra, invece, fa schifo. Ho preso una decisione d'ufficio.»

«Potevi metterla nella borsa frigo.» Sorvolo sul fatto che mi sta trattando come se fossi una sfigata che non ha mai bevuto alcol in vita sua. Anche se, in tutta onestà, è così. Se si esclude qualche sorso di birra che Steve mi ha dato quando avevo, tipo, undici anni e lui e mamma avevano organizzato un barbecue in giardino con alcuni amici.

«Sì, ma la borsa frigo l'ha preparata mia madre. L'avrebbe scoperta subito.»

«Potevi aggiungercela dopo.»

«Gesù, hai davvero così tanta voglia di birra? Posso fare un salto in città.»

Mi infilo le mani nelle tasche dei jeans e mi incammino verso il fiume. «No, tranquillo. Volevo solo stuzzicarti un po'.»

Lui tira fuori la tenda dalla custodia e si mette ad armeggiare con le bacchette. Vorrei offrirmi di aiutarlo ma non sono assolutamente pratica di tende. Lo sento imprecare a mezza voce e decido di farmi una passeggiata lungo il fiume.

«Faccio un giro e torno» gli grido, e lui non mi risponde.

Scendo sul versante opposto della collina. Le scarpe da ginnastica affondano nell'erba bagnata. Avvicinandomi al fiume, scorgo un molo vuoto. Non c'è anima viva in giro. Lenze spezzate galleggiano sull'acqua, io tento di immaginare la scena piena di gente, famiglie che ridono, pescatori operosi. Difficile pensare che sia mai sovraffollato. Sembra più un luogo nato per la solitudine. Sento alcuni uccelli cinguettare tra loro e il rombo del motore di un'imbarcazione in lontananza, ma non riesco a distogliere l'attenzione dal ronzio che ho in testa. Mi tappo le orecchie con le mani e mi metto a canticchiare tra me e me. La Messa in si minore di Bach invade i miei pensieri.

Mi appoggio contro il parapetto di legno scheggiato e una folata di vento scivola sulla superficie dell'acqua accarezzandomi in viso. A volte sembra quasi che l'aria abbia mani e dita. Vorrei quasi afferrarla. O lasciarmi afferrare a mia volta, e farmi portare lontano. Mi domando se Roman, o altri, pensino mai a queste cose.

Mi volto a guardare e non riesco neanche a intravedere il nostro spiazzo. Torno a fissare l'acqua. Il fondale roccioso della sponda è coperto di alghe viscide e ami da pesca arrugginiti. So che se mi tuffassi ora, mi ritroverei tutta sporca e bagnata. Senza crepare davvero.

Non come a Crestville Pointe. Lì il salto mi ucciderà, e ucciderà anche Roman.

Torno allo spiazzo. Ho il passo pesante e svogliato. Non ho alcuna fretta di tornare da lui, dalla sua borsa frigo senza birra, dal suo voler sapere se mi tirerò indietro. Lo osservo senza essere vista. Direi che è riuscito a montare la tenda, una sventolante struttura azzurra che ondeggia nel vento. Lui è girato di schiena, chino sul buco per il fuoco, intento ad accendere un fiammifero.

Mentre mi avvicino, vedo i due vecchi ciocchi avvampare. Il fuoco prende a crepitare e io mi siedo a terra accanto a Roman.

«Hai trovato quello che cercavi?»

«Eh?»

«Pensavo fossi andata a cercare qualcosa.»

«No.» Incrocio le gambe sull'erba. «Non è cambiato nulla.»

«Meglio così.» Si strofina le mani prima di alzarsi. «Hai fame?»

Alzo le spalle, cosa che lui interpreta come un sì. Va alla borsa frigo e tira fuori i würstel che ci ha dato sua madre. Sono infilati dentro una busta di plastica, mogi e viscidi. Lui mi passa la busta e recupera degli spiedi di metallo dallo zaino.

Infilzo uno dei würstel sullo spiedo e osservo la punta di metallo forare la pelle. Lo tengo sospeso sulla fiamma e Roman fa altrettanto. Ogni tanto lo giro, ma a dire il vero non ho idea di come si faccia. La mia famiglia non va mai in campeggio.

«Mi sa che è pronto» dice Roman, facendo cenno al mio würstel.

«Oh.» Lo tolgo dalla fiamma.

«Ho dimenticato di comprare i panini. Mia madre inorridirebbe.» Mi fa un sorriso imbarazzato mentre torna a stravaccarsi a terra. Si porta le ginocchia al petto e sfila il würstel dallo spiedo, soffiandoci sopra ripetutamente.

Io faccio del mio meglio per imitarlo, solo che temo davvero di sembrare una bambina di cinque anni che fatica a spegnere le candeline sulla torta. Stacco un pezzo di würstel con le dita e mi scotto. Me lo infilo in bocca e inizio a masticare. Fuori sa di bruciato e dentro è freddo. Lo trangugio comunque.

Roman deposita il suo su un pezzo di giornale, si alza e afferra due bicchieri di plastica. Svita il tappo di una delle bottiglie di vino. La bottiglia gli ondeggia in mano, mentre dice: «Hai ragione. Sofisticato. Würstel e vino».

So che sta scherzando, ma è la prima volta in vita mia che bevo vino e sono un po' emozionata. Un mese fa pensavo che niente al mondo sarebbe riuscito ancora a emozionarmi. Chi poteva immaginarsi che del vino qualunque mi avrebbe fatto ricredere? Cerco di darmi un contegno per non tradirmi. Lui versa due bicchieri e me ne passa uno.

«Grazie.» Lo appoggio accanto a me, rischiando pure di far cadere il mio würstel smangiucchiato. Penso che l'unica cosa peggiore di un würstel mezzo crudo sia un würstel spolverato di terra.

«Mi sa che ci volevano dei tovaglioli» dice lui, masticando.

«In effetti.»

Finisce il suo in un attimo. Forse anche quello era mezzo crudo. Mi sforzo di buttar giù quel che rimane del mio e poi prendo un sorso di vino. È acido e mi viene da fare una smorfia.

Lui ride. «Non sei una grande bevitrice, vero?»

«Direi di no.»

Alza il bicchiere di plastica in direzione del mio. «Ad Aysel, la mia Compagna di Suicidio.»

Facciamo cin-cin. «A chi non si tira indietro.»

La cosa lo fa sorridere. Tracanna il resto del vino e se ne serve dell'altro.

Il sole comincia a calare e non ho idea di che ora sia. Valuto se tirare fuori il cellulare dalla tasca per controllare, ma poi mi rendo conto che non ha importanza. L'unica cosa che conta è che questa giornata sembra molto più corta del solito. I giorni trascorsi con Roman sono sempre i più brevi.

Mi metto a pancia in giù e mi allungo. Roman si sdraia accanto a me di schiena, lo sguardo fisso sul cielo. «Mi dispiace che non siamo riusciti a trovare tuo padre.»

Mi passo la lingua sui denti, assaporando il retrogusto pungente del vino. «Forse quel tizio, Jacob, chiamerà.»

«Forse.» Roman mi appoggia una mano sulla schiena: «O forse no. Vada come vada, giusto?».

Non so cosa rispondere. Se Jacob non dovesse richiamarmi, credo che proverò a contattarli io direttamente. Ma, come ho detto, non so cosa farò. Un paio di uccelli bisticciano tra loro e spiccano il volo da un albero nei paraggi. Per un attimo, il frullio delle ali mi fa sobbalzare e mi raddrizzo di scatto. Pensavo che più uno si avvicinasse alla morte, più si riducessero ansia e paura. Ma sto scoprendo che è esattamente il contrario.

«Scusami» dice, levandomi la mano dalla schiena e infilandosela nella tasca dei pantaloni.

«No» dico. «Non sei stato tu.»

Inarca le sopracciglia. «Ti hanno spaventata gli uccelli?»

Mi verrebbe da dirgli che ormai ho paura di tutto. Invece resto in silenzio e lascio che blateri su quanto inoffensivi siano i volatili. Tracanna un bicchiere di vino dopo l'altro e io tento di fare altrettanto, ma mi gira la testa e le palpebre cominciano a farsi pesanti.

Mi giro su un fianco per guardarlo negli occhi. Il fuoco è ancora vivace e le spire di fumo disegnano ombre sulle sue guance magre. Lui continua a bere in silenzio e so che dovrei dire qualcosa per fargli capire come mi sento, ma siamo già su un terreno minato e non vorrei peggiorare la situazione.

«Anch'io ho paura, sai» dice alla fine. Ha l'alito che sa di vino quando solleva la faccia, avvicinandola alla mia. «Ma sono anche elettrizzato.»

Chiudo gli occhi. Ho il cervello fuso. «Hai mai sentito parlare della teoria della relatività di Einstein?»

Lui beve un'altra sorsata di vino. «Ecco che parte di nuovo con la scienza. Sei proprio una secchiona, sai?»

«I secchioni di solito sono intelligenti.»

Inarca le sopracciglia. «Infatti tu mi sembri sveglia.»

Gli faccio l'occhiolino. «Diciamo che so fingere bene.» Mi raddrizzo e mi verso un altro po' di vino.

«Insomma raccontami.»

«La teoria?» Il vino comincia a sembrarmi meno aspro. Non so se sia perché mi ci sto abituando o perché ho le papille gustative intossicate. Non so nemmeno se sia possibile intossicare le papille.

«Sì, la teoria di Einstein. La tua teoria da nerd.» Parla in modo confuso e strascicato. Farebbe quasi tenerezza se non incutesse al tempo stesso un po' di paura.

«Sai che aveva due teorie al riguardo, no? Quella ristretta e quella generale.»

Roman scuote la testa. «Non so niente su Einstein. E a dire il vero, se non fosse per te, non me ne sbatterebbe granché.»

«Rendo Einstein interessante?» Mordicchio il bordo di plastica del bicchiere.

Lui fa il suo sorriso a mezzaluna, dolce e sbilenco. «Non posso più fare a meno di interessarmi alle cose che ti piacciono. Ormai siamo talmente in sintonia.»

Mi ritrovo a sorridere. Sento i muscoli delle guance diversi; sono come una stanza rimasta al buio per anni in cui hanno tirato su di colpo le tapparelle e adesso c'è un sole accecante. E non posso farci niente, il sorriso continua a crescere sempre di più. È la cosa più carina che Roman mi abbia detto. Anzi, che mi sia mai stata detta negli ultimi tre anni, se non sbaglio.

«Ti ho reso felice» dice. Le parole gli escono lente e pesanti.

«Sì, mi hai reso felice.»

Lui scuote la testa e chiude gli occhi. Si dondola avanti e indietro come quelle bamboline hawaiane da attaccare al cruscotto.

«Be'?» dico, e gli do un colpetto sulla spalla.

«Non posso renderti felice. Non possiamo permettercelo.»

Ci metto un po' a decifrare la sua parlata strascicata. Mi sporgo verso di lui. «Sarebbe davvero così terribile?»

Lui spalanca di colpo gli occhi. Sono luminosi e lucidi, chiari e umidi. «Sarebbe la nostra rovina.»

Per un attimo mi crolla la terra sotto i piedi. Raccatto un legnetto e lo trascino in mezzo all'erba. «Ma al luna park mi hai detto che sentirmi parlare di scienza ti rendeva felice, e forse...»

Alza una mano per bloccarmi. «Non c'entra niente.» Indica me e poi se stesso. «Questa cosa non ha importanza. È temporanea.» Gli occhi gli si spalancano ancora di più e si intravedono i segni rossi che cominciano a formarsi sotto. FrozenRobot ha bevuto troppo.

«Ascolta, Aysel.» Mi afferra le mani e le stringe tra le sue. «So che sembra tutto confuso. Siamo in una situazione davvero assurda e malata, ma non possiamo farci ingannare dalle apparenze.»

Tento di liberare le mani dalla sua presa, ma lui non molla. Le sue dita premono sulle mie nocche. «Le apparenze?»

«Il fatto che siamo compagni di suicidio. C'è questa sintonia di fondo e poi, certo, c'è anche una buona alchimia.»

«Alchimia?» Non posso fare a meno di ridere.

«Okay. Sei tu l'esperta di scienza.»

Si sporge verso di me, sbatte il naso contro il mio, sento le sue ciglia che mi solleticano la faccia. Sollevo il mento e le nostre labbra s'incontrano. È un bacio goffo, ma perfetto. Non riesco a pensare ad altro: *ci stiamo baciando, sto baciando FrozenRobot, ci stiamo baciando*. La frase mi ronza nelle orecchie come un mantra mieloso.

Continuo a baciarlo, tentando di non pensare se faccio bene o male. Ho il cuore a mille, il che immagino voglia dire che la cosa mi piace, e spero che lo stesso valga per lui. So che gli esseri umani si baciano dalla notte dei tempi ma adesso, in questo esatto istante, è come se baciarsi fosse un segreto di cui solo io e Roman fossimo a conoscenza.

Dopo un tempo lungo un secondo, o un secolo, lui si stacca lentamente e mi sposta una ciocca di capelli dalla fronte. «C'è alchimia, sì» dice.

Gli sorrido di nuovo. Per la seconda volta. Non posso certo farla diventare un'abitudine. Non mi riconoscerei più se diventassi una che sorride volutamente. «Direi di sì.» Faccio un respiro profondo e mi accorgo che l'aria ha cambiato profumo, passando dall'odore di legna bruciata a quello di vaniglia e in testa avverto un dolce ronzio che non riesco bene a decifrare, ma che ricorda un suono di monetine lanciate in una fontana. Il tintinnio dei desideri, desideri disperati.

Lui mi si strofina con la faccia nell'incavo del collo e io tento di rilassarmi e fingere che sia la cosa più naturale del mondo. Poi mi cinge la vita e mi trascina a terra con sé. Restiamo così nel buio, in silenzio, a pochi metri dalla tenda, la mia spina dorsale a contatto con il suo stomaco, le sue mani sui miei fianchi. Non sono mai stata tanto consapevole di essere carne e sangue, riesco quasi a sentire le ossa che si sporgono sotto la pelle, desiderose di avvicinarsi il più possibile alle sue.

Di punto in bianco, lui sussurra: «Ma questo non deve cambiare niente».

Io mi contorco in modo da stringermi ancora di più a lui. Ascolto il battito del suo cuore che corre all'impazzata. Sento una specie di pizzicore in fondo allo stomaco che non ha niente a che vedere con il tarlo nero che divora la mia felicità. C'è un'effervescenza leggera dove prima c'era un'insopportabile pesantezza, e mi domando se la mia energia potenziale stia cambiando. Già mi vedo intenta a riportare il tutto su un grafico, come farebbe uno scienziato con il suo esperimento di laboratorio. La mia vita intera ormai sembra un esperimento.

«Aysel» dice lui, stringendomi forte, sfiorandomi i capelli con le labbra. «Lo sai che questo non deve cambiare niente, vero? Questa specie di felicità è finta, destinata a scomparire. Non possiamo dimenticarci del perché abbiamo deciso di farla finita. Io devo continuare a pensare a Maddie. E tu alle tue ragioni.»

Le mie ragioni. Suona così vago. Ma in fondo non gli ho detto granché delle mie ragioni, visto che sono terrorizzata all'idea di come potrebbe reagire se scoprisse la vera identità di mio padre. Forse è per quello che non gliene ho parlato. Non perché abbia paura che poi si rifiuti di morire con me, ma perché sono terrorizzata che voglia comunque che io muoia. Che voglia vedermi morta.

Forse ha ragione lui: mi sto tirando indietro. Ma forse conoscere Roman mi ha aiutata a capirmi meglio. Certo, sono malata. E anche lui lo è. Ma più ne parliamo, più confrontiamo le nostre tristezze, più inizio a convincermi che abbiamo la possibilità di guarire, la possibilità di salvarci a vicenda.

Prima sembrava tutto definitivo, inevitabile, già scritto. Ma adesso comincio a credere che la vita abbia in serbo più sorprese di quanto m'immaginassi. Forse è tutto relativo, non solo luce e tempo come teorizzato da Einstein, ma ogni singola cosa. Tipo che ti sembra tutto terribile e senza via d'uscita finché l'universo non fa un piccolo scatto, il punto di vista cambia e di colpo diventa tutto più sopportabile.

«Sai cosa?» mi incalza lui. «Quello che stiamo facendo, qualunque cosa sia; quello che stiamo diventando, qualunque cosa sia, non cambia nulla. Non può cambiare nulla.» Ma non c'è corrispondenza tra azioni e parole, perché mentre parla, continua a stringermi sempre più forte.

«Lo so» sussurro.

Ma giù nel profondo, l'unica cosa che so è questa: niente sarà più lo stesso.

Domenica, 31 marzo

meno sette giorni

Vengo svegliata dal riverbero del sole. Sono ancora avvolta dalle braccia di Roman e rotolo su un fianco per liberarmi. Ci siamo addormentati fuori dalla tenda, ho la maglietta e i jeans pieni di strisciate di erba e fango.

Tiro il cellulare fuori dalla tasca e vedo una chiamata persa e un messaggio in segreteria da un numero sconosciuto. Faccio per allontanarmi da Roman per non svegliarlo, ma mi fermo quando sento il suo lamento assonnato.

«Dove te ne vai?» Si drizza a sedere e si stropiccia gli occhi. «Che ore sono?»

«Le otto, quasi.»

«Bleah.» Si risdraia di schiena e strizza gli occhi. «È troppo presto e c'è troppa luce.»

«Mi sa che qualcuno ha bevuto troppo» dico nel tono più normale possibile. So che ha detto che la notte di ieri non ha cambiato niente, ma non so come comportarmi se devo fingere che nulla sia cambiato. Lui non è più FrozenRobot, il mio compagno di suicidio conosciuto su internet. È Roman, il ragazzo che mi ha baciata in riva al fiume e mi ha tenuta stretta tutta la notte. Per me, c'è una bella differenza. Parecchia.

Non è più la persona con cui voglio morire, ma quella con cui voglio sentirmi viva.

«Torno subito» dico, e mi avvio verso il fiume. Rifaccio lo stesso percorso di ieri. Ricontrollo lo schermo del cellulare. Ho ricevuto la chiamata verso le sette di sera. Forse avevo già bevuto troppo e non mi sono accorta che il cellulare vibrava.

Tengo il telefono premuto contro l'orecchio e ascolto il messaggio. È Jacob, la guardia carceraria. Il respiro accelera mentre schiaccio replay. Jacob ha rintracciato una tizia che lavora al Saint Anne e ha informazioni su mio padre. Mi dà il nominativo della donna, Tara Woodfin, e il suo numero di telefono. Riascolto di nuovo il messaggio, poi torno con lo sguardo sul cellulare. È troppo presto per chiamare Tara, specie di domenica. Meglio aspettare.

Al mio ritorno, trovo Roman nella stessa posizione in cui l'ho lasciato. È sdraiato di schiena, gli occhi chiusi e la faccia contratta in una smorfia di dolore. Mi inginocchio accanto a lui e lo scuoto per le spalle. «Dai, è ora di andare. Smontiamo la tenda.»

«Perché dobbiamo partire così presto?» La parlata è ancora strascicata e lui rotola su un fianco.

Mi avvicino alla tenda, tentando di capire come fare a smontarla senza romperla. Mi metto ad armeggiare con le bacchette finché non realizzo che vanno sfilate dagli angoli e poi piegate a metà. Ci sarà indubbiamente un modo più facile ed elegante, ma Roman è ancora troppo assonnato per collaborare, e se finirà per averla vinta lui, sarà comunque l'ultima volta che questa tenda gli servirà.

L'idea è quasi insopportabile e allontano la sensazione di sprofondare, ingoiando il groppo che sento in gola. *Tieniti occupata. Non pensarci.* Una volta smontata la tenda, rimetto tutti i pezzi nella custodia in cui Roman l'aveva impacchettata. Li infilo alla rinfusa, ma sono certa che la signora Franklin riordinerà il tutto al nostro rientro.

Mentre mi avvicino alla borsa frigo per recuperare una bottiglia d'acqua da dare a Roman, vedo il suo zaino appoggiato lì accanto. Mi volto a dargli una sbirciata da lontano per assicurarmi che stia ancora dormendo e apro la cerniera. Tiro fuori il taccuino da disegno. So che non dovrei farlo, ma è più forte di me.

Mi siedo a terra a gambe incrociate e mi metto a sfogliarlo. Ho un attimo di esitazione quando arrivo all'ultima pagina, il mio ritratto. La ragazza che fisso davanti a me sono e non sono io. Ha due grandi occhi rivolti di lato, ma con dentro qualcosa che lì per lì fatico a riconoscere: la speranza. La postura è meno patetica della mia, come se quella ragazza fosse più forte.

«Grazie, FrozenRobot» mormoro tra me e me. Strappo via la pagina in questione. Non m'importa di quanto si arrabbierà quando se ne accorgerà. Ne ho bisogno. Ho bisogno di rammentare a me stessa che posso essere quella ragazza lì, che quella persona forte e fiduciosa esiste dentro di me. Piego il disegno fino a farne un quadratino e me lo infilo in tasca, poi rimetto delicatamente il taccuino a posto, nello zaino.

Mentre tiro fuori una bottiglia d'acqua dalla borsa frigo, penso alla mia prossima mossa. Devo riuscire a essere per Roman quello che lui è stato per me, devo mostrargli la persona che ancora si nasconde dentro di lui, la persona che ritiene sconfitta e scomparsa per sempre. Un ragazzo pieno di talento e di sete di avventura, dal sorriso sghembo e la risata contagiosa. Un ragazzo con gli occhi di sole e prato d'estate, che vedono cose che gli altri non vedono, e mani capaci di disegni sorprendenti. Chiudo gli occhi e ripenso a quando ci siamo tenuti per mano al luna park, a come fosse stretta e forte la sua presa.

Devo aiutarlo a salvarsi. A ogni costo.

Un bel respiro profondo e mi costringo a tornare da lui. Mi accovaccio accanto al suo corpo e gli piazzo la bottiglia fresca sulla fronte. «Svegliati.»

«Ehi!» grida sorpreso.

«Ho pensato che ti facesse bene.»

«In effetti, sì. È che mi hai colto alla sprovvista.» Mi prende di mano la bottiglia e rotola su un lato così da poter tracannare qualche sorsata d'acqua, prima di appoggiarsi di nuovo la bottiglia sulla fronte.

«Carico tutto in macchina e partiamo. Okay?»

Faccio per rialzarmi, ma lui mi afferra la mano e mi tira giù, accanto a sé. «Non ero così ubriaco da essermi dimenticato di ieri sera, Aysel.»

Lo fisso con sguardo vuoto. Non posso parlare liberamente e penso che restare zitta sia meglio che pronunciare tutte le parole che lui non vuole sentirsi dire. E comunque, non mi va di parlarne finché non avrò trovato le parole giuste. Le parole magiche. In grado di convincerlo a restare in vita.

Lui scuote la testa e prende un altro sorso d'acqua. «Non far finta di non sapere a cosa mi riferisco.»

Io rimango in silenzio e mi passo la lingua sui denti, in cerca delle parole giuste.

«Aysel» dice lui, afferrandomi di nuovo la mano.

Io gliela stringo forte e resto a osservarla. La mano che ha tracciato il mio ritratto. Che mi ha aiutata a salvarmi. «Ha chiamato Jacob» dico.

Le sue dita sfiorano delicatamente le mie. «E dunque?»

«Mi ha dato il nominativo di una tizia da chiamare per avere informazioni su mio padre.»

Roman abbassa lo sguardo, ma continua a tenermi la mano. «Mi sa che non avremo tempo di fargli visita prima di...»

«Lo so, ma...» Faccio una pausa e inspiro, lasciando che l'aria fredda della primavera mi riempia i polmoni. «Riguardo a ieri notte. So che mi hai detto che non cambierà nulla, e forse hai ragione, ma comincio a pensare che forse dovremmo andarci con calma, prendere in esame... tutto.» Fisso lo sguardo sulle nostre mani.

Lui molla la presa e si distacca da me. Io annaspo per un attimo. «Ascolta, sapevo che sarebbe stata una pessima idea. È solo che tu... che tu... tu...» Tartaglia come il motore impallato di una macchina.

«Che io cosa?»

«Che tu sei tu. E mi capisci. Capisci ogni cosa. E sei triste come me e, per quanto assurdo, questo è bellissimo.» Allunga la mano e mi sfiora il viso, accarezzandomi i capelli. «Sei come un cielo grigio. Sei bella, anche se non vuoi.»

Si sbaglia. Non è che non mi va di essere bella. Non

ho mai potuto esserlo perché ero triste. FrozenRobot dovrebbe saperlo più di chiunque altro che non c'è niente di bello, piacevole o attraente nell'essere tristi. La tristezza è brutta, punto, e chi è convinto del contrario non capisce un bel niente. Quello che intende Roman, credo, è che io e lui siamo brutti allo stesso modo, il che produce un senso di familiarità, di conforto. Ma il conforto è ben diverso dalla bellezza.

Ripenso al ritratto che mi ha fatto. La ragazza che ha disegnato era bella. Non era un cielo grigio. Era piena di speranza. E la speranza è bella.

Perciò voglio che la smettiamo entrambi di essere così brutti. Non mi va più di essere un cielo grigio. Voglio ritrovare la speranza. Insieme. Distolgo lo sguardo per nascondere gli occhi lucidi. Dopo qualche attimo di silenzio, mi alzo e scuoto via la terra. «Sarà meglio metterci in viaggio.»

«Aysel» dice lui, e c'è urgenza nella sua voce. «Sarà il caso di parlarne.»

«Hai ragione, ma non so cosa dire.»

Lui mi stringe la mano e io non posso che fare altrettanto, perché ho troppa paura di mollare la presa. Ho paura di perderlo.

Domenica, 31 marzo

meno 7 giorni

Siamo in viaggio da circa un'ora, quando decido di lasciare l'autostrada per fermarci in un piccolo ristorante pubblicizzato su un cartellone accanto all'uscita. Roman ha dormito per tutto il tragitto e si risveglia lentamente mentre parcheggio l'auto.

Si stropiccia gli occhi. «Dove siamo?»

«Ho pensato che sarà meglio mangiare qualcosa prima che ti riporti a casa.»

Mi fa il suo sorriso a mezzaluna e mi si stringe il cuore. Non posso più vedere quel sorriso. Tengo lo sguardo fisso oltre il parabrezza. Piove a dirotto e, in lontananza, sento l'eco di un tuono.

«Ottima idea. Hai ragione, mia madre uscirà di testa se mi presento a casa così» dice, scendendo dall'auto. «Perderesti il tuo status di santa Aysel.»

Ho come la sensazione che lo perderò comunque se lascerò che ti sfracelli giù da Crestville Pointe. Mi mordo il labbro inferiore. Roman non si lascia intimidire dalla pioggia. Ci bagniamo capelli, faccia, vestiti.

Entriamo senza alcuna fretta nel ristorante e ci fanno accomodare a un divanetto sul fondo. Lui si mette a leggere il menu e io ripasso più e più volte la lista delle omelette, fingendo particolare interesse per la differenza tra la "meridionale" e la "fiorentina".

Quando sono certa di non essere vista, mi metto a sbirciarlo. Ha la maglietta umida, i capelli fradici e goccioline d'acqua sulla fronte. La pioggia lo fa sembrare più giovane, più vitale. Le guance sono più accese, la pelle più luminosa. Tento di immaginare come potrebbe apparire dopo il salto da Crestville Pointe, dopo essere affogato. Le labbra che passano da un rosa tenue a un viola freddo, la pelle mortalmente pallida. Mi domando se le trasformazioni siano percepibili, se uno senta davvero la propria energia cinetica svanire nel nulla. Quale sia il rumore di fondo, se più simile a una sinfonia o a un grido. Non ho la risposta a nessuna di queste domande. Né mi va di cercarla, o che sia Roman a farlo.

Torno a consultare il menu in silenzio. Non è il momento di pensare a queste cose. La cameriera viene a prendere le ordinazioni: due uova, pancetta, frittelle, un contorno di peperoncini per lui e un'omelette alla fiorentina per me. La tizia avrà più o meno l'età di mia madre, ma le sue mani sono molto più rugose e la faccia più paffuta. I capelli sono chiaramente tinti di biondo e la ricrescita è scura e unta.

«Ottima scelta» dice lei con un sorriso mentre prende nota dell'ordinazione. Alza gli occhi dal taccuino e il sorriso si fa più ampio. «Siete una bella coppia, sapete? Scommetto che ve lo dicono spesso. Sarò da voi con i piatti in un attimo.»

Prima ancora che io riesca a correggerla, lei si allontana. Io giocherello con il sedile del divanetto, che ha uno strappo nel mezzo con l'imbottitura che fa capolino.

«Sarai contenta, Aysel» fa Roman. «Pensa che siamo una bella coppia.»

«Già. Una bella coppia.» Lo guardo dritto negli occhi e lui distoglie lo sguardo in direzione del tavolo.

La cameriera ritorna con i nostri piatti prima di quanto mi aspettassi, cosa che mi fa sempre dubitare del cibo. Ma in fondo stiamo facendo colazione nel bel mezzo del Kentucky in un ristorante di terz'ordine, perciò la qualità del cibo non è nemmeno contemplata.

Non ho appetito, quindi mi limito a rigirare il cibo nel piatto, facendo piccoli graffi con la forchetta sulla superficie bianca e opaca. Roman, invece, si infila tutta la pancetta in bocca, masticando rumorosamente. È buffo come, quando ti piace una persona, finisci per apprezzarne anche i gesti meno attraenti.

Io odio la pancetta. Per di più, non so come lui faccia ad avere fame in questo momento. Si è forse dimenticato della discussione accanto alla tenda? O che manca meno di una settimana al 7 aprile?

«Posso chiederti una cosa?» dice Roman continuando a masticare. È passato alle uova ora. Le ha coperte di peperoncini. Se li infila in bocca interi e sputa via i semi.

«Certo.» Bevo un sorso dell'acqua che ci ha portato la cameriera.

«Quando conti di raccontarmi cos'ha fatto di preciso tuo padre per finire dietro le sbarre? So solo che è in prigione...» Lascia la frase sospesa.

Resto in silenzio e osservo per un attimo il suo volto. I suoi profondi occhi castani si sono fatti più luminosi da quando ha iniziato a mangiare e sembra sinceramente interessato alla questione. Chino la testa in modo da fissare il piano di metallo del tavolo anziché la sua faccia. Sono combattuta tra lo sfruttare la sua curiosità a mio vantaggio e l'essere costretta a raccontargli la verità. Per quanto terrorizzata, mi piace pensare che capirà. Il ragazzo che mi ha fatto quel ritratto non può che essere una persona in grado di capire.

«Significa che non me lo vuoi dire?»

Continuo a non guardarlo. Non posso. Chiudo gli occhi per un attimo e canticchio mentalmente una melodia familiare. Mentre la musica mi cresce in testa, con le note che acquistano vigore, dando l'impressione di tendere verso un obiettivo, ho un'illuminazione. Sollevo il mento e incrocio il suo sguardo. «Ti racconterò quello che ha fatto mio padre a patto che anch'io possa farti una domanda. Ci stai?»

«Dipende dalla domanda.»

«Okay. La domanda è questa: se tra sette giorni tu non dovessi morire, cosa avresti voluto fare nella vita?»

Posa la forchetta e i suoi occhi si trasformano da luminosi in minacciosi nell'arco di tre secondi. «Che razza di domanda è?»

«Una domanda curiosa. Ma forse lo sono tutte, per definizione.»

Il labbro gli s'increspa come se stesse trattenendo a stento un sorriso. «Perché parli come il cappellaio matto di Alice?»

«Sai come sono, sempre a fare battute di cattivo gusto.»

Impugna di nuovo la forchetta e prende un altro boccone di uova. «Non era una battuta.»

«Insomma ci stai o no?

Mi rivolge un finto saluto militare. «I termini del contratto sono accettati.»

Premo i gomiti sul tavolo e mi sporgo verso di lui. «Allora qual è la risposta?»

Si punta la forchetta in direzione del petto. «Tocca prima a me? E ti pare giusto?»

«Proprio tu parli di giustizia?»

Scuote la testa; il suo tipico sorriso è tornato. Distolgo lo sguardo.

«Okay, okay. Vado prima io. Tanto è una stupidaggine» dice.

«La mia domanda?»

«No. La mia risposta.»

«Sentiamo.» Trattengo il fiato. Sono così tante le cose che vorrei sapere, ma non so quale sperare di sentirmi dire. Forse mi dirà qualcosa di stupido, tipo che si è sempre immaginato come proprietario di un negozio di articoli sportivi, così da avere una scorta a vita di palle da baseball, o magari qualcosa di commovente, tipo che avrebbe sempre voluto fare il pediatra per aiutare i bimbi malati.

Ma alla fine, poco importa cosa Roman voglia o non voglia fare. Inizio a rendermi conto che è questo l'aspetto più strano, elettrizzante e, in tutta sincerità, anche frustrante dell'essere innamorati. Cose che piacciono all'altro cominciano a sembrarci intriganti, anche quando in fondo sono di una banalità imbarazzante.

Una volta mi è capitato di leggere sul libro di fisica

che l'universo implora di essere osservato, che l'energia viaggia e viene trasmessa quando la gente presta attenzione. Forse l'amore non è che questo: avere qualcuno che è abbastanza coinvolto da prestarti attenzione, così da incoraggiarti a viaggiare e a trasmettere fino a trasformare la tua energia potenziale in energia cinetica. Forse quello di cui abbiamo davvero bisogno è che qualcuno si accorga di noi, ci osservi.

E io osservo Roman. Perciò, davvero, voglio solo che risponda alla mia domanda. Ho bisogno di sapere qualcosa di lui che mi rassicuri sul fatto che esiste la remotissima possibilità che le sue particelle vogliano muoversi in una certa direzione e siano solo in attesa di una spinta.

«Sarei voluto andare al college» dice.

È più forte di me: il cuore ha un'impennata di speranza. *È un inizio*. Gli faccio cenno di proseguire.

«E avrei voluto giocare a basket nella squadra dell'università.»

Annuisco. «Anche se è da un po' che non giochi?»

Mi lancia un sorriso furbo. «Be', stiamo parlando di ipotesi, giusto? Posso essere quello che voglio.»

L'impennata è scomparsa. Mi sento morire dentro e affondo nel sedile strappato del divanetto. *Non deve essere per forza un'ipotesi*. Mi sforzo di nascondere la delusione e dico: «Touché. Vai avanti».

«Che altro devo dire?»

«Non lo so. Cosa ti sarebbe piaciuto studiare?»

Si fa rosso in volto e si contorce sul divanetto. «Ah, quella è la parte più stupida.»

Tamburello con le dita sul tavolo. «Allora è la parte migliore.»

«Sapevo che l'avresti detto.» Gli lancio un'occhiataccia e lui alza le mani sopra la testa. «Okay, okay. Avrei voluto studiare biologia marina. So che è una cosa stupida, ma mi sarebbe piaciuto un sacco esplorare l'oceano.»

Sorrido e so di sembrare una perfetta idiota, ma non mi importa. «Tipo *Ventimila leghe sotto i mari*. Tipo Capitan Nemo.»

Torna il suo sorriso. «Esatto. Mi ha sempre affascinato l'idea di un'avventura subacquea. Ma è da stupidi, visto che non ci sono mai stato sull'oceano.» Smette di parlare e lo sguardo si fa opaco, distante. «Né mai ci andrò, mi sa.»

Mi mordo la lingua. *Non è detto, FrozenRobot. Non è detto.* Immagino me e lui in viaggio verso la costa. Magari punteremmo dritti verso il North Carolina – non è poi così distante da qui. Me lo vedo camminare sulla spiaggia con indosso la felpa dell'Università del Kentucky e le onde che gli lambiscono le caviglie. Lui che esplora l'acqua e io che resto indietro, seduta sulla sabbia, a leggere un libro sulla filosofia della fisica. Potremmo essere felici. E non per forza in un mondo ipotetico o parallelo.

Devo trovare il modo di farglielo capire. Potrei comprargli un libro di biologia marina. Ma sarebbe un gesto troppo smaccato. Mi farebbe una scenata. Forse potrei proporre una gita a sorpresa al mare.

Mi domando se ci sia qualcuno che possa darmi un consiglio su Dipartite Serene, ma il solo pensiero mi fa mordere con forza l'interno della guancia. So che ogni singolo utente del sito si infurierebbe se scoprisse che sto cambiando idea. O peggio, che voglio convincere il mio compagno di suicidio a fare altrettanto. È esattamente l'opposto di come ci si dovrebbe comportare.

Ed è per questo che Roman non voleva uno che potesse dargli buca. E invece gli sono capitata io. Una tirapacchi di prim'ordine. Ma è colpa sua. È lui che mi ha fatto diventare così.

Adesso devo solo fare altrettanto con lui. Forse tirarsi indietro è contagioso.

Mentre sognavo a occhi aperti, lui ha ripreso a ingozzarsi. Quando torno con i piedi per terra, è lì che mi fissa. «Ehilà! Bentornata tra noi. Avevi dimenticato un pressante problema di fisica da risolvere?»

Alzo le spalle. Adesso non mi sembra il caso di proporre la mia gita in riva all'oceano. «Più o meno.»

«Be', tocca a te.»

«Eh?»

«Devi raccontarmi di tuo padre» dice.

Mi porto la mano alla bocca e mi metto a rosicchiare le pellicine attorno all'unghia del pollice. «È una lunga storia e non conosco tutti i dettagli...»

Il viso di Roman s'indurisce. «Niente giochetti. Io ho risposto alla tua domanda. E adesso tocca a te. Forza.» Abbassa la voce fin quasi a sussurrare. «I compagni di suicidio mantengono le promesse.»

Ha perfettamente ragione, ma vorrei tanto che mantenere la parola data non implicasse dover annegare il mio cuore. Letteralmente.

Domenica, 31 marzo

meno 7 giorni

Ho convinto Roman a farmi posticipare il racconto del perché mio padre è finito dietro le sbarre a quando saremo al campetto. Non mi andava di mettermi a sbandierare i panni sporchi sotto le luci al neon di uno squallido ristorante. O forse stavo solo cercando di guadagnare tempo. Sembra che io non faccia altro, ormai.

È al telefono con sua madre quando parcheggio al campo sportivo. L'avrà chiamato cinquantasette volte dall'inizio del viaggio.

«Tutto bene.» Fa una pausa e annuisce. «Sì, ci siamo divertiti.» A quanto pare gli deve aver detto qualcosa di buffo, perché lui sorride. «Aysel è fantastica. Comunque, mamma, ti ho chiamato perché farò un po' più tardi del previsto.» Riprende ad annuire. «Io e Aysel pensavamo di fare un salto al campo sportivo a fare due tiri a basket.» Ride. «Sì, ci andrò piano. Promesso. A dopo.»

Riattacca e si gira verso di me. «Stai funzionando alla perfezione.»

Sbatto le ciglia. «Di che parli?»

«Mia madre pensa che io sia tornato alla normalità. Prima non mi avrebbe mai fatto rientrare più tardi del previsto.» Il suo non è il tipico sorriso a mezzaluna. È calcolato. E mi procura una brutta sensazione allo stomaco. «Te l'ho detto che nell'ultima settimana ha anche smesso di venire a controllarmi di notte? Grazie a te, credo sia meno preoccupata per me.»

Apro la portiera e scendo dall'auto. Il nodo che ho in gola cresce e trascino le Converse grigie in mezzo alla terra fangosa del campo sportivo. Ha smesso di piovere ma l'aria è ancora umida e fredda. Mi stringo le braccia al petto e raggiungo il tavolo da picnic su cui ero seduta l'ultima volta che sono stata qui. Ci salgo sopra, premo i palmi contro il legno bagnato e mi sdraio, fissando il cielo. Roman salta sul tavolo a sua volta e si mette accanto a me. Guardo verso di lui e lo vedo schermarsi gli occhi con la mano.

«Lo fai sempre» dico.

«Eh?»

«Schermarti gli occhi con la mano. Ho notato che lo fai anche quando non c'è il sole.»

Ricompare il sorriso a mezzaluna. «Sei così attenta ai dettagli. In un'altra vita potresti diventare una grande scienziata.»

«Forse anche in questa» sussurro.

Roman s'irrigidisce. Prima ancora che io possa aggiungere altro, salta giù dal tavolo e rimane in piedi a braccia conserte, incenerendomi con lo sguardo. «Riportami a casa.» La sua voce è piatta. Sarebbe quasi meglio fosse arrabbiato. Almeno avrei la certezza che prova qualcosa.

«E dai, Roman» dico, tentando di salvare la situazione.

Mentalmente, mi tiro uno schiaffo per aver detto una cosa tanto stupida. Dovrei saperlo che non ha senso coglierlo alla sprovvista. Ci vuole un approccio meno smaccato. Devo fare in modo che ci arrivi da solo, non posso essere io a spingere.

Tento di fare marcia indietro. «L'ho detto tanto per dire. Non sono mica così idiota.»

Lui inarca le sopracciglia e le sue labbra tese formano una linea dritta.

«Il senso era che, se le cose fossero andate diversamente, sarei potuta diventare una grande scienziata.» Faccio una pausa a effetto. «Anche in questa vita.»

«Sì, se le cose fossero andate diversamente. Ma a cosa ti riferisci di preciso?» Non scioglie le braccia. Il sole ha fatto capolino da dietro le nuvole e i raggi rendono i suoi occhi particolarmente dorati. Quasi infuocati.

«Mio padre» butto fuori senza pensarci. Dopo aver trascorso tre anni a tentare di fuggire dall'ombra di mio padre, mi ritrovo a brancolare nel buio. È patetico, davvero. Ho fatto tanti sforzi per nascondere la verità a Roman temendo la sua reazione, ma ora non ha più alcun senso pensarci, so solo che ho bisogno di averlo accanto. E sono disposta a fare e a dire qualunque cosa pur di trattenerlo un attimo di più.

«Tuo padre.» Roman scuote la testa, lo sguardo fisso a terra. «Non ti capisco, Aysel. Tuo padre è la ragione per cui vuoi farla finita. Eppure hai una disperata voglia di rivederlo un'ultima volta, anche se lo odi. E ti rifiuti perfino di dirmi quello che ha fatto. Ti fidi così poco di me?»

Stringo i denti e reprimo l'istinto di rivelargli che non ho più intenzione di farla finita. Che tutto è cambiato.

Ma dubito che sia il momento giusto per un simile annuncio, non quando è così arrabbiato con me. Picchietto con la mano sul tavolo accanto, facendogli segno di tornare a sedersi. «Giuro che la smetto. Ti racconterò quello che è successo con mio padre. A quanto ne so, almeno.»

Roman increspa le labbra e si capisce subito che sta valutando il da farsi. Alla fine prevale la curiosità. Salta sul tavolo e si siede accanto a me. Cosa che mi dà un perverso senso di speranza. Dopotutto, essere curiosi implica per definizione voler sapere come andrà a finire. È comunque un tipo di sentimento. Possiamo lavorarci su.

Lo guardo con la coda dell'occhio. Ha la testa china e si osserva le mani. «Roman?»

«Che?»

«Prometti di non giudicarmi se ti racconto la verità su mio padre?»

Mi tocca delicatamente il polso, stringendolo tra le dita. «Perché dovrei giudicarti?»

Distolgo lo sguardo. Ho la gola tesa, arsa, come uno pneumatico appeso alla corda sfilacciata di un'altalena. È come se dovesse staccarsi da un momento all'altro e precipitare nello stomaco, lasciandomi senza voce.

Lui mi tocca la spalla. «Che intendi?»

«Brian Jackson.» Sono le uniche due parole che riesco a buttare fuori.

Roman distoglie la mano, portandosela dietro la schiena. Si gira in modo da guardarmi dritto in faccia. Io mi costringo a ricambiare lo sguardo. È in quegli occhi che ho ritrovato prospettiva e luce; sono loro a essersi intrufolati nel mio buco nero. Emetto un profondo respiro strozzato, affannoso. Ho talmente paura di vedere quegli occhi trasformarsi da estate in inverno, da calorosi a gelidi.

Mi passa la mano sulla schiena. «Aysel, tranquilla. Lo so.»

Un altro sospiro affannoso. «No che non lo sai. Non ne hai idea.»

Le sue dita scendono fino in fondo alla schiena. «Sì, invece. So tutto di tuo padre.»

Mi stacco da lui, guadagnando l'estremità opposta del tavolo. Mi porto le ginocchia al petto e dondolo avanti e indietro. Tento di canticchiare il Requiem di Mozart, ma non riesco a sentire niente eccetto il battito del mio cuore. Non accenna a rallentare.

Roman si sposta, avvicinandosi a me, e mi mette un braccio intorno alle spalle. «Sssh, va tutto bene.»

La vista mi si appanna e un groppo umido si forma e si solidifica in gola. Sono anni che non piango davvero. E mi rifiuto di farlo ora. Le spalle mi tremano e mi mordo con forza il labbro inferiore. La bocca mi si riempie del sapore del sangue. «Perché?»

«Perché cosa?»

«Perché non mi hai detto che sapevi?»

Mi afferra il mento e lo solleva con delicatezza per costringermi a guardarlo. I suoi occhi color oro sono ancora dolci. «Perché non sapevo come affrontare l'argomento. E non ne avevo la certezza.» Mi lascia andare il mento e ritrae le mani. Le posa sulle ginocchia e fa un respiro profondo. «Era solo un sospetto sulla base del tuo nome e di quello che avevi detto della tua famiglia. Difficile non fare due più due... la notizia è ovunque. E ho pensato che potesse trattarsi di tuo padre, ma non potevo esserne certo. Non finché non lo avessi sentito dalla tua bocca.»

«Lo so fin troppo bene che la notizia è ovunque.» Premo la base dei palmi nell'incavo degli occhi. Trattengo un singhiozzo, rifiutandomi di lasciar scorrere le lacrime. Ho tutto il corpo che brucia di vergogna. Non tanto per mio padre (il che già basta e avanza), ma perché non riesco a credere di essere stata così stupida da pensare di riuscire a tenere nascosta la cosa a Roman.

Tiro su con il naso e un sapore salmastro mi risale su in gola. «Se già lo sapevi, perché hai voluto che te lo dicessi? Perché tutte quelle domande su di lui?»

Mi afferra di nuovo la mano e me la stringe. «Perché volevo essere certo che ti fidassi di me. Che ti sentissi sufficientemente a tuo agio da sapere che non ti avrei giudicata. E volevo sentire anche la tua versione dei fatti.» Attira a sé la mia mano, implorandomi di guardarlo. Ruoto la testa in modo da scrutare il suo profilo, ma mi rifiuto di incrociare il suo sguardo. «Pensavo che ti avrebbe fatto bene parlarne. Cavolo, lo penso ancora.»

«Perché?»

Alza le spalle. «A volte parlare aiuta. A me è servito raccontarti di Maddie.»

Il cuore ha un fremito di speranza. «Ah sì?»

«Mi hai dato qualcosa che nessun altro è riuscito a darmi.»

«Cosa?»

«Mi hai guardato con gli stessi occhi, prima e dopo. Voglio fare altrettanto per te.»

«Bene.»

«Bene cosa?»

«Ti dirò quello che so.»

Mi libera la mano e si sposta per infilarmi il braccio attorno alle spalle. Io gli appoggio la testa sul petto. «Non essere arrabbiata con me» sussurra.

«Non lo sono.»

«Lo giuri?»

«Giuro.»

La sua spalla è larga ma ossuta, sento i muscoli tendersi sotto il peso della mia testa. «Davvero non mi odi? Anche adesso che sai per certo che mio padre è quel folle che è finito su tutti i giornali? Pensavo che la cosa ti avrebbe sconvolto perché...» Focalizzo lo sguardo su una lattina dalle scritte sbiadite, gettata sotto il tavolo da picnic. «Be', perché tu e Brian Jackson eravate molto amici.»

Mi accarezza la nuca, passando le dita tra i riccioli annodati. «Ti giuro che non ti odio, Aysel. Non potrei mai odiarti. E comunque non per una cosa del genere. Non hai fatto niente al fratello di Brian. Non l'hai ucciso tu.»

La sua frase mi riecheggia in testa. *Non hai fatto niente al fratello di Brian. Non l'hai ucciso tu*. Mentre rifletto sulle sue parole, i miei occhi si annebbiano sempre di più. Una lacrima mi scivola lungo la guancia e poi arriva il diluvio. Il corpo mi trema tutto, ansimo. Non capisco perché sto singhiozzando, perché proprio adesso e non prima, proprio adesso che non voglio più farla finita.

Lui mi stringe tra le braccia e io premo la faccia sulla stoffa morbida della sua maglietta. Profuma di ammorbidente e legna bruciata. Lui continua ad accarezzarmi i capelli e io mi concentro sulla sua energia cinetica. Voglio che non smetta più di pulsare. Che continui a girare.

Lui preme le labbra sul mio orecchio e sussurra: «Raccontami, Aysel».

Inspiro l'aria umida e mi riempio i polmoni. È come se il cuore potesse scoppiarmi da un momento all'altro. Mi libero dalla presa di Roman, mi asciugo gli occhi. «Scusami.»

Lui sorride appena. «E per cosa? Devi smetterla di scusarti, pazzerella.»

Corrugo la fronte. «Visto? Anche tu pensi che io sia pazza. Per via di mio padre.»

Lui scuote la testa, il sorriso si fa più ampio e sbilenco. «No. Per me sei pazza in tutt'altro senso. In modo bello.»

Ho un tonfo al cuore. Voglio chiedergli come fa a dirmi una cosa del genere sette giorni prima della nostra morte pianificata. Non è giusto. Non può farmi innamorare di lui se sa che sta per lasciarmi. Se ha deciso che vuole lasciarmi. Se sa che siamo alla fine.

Le lacrime continuano a rigarmi la faccia e lui mi dà un colpetto con la spalla. «Raccontami.»

Mi pulisco via il moccio dal naso. Fisso la T-shirt striata di lacrime. «Ti ho rovinato la maglietta.»

«Non mi importa niente della maglietta. Mi importa di te.»

Qualcosa dentro di me fa *clic*. È come se avessi trascorso tutta la vita a tentare di azzeccare una combinazione complicata per poi scoprire che stavo armeggiando con il lucchetto sbagliato. E ora il caveau dentro di me si spalanca con tutti i miei segreti, e io sento un afflusso di sangue crescermi nel petto. «Okay, ti racconterò quello che so.»

Non lo sto guardando, ma giuro che lo sento annuire.

E avverto anche i suoi occhi sul mio viso, dolci e delicati, come la prima neve dell'anno. Restiamo in silenzio per un po', seduti l'uno accanto all'altra, spalla contro spalla. Premo la mia scarpa da ginnastica grigia addosso alla sua bianca e sporca, e vorrei che potessimo restare così per sempre. Ma dentro di me so che non è possibile e così finisco per raccontargli tutta la storia, senza omissioni.

«Papà e mamma si sono trasferiti dalla Turchia negli Stati Uniti prima che io nascessi. All'inizio abitavano da qualche parte nel Michigan, ma un parente di mio padre, o forse era di mia madre...» M'interrompo per un attimo e riprendo fiato. Ha ragione Roman: non ho raccontato a nessuno questa storia, almeno non da quando mio padre è finito dietro le sbarre. È stata mormorata alle mie spalle o ripercorsa a voce bassa da mamma e Steve la notte tardi, quando pensavano che io, Georgia e Mike stessimo già dormendo. È stata ribaltata, manipolata e cambiata. Non è mai stata mia.

«Insomma» proseguo «questo parente gestiva un minimarket qui a Langston e quando è morto, i miei si sono trasferiti qui per subentrare nella gestione.»

Roman ridacchia.

«Lo so, tra tutti i posti, proprio a Langston. Comunque sì, sono arrivati e un paio di mesi dopo mamma è rimasta incinta di me. Dopo la mia nascita, credo abbiano cominciato ad allontanarsi. Quando avevo meno di un anno, si sono separati. A quanto pare, mio padre soffriva di violenti sbalzi di umore. Certe volte si alzava all'alba e le preparava la colazione. Altre volte mia madre scopriva che la notte aveva preso a pugni la parete dalla rabbia, si era chiuso nel piccolo studio nel seminterrato e si rifiutava di uscire. Faceva così anche quando vivevo da lui. Ma ero troppo impaurita per dirlo a mia madre.»

Cerco di trovare il coraggio di guardare Roman in faccia. Lui mette la mano sulla mia, intrecciando le nostre dita. «Continua» dice.

«Papà è rimasto a Langston e ha rilevato il negozio perché voleva che io continuassi a far parte della sua vita. Ero tutto per lui...» La voce mi si spezza mentre lo dico. «Poi mamma ha conosciuto Steve, si sono sposati e hanno avuto Georgia e Mike, mentre io facevo loro visita nei finesettimana, ma vivevo con papà. E lui odiava staccarsi da me nei weekend.»

Osservo l'altalena in lontananza. Ondeggia nel vento, come se ci fosse un fantasma che la spinge. Mi domando se Roman e Maddie venissero spesso qui per andarci. Ingoio il sale delle lacrime. Intuisco che Roman attende che io prosegua, ma questa è la parte che temo di più, quella che non sono mai riuscita a spiegare neanche a me stessa.

Dopo un lungo, pesante silenzio, dico: «Un giorno sono andata a casa di mamma dopo la scuola. Di solito il pomeriggio passavo a trovare papà al minimarket, ma quello era un giorno speciale perché c'era la prima partita ufficiale di baseball di Mike e io gli avevo promesso che ci sarei andata. Ricordo ancora l'espressione sul volto di mio padre quando gli ho detto che sarei tornata a casa più tardi. Le cose al negozio andavano male e papà contava su di me per tenergli compagnia e dargli una mano. Quel mese era convinto che ci fosse gente che rubava merce in continuazione. Era ossessionato». Faccio una pausa e mi mordo l'interno della guancia sinistra. Tengo stretta la mano di Roman. La stringo il più possibile, più e più volte, ogni stretta un piccolo desiderio.

«Perciò non ero lì quando è successo. Quando Timothy e i suoi amici sono entrati nel negozio, io stavo guardando Mike sfrecciare dalla prima alla seconda base.» Scuoto la testa e tengo lo sguardo fisso a terra. «Timothy e gli amici sono entrati nel negozio e hanno cominciato a fare gli stupidi. Correvano per i corridoi e uno di loro ha buttato giù una pila di barattoli e mio padre, mio padre...» le parole mi si strozzano in gola. «Mio padre si è arrabbiato. Molto. Ha cominciato a insultarli e loro, chissà perché, hanno trovato la cosa divertente perciò hanno rovesciato una seconda pila e uno ha preso una manciata di barrette di cioccolato e l'ha lanciata in aria, sfidando mio padre a intervenire. Così mio padre ha afferrato la mazza da baseball da dietro il bancone e si è lanciato su di loro. Immagino che Timothy si sia messo in mezzo per tentare di farlo ragionare, ma lui era fuori di sé. Non c'è stato verso di fermarlo. Il tempo per la polizia di arrivare, e Timothy era già privo di sensi, con mio padre seduto accanto a lui, la mazza ancora in mano, come un pazzo. Timothy non ha mai ripreso conoscenza ed è morto in ospedale tre giorni dopo.» Faccio alcuni respiri incerti. «Credo che mio padre non sapesse nemmeno chi fosse Timothy Jackson.»

Non riesco a guardare Roman in faccia, perciò tengo la testa premuta contro il suo petto. «Mia madre non mi ha mai permesso di rivedere mio padre. Non sono neanche andata al processo. Non ho mai potuto dirgli addio.»

Lui mi accarezza la nuca, passandomi le dita tra i riccioli. «L'avrà di sicuro fatto a fin di bene. Lui era...» Non finisce la frase. «Be', lo sai.»

Mi stacco in modo da guardarlo in faccia. Prendo la sua mano nella mia. «Be', ti sbagli se pensi che sia lui il motivo per cui voglio farla finita. Non è così. Il fatto è che sono terrorizzata che qualunque fosse la pazzia che c'era in lui possa essere presente anche in me. Che in fondo sia capace anch'io di compiere un atto altrettanto terribile. Ho paura di essere malata esattamente come lo era lui.»

C'è un lungo silenzio e Roman non apre bocca. Mi lascia andare la mano e io ho un tuffo al cuore. *Mi odia. Ha paura di me.* Distolgo lo sguardo e sto quasi per saltare giù dal tavolo quando lui mi afferra per il braccio.

«Aysel, guardami.»

Continuo a fissare le altalene. Le catene sono arrugginite. Bisognerebbe cambiarle. Questo posto andrebbe davvero ripulito. Dovrebbero davvero rimetterlo a posto.

«Aysel» insiste lui. «Ti prego.»

Quando mi giro, mi accorgo che la sua faccia è a pochi centimetri dalla mia, la mascella serrata e gli occhi cupi. Trattengo il fiato in attesa che dica qualcosa. Qualunque cosa.

Lui mi scosta una ciocca dal viso e si china a baciarmi la fronte. Sento tutto il corpo vibrare. «Voglio che tu sappia che non sei affatto come tuo padre. Capito? Io ti conosco, Aysel. Non potresti mai fare una cosa del genere.» Mi prende il viso tra le mani, quasi cullandolo.

«Ma allora perché mi manca così tanto?» Ho il naso a pochi centimetri da quello di Roman e vorrei distogliere lo sguardo, ma non ci riesco.

Lui mi stringe ancora di più, avvolgendomi con le braccia. «Perché sei umana. Nessuno è completamente cattivo o completamente buono. Sono sicuro che hai passato anche dei bei momenti con tuo padre. È logico che ti manchi.»

«È per questo che ci tenevo a vederlo un'ultima volta, sai? Non solo per capire se sono davvero come lui, ma anche per dirgli che mi manca. Che mi dispiace averlo abbandonato. Per quanto assurdo possa sembrare, vorrei il suo perdono.»

Roman mi passa la mano lungo la schiena, salendo fino alle spalle. «Sono sicuro che non ti incolpa di nulla, Aysel. E che ti vuole ancora bene. Te ne vorrà sempre.»

Sentirglielo dire trasforma le mie lacrime in singhiozzi. Lui mi stringe ancora più forte e io piango nella sua maglietta. Restiamo così, io a piangere e lui ad accarezzarmi la schiena, per un tempo che sembra infinito. Dopo essermi ricomposta, mi stacco da lui e mi asciugo gli occhi. «Scusami.»

Lui mi afferra le mani. «Non c'è niente di cui scusarsi.»

Deglutisco un paio di volte e alzo lo sguardo al cielo. È diventato azzurro cupo e il sole comincia a tramontare. Vorrei che questa giornata non finisse mai, che il tempo si fermasse. Chiudo gli occhi e per un attimo resto il più possibile immobile. Quando li riapro, vedo Roman con lo sguardo fisso al suolo.

«Grazie» dico.

«E di cosa?»

«Della comprensione.»

Alza le spalle come a dire che si tratta di una sciocchezza, ma non è affatto così.

«Ho trovato il ritratto che mi hai fatto» dico lentamente.

I suoi occhi si illuminano di stupore. «Non era ancora finito.»

Lo tiro fuori dalla tasca e lo apro. «A me sembra più che finito.»

Sposta il peso dalla gamba sinistra alla destra. «Tienilo pure.»

So che la cosa dovrebbe riempirmi di gioia, ma non è così. Il modo in cui l'ha detto suonava così perentorio. «Quanto mi piacerebbe saper disegnare.»

Lui guarda lontano e si gratta la nuca. «Sono certo che sai farlo.»

«Non come te» sussurro. «Vorrei poterti disegnare per come ti vedo.» Disegnerei un ragazzo con il sorriso più magnetico che esista, le mani gentili e gli occhi malinconici, ma talvolta anche luminosi. Disegnerei un ragazzo che si merita di vedere l'oceano.

Ma è come se lui avesse un sesto senso per captare la mia volontà di tirarmi indietro e allunga il collo in direzione della macchina: «Sarà meglio andare».

Una leggera brezza mi accarezza il viso ancora umido di lacrime, e mentre resto lì a guardare Roman, in piedi davanti a me, con la mano dietro al collo, il vento che agita l'orlo della maglietta, un'espressione di pena congelata sul viso, so che sta pensando a Maddie. Sta pensando a lanciarsi a capofitto nell'Ohio. Sta pensando alla morte.

Mi verrebbe da rimettermi a piangere.

Sulla via del ritorno, lo convinco a incontrarci in settimana. Sembrerà assurdo, ma concorda sul fatto che dobbiamo decidere se scrivere o meno un biglietto d'addio. Non riesco a parlarne e sono quasi certa che ormai lui sappia che sto bluffando, e io so che lui sa, ma nessuno dei due dice niente.

Dopo esserci dati un mezzo appuntamento, rimaniamo in silenzio per il resto del tragitto. Non mi viene nemmeno da accendere la radio. Neanche il Requiem di Mozart potrebbe essermi di conforto, ora. Mentre imbocco il vialetto di casa sua, Roman dice: «Ieri hai dormito con i calzini».

«Eh?» Spengo il motore e parcheggio per poterlo guardare in faccia. Lui scruta il finestrino del passeggero, tutto addossato alla portiera, come se sentisse il bisogno di frapporre più distanza possibile tra noi due.

«Avevi detto che non riesci a dormire con i calzini. Ricordi? Dicevi che era un problema per te. Ma ieri notte non te li sei tolti.»

Non riesco a capire se stia dicendo sul serio. «Ehm. E dunque?»

Si gira lentamente verso di me. I suoi occhi sono grandi e umidi. Direi che è venuto il momento anche per lui di piangere, ma sbatte le palpebre per trattenere le lacrime. «Dunque significa che sei in grado di cambiare. Sai reagire. Ricordatelo, Aysel. Sai reagire.»

«Sono solo dei calzini» dico piano.

Lui si stringe nelle spalle. «È comunque un cambiamento.»

Sto quasi per dirgli che anche lui potrebbe reagire. Che so che può farcela. Ma mi mordo la lingua. Scendo dalla macchina per aiutarlo a svuotare il bagagliaio. Sono poco abituata a pregare, ma adesso mi ci metto d'impegno e imploro che la signora Franklin resti in casa. Spero che in TV ci sia qualche filmone romantico ancora più avvincente di quello attualmente in scena fuori dalla sua porta di casa. «Che intendi dire, Roman?»

Le labbra si incurvano nel suo tipico sorriso sbilenco. «Niente. Era solo un'osservazione.» Il suo sguardo non è più così triste. Non è niente di niente, è vuoto; il che mi fa ancora più male. Lui allarga le braccia e mi stringe a sé. «A presto.»

«Aspetta, allora facciamo giovedì o venerdì? Che giorno ti va meglio?»

Lui non risponde. Si limita ad abbassare le braccia, liberandomi dalla stretta, poi si gira e percorre il vialetto fino alla porta di casa, portandosi dietro zaino, tenda, borsa frigo e cestino da picnic. Forse dovrei dargli una mano, rischia d'inciampare a portare tutto in una volta, ma dubito che voglia il mio aiuto. Anche se vorrei tanto che si facesse aiutare da me.

«Appena so qualcosa di nuovo su mio padre, ti faccio sapere» gli grido. A questo punto, non me ne frega niente che la madre senta o meno. Per la prima volta in vita mia, mio padre è l'ultimo dei miei problemi. Osservo Roman posare tutto sull'uscio di casa. Mi fa un piccolo saluto con il dorso della mano, ma senza voltarsi.

Devo trovare il modo di costringerlo a girarsi. A fare marcia indietro su tutti i fronti.

Lunedì, 1° aprile

meno 6 giorni

Uscendo da scuola, chiamo il numero che Jacob mi ha lasciato in segreteria. Ho provato una volta sola, domenica, dopo aver riaccompagnato Roman, ma non ha risposto nessuno e non ho avuto il coraggio di lasciare un messaggio.

Mi rannicchio sul sedile della mia auto e tengo il telefono premuto contro l'orecchio. Squilla un paio di volte e poi risponde una voce piatta. «Ospedale psichiatrico Saint Anne, sono Tara. Come posso aiutarla?»

Deglutisco. «Ehm, salve Tara. Mi chiamo Aysel Seran. Sono la figlia di Omar Seran. Mi hanno detto che è stato trasferito al Saint Anne dal penitenziario di McGreavy e...» Le parole escono più veloci del previsto ma ho paura che, se non le butto fuori tutte in una volta, lei possa riattaccare, azzerando per sempre ogni possibilità di ritrovare mio padre.

«Capisco.» La voce si fa tagliente. «Lei è minorenne?»

«Come?»

«Lei ha meno di diciotto anni?»

Valuto se mentire o meno. «Che importanza ha?»

«Non siamo autorizzati a rilasciare informazioni sui nostri pazienti a minorenni, né a trattare dati sensibili al telefono.»

«Ma...» Mi mordo il labbro. «Cosa dovrei fare? Devo assolutamente vedere mio padre.»

Sento un sospiro. «Se suo padre fosse in cura da noi, cosa che non sono autorizzata a rivelarle, lei dovrebbe chiedere al suo tutore legale di fissarle un appuntamento. A seconda delle condizioni in cui versa il paziente, la visita potrà poi essere accordata o meno.»

«Non può dirmi altro? Nemmeno un piccolo indizio se mio padre c'è o non c'è?»

«Diciamo che le consiglio di parlare con sua madre per concordare una visita.» Altro sospiro. «Le dica di chiamare questo numero.»

Un piccolo sorriso si fa strada sul mio volto. «La ringrazio.»

«Prego, si figuri. Buona giornata.»

Mi rinfilo il cellulare in tasca e abbasso il sedile in modo da potermi sdraiare del tutto. Il sole fa capolino da dietro le nuvole e mi arriva in faccia. *Devo assolutamente parlare con mamma di papà.*

Immagino di fargli visita. Mi domando se avrà la tuta grigia da carcerato. O, peggio ancora, le manette ai polsi. Socchiudo gli occhi e tento di visualizzare la sua faccia, ma vedo solo l'uomo che ricordo. Quello che mai e poi mai avrebbe potuto uccidere a mazzate un ragazzino. Forse tutti abbiamo una zona buia dentro di noi e alcuni sono più bravi di altri a gestirla.

Ciò che ha fatto mio padre è sbagliato, terribile, ingiustificabile, ma forse c'è ancora speranza. Forse, se riceverà cure adeguate, potranno riportare in vita l'uomo che mi ha insegnato tutto sulla Toccata di Bach e che dormiva sulla sedia nella mia stanza quando avevo paura del buio.

E se c'è ancora speranza per lui, deve essercene anche per me. Forse è vero che abbiamo lo stesso tarlo nero dentro di noi, ma sta a me soggiogarlo. Glielo devo, a mio padre. E lo devo a me stessa.

Risistemo lo schienale in posizione verticale e infilo la chiave nel quadro. *Devo assolutamente parlare con mamma.* Uscendo dal parcheggio della scuola, faccio una promessa a me stessa: *sarò più forte della mia tristezza.*

Farò del mio meglio per diventare la ragazza del ritratto di Roman. Quella con gli occhi luminosi. Quella piena di speranza.

Lunedì, 1° aprile

meno 6 giorni

Quando arrivo a casa, mamma è al lavandino che pela patate. Io vado dritta alla dispensa e mi metto a rovistare tra gli scaffali, in cerca di una barretta al cioccolato e cereali.

«Aysel» dice lei, facendomi un saluto titubante.

Mi giro a guardarla, con in mano la scatola vuota delle barrette. «Mike prende sempre l'ultima senza buttare via la scatola. Che cavolo.»

Lei accenna un sorriso. I capelli castano chiaro sono legati in una morbida treccia. Quando li porta così, con l'ampia fronte e gli zigomi ossuti in bella mostra, assomiglia ancora di più a Georgia. Posa il pelapatate e si asciuga le mani. «Possiamo parlare?»

A quanto pare non intende replicare alla mia osservazione sulle barrette. Poso la scatola sul tavolo. «Certo.»

«Oggi hanno chiamato dalla TMC. Il signor Palmer voleva sapere che fine hai fatto. Hai saltato il turno di sabato e non ti sei presentata neanche oggi?» Il tono è incerto, come se avesse paura di rimproverarmi.

Comunque è vero. Me ne sto fregando del lavoro. Ho pensato che, dovendo farla finita, non fosse così importante tenermelo stretto. I morti se ne fregano dei soldi. E poi, se anche non dovessi buttarmi da Crestville Pointe, dubito di voler tornare a lavorare alla TMC.

«Ho deciso di licenziarmi» annuncio.

«Come, scusa?» dice lei, come se non mi avesse sentito. Il tono è calmo e misurato. Almeno per una volta, vorrei che mi urlasse dietro come si fa normalmente con i figli.

«Puoi anche alzare la voce con me» dico. «Non sono mica come lui, sai? Non sono lui. Posso forse assomigliargli, ma non è detto che debba fare la sua stessa fine.» Sento accumularsi un peso dietro gli occhi. Mi sforzo di trattenere le lacrime.

Lei si ritrae come se le avessi mollato uno schiaffo. Si porta una mano alla guancia. «Oh, Aysel. Piccola mia.» Fa per abbracciarmi.

Io la lascio fare, ma non ricambio l'abbraccio. Crollo su di lei e la sento irrigidirsi mentre sostiene il mio peso.

Mi prende per mano e mi conduce in camera sua. Non ci entravo dal giorno in cui mi sono trasferita qui. È la camera da letto principale, per quel che può valere. È poco più grande della stanza mia e di Georgia. Vedo alcune camicie sporche di Steve ammucchiate a terra in un angolo ma, a parte quello, sembra che mamma si metta d'impegno a tenere tutto in ordine. È il suo unico rifugio, lontano dal caos che regna nel resto della casa.

Ci sediamo sul letto. I miei palmi premono contro il piumone a fiori. Mi metto a fissarlo. La trama è lisa, tanto che le rose sembrano sfuocate e insanguinate. Giocherello con uno dei fili tirati.

Lei si stacca da me in modo da guardarmi dritto negli occhi. «Aysel» dice «tu non hai niente a che vedere con lui.»

Sento il cuore grande e pesante, e mi domando se sia l'unica cosa a non essere stata divorata dal tarlo nero. Come se il resto delle mie interiora fossero vuote e non rimanesse altro che il mio solitario cuore pulsante. «Ma se siamo uguali.»

Lei mi sfiora la mano delicatamente. «In che senso?»

Ho l'affanno e faccio un paio di respiri rapidi per calmarmi. «Sono triste, mamma. Lo sono sempre. E credo che lo fosse anche lui.»

«Oh, tesoro» dice con voce grave. Alzo finalmente lo sguardo verso di lei e vedo che ha gli occhi rossi e opachi. «Avresti dovuto dirmelo subito. Perché hai aspettato tanto?»

Tengo la testa china, premendo il mento contro il petto. «Avevo paura...» La voce mi si spezza e sento le lacrime bruciare gli occhi. «Ero terrorizzata dal fatto che mi avresti cacciato via. O peggio, che io potessi crearti altri problemi. Ne hai già avuti tanti.»

Mamma mi tira di nuovo a sé. Dondoliamo avanti e indietro in silenzio. Lei mi libera dalla presa e si asciuga la faccia. «Non so come spiegartelo, Aysel. Ma credo di non aver mai affrontato con te la faccenda perché avevo il timore di dire cose sbagliate.» Fa una breve pausa e le labbra le si contraggono come se stesse per aggiungere altro, ma poi resta in silenzio.

«Mamma?»

Lei sospira. «Credo di non sapere ancora bene cosa dirti. O cosa dovrei dirti. Sai, quando eri piccola, ti vedevo sempre tutta sola sotto l'albero nel cortile delle elementari, con indosso la giacca a vento blu che ti aveva comprato tuo padre. Quella con tutte le ochette gialle. Te la ricordi?»

La ricordo eccome. Lei prosegue: «Io venivo a prendere Georgia e sapevo che tuo padre sarebbe venuto a prenderti, ma avevo sempre la sensazione di dover fare qualcosa per te. Sembravi così sola, già allora. Avrei voluto scendere dall'auto e abbracciarti, parlarti, ma non l'ho mai fatto. Poi, dopo quello che è successo con tuo padre, mi sono lasciata prendere ancora di più dalla paura. Perdonami. Perdonami. Avrei dovuto starti più vicino».

Fa per stringermi le mani, ma io mi ritraggo. Le lacrime ormai mi rigano le guance e me le asciugo con la manica della maglia. Mi schiarisco la gola. «Voglio andare a trovare papà.»

Lei non dice niente. Guarda fisso il pavimento.

«Mamma, ho davvero bisogno di rivederlo. Penso che mi sarebbe di aiuto.»

«Non è più in prigione» dice lei lentamente, tentando di prendermi la mano. Questa volta la lascio fare. «L'hanno trasferito in un ospedale psichiatrico.»

«Lo so.»

Lei alza la testa di colpo. «Che cosa?»

«Ho tentato di fargli visita a McGreavy e mi hanno detto che era stato trasferito. Ma ho bisogno che tu venga con me per essere ammessa alle visite al Saint Anne.»

Lei si porta la mano alle labbra e la stringe a pugno, mordendosi leggermente le nocche.

«Mi ci porti?» la incalzo.

Lei fa un respiro profondo e mi accarezza i capelli dietro la nuca, come l'ho vista fare altre volte con Georgia, pensando che mai l'avrebbe fatto con me. «Non so se sia una buona idea, ma vedrò d'informarmi e di organizzare qualcosa.»

«Promesso?»

Mi stringe entrambe le mani. «Promesso. Ma ho bisogno che tu faccia una cosa per me.»

«Cosa?»

Le nostre mani sono intrecciate e lei stringe ancora di più la presa. «Parlami della tua tristezza, Aysel. Hai bisogno di vedere qualcuno?»

Distolgo lo sguardo. «Non lo so.»

Da quando ho memoria, sono sempre stata terrorizzata dall'idea di raccontare la mia tristezza, per paura che apparisse come il segno inconfutabile della mia follia ereditaria. Ma adesso mi rendo conto che non potrò mai cancellare il gesto di mio padre o il fatto che quel pomeriggio non fossi lì a impedirgli di compierlo. Giorno dopo giorno, ogni mattino, continuo ad alzarmi e lui continua a essere responsabile della morte di Timothy Jackson.

E forse il tarlo è destinato a vivere per sempre dentro di me. Forse ci saranno comunque dei giorni "no", in cui la pesantezza risulterà insostenibile. Ma per quanto melenso possa sembrare, forse i giorni "sì" mi aiuteranno ad affrontare quelli "no".

Per troppo tempo ho trasformato il mio passato nel mio futuro, spaventata all'idea di immaginare qualcosa di diverso. E ho agito di conseguenza, vivendo in modo statico, per paura della mia stessa energia cinetica. Forse è venuto il momento di liberare l'immaginazione, di rimettersi in moto. È ora di reagire alla tristezza.

Mi domando se sia possibile farlo capire anche a Roman. Dimostrargli che il mio tirarmi indietro non è codardia, ma volontà di combattere. Devo trovare il coraggio di essere sincera con lui.

«Posso pensarci su?» dico alla fine.

«Certo» dice lei. «Ma anche se non ti va di parlarne subito con un terapeuta, devi promettermi che continuerai ad aprirti con me. Non puoi continuare a tenerti tutto dentro, Aysel. Non più.»

«Lo so» dico, e torno ad appoggiarmi a lei. Inspiro il suo profumo floreale, che mi riporta a quando ero bambina, prima che la pesantezza che sento diventasse schiacciante, insostenibile. Mi domando se sia così che il buio finisce per avere la meglio, convincendoci a tenerlo intrappolato dentro di noi, anziché buttarlo fuori.

E io non voglio che vinca.

Mercoledì, 3 aprile

meno 4 giorni

Nell'ora di letteratura, siamo passati dai poeti americani depressi al modulo sul *Paradiso perduto*. Direi che abbiamo solo cambiato continente ma non contenuto, avendo sostituito i poeti depressi americani con quelli britannici.

La professoressa Marks è innamorata di John Milton. Si tiene il libro stretto al petto come fosse un neonato e qualcuno di noi potesse strapparglielo di mano e darsela a gambe. A quanto pare ha dovuto lottare per anni prima di poterlo insegnare, e continua a comportarsi come se da un momento all'altro stesse per arrivare il sovrintendente scolastico a mettere tutto sotto sequestro.

Si aggira per l'aula a grandi passi. Lo fa sempre. Dispone i banchi a ferro di cavallo e passa l'intera lezione a girarci intorno. «Come avrete già capito, ho un debole per le citazioni e per i giochi di parole arguti.»

Alcuni compagni ridacchiano. Io mi strofino gli occhi, sforzandomi di restare sveglia. C'è un caldo soffocante in aula e io ho già difficoltà a seguire la Marks in condizioni normali. Controllo l'ora. Ancora tredici minuti prima della campanella e poi c'è fisica.

«E per quanto ami figure quali John Berryman, Sylvia Plath e Allen Ginsberg, preferisco comunque la poesia inglese» continua lei, accompagnata da ulteriori lamenti. La parte del corso sulla poesia americana ha riscosso poco successo. «E John Milton potrebbe vedersi assegnato l'onore di aver composto la mia citazione preferita in assoluto.»

Smette di girarci intorno e si dirige alla lavagna. Afferra un pennarello e scarabocchia: *Lo spirito a se stesso è dimora, e può dal cielo farsi un inferno, e dell'inferno un cielo*. Legge la citazione ad alta voce e poi dice: «Qualcuno sa dirmi cosa intendesse dire Milton con queste parole?».

La classe piomba nel silenzio. Niente più lamenti. Rileggo mentalmente la frase e le parole mi echeggiano in testa. Per la prima volta dall'inizio dell'anno scolastico, apro di colpo il quaderno di letteratura in piena lezione. È quasi vuoto, eccetto le pagine in cui ho preso nota dei compiti assegnati. In cima a una pagina bianca, trascrivo la citazione.

«Aysel?» dice la Marks.

Non posso credere che si stia rivolgendo a me. Non mi chiama mai. Pensavo ci fosse una specie di tacito accordo tra noi. Una sorta di patto.

Alzo le spalle e mormoro: «Non lo so».

«Su, dai.» Picchietta la punta del pennarello contro la lavagna. «Vedo che stai scrivendo. Devi per forza aver pensato a qualcosa. Provaci.»

Faccio un respiro profondo e rileggo la citazione per

la terza volta. È come se mi avessero infilato il cervello in una presa e gli avessero dato una scossa. «Mi ricorda Einstein.»

Dopo la mia osservazione, la classe torna a ridacchiare e a mormorare.

«Silenzio!» La Marks zittisce tutti. «Vai avanti, Aysel.»

So che sarebbe nel mio interesse smettere di parlare all'istante. Una settimana fa l'avrei fatto. Ma adesso è come se ci fosse qualcosa dentro di me che non riesco più a far tacere. «Intendevo dire che mi ricorda la teoria della relatività di Einstein. Ovviamente Milton non parla della velocità della luce, ma di come la mente umana percepisce la vita.» La Marks annuisce incoraggiante, perciò proseguo. «In fondo, però, Milton e Einstein dicevano quasi la stessa cosa. Che tutto nella mente umana è soggettivo. Le nostre emozioni, le nostre opinioni, è tutto relativo. Dipende dal nostro punto di vista.»

«Ottimo, Aysel» dice lei. «Dovresti partecipare di più.»

Con mio grande stupore, non ci sono mormorii. Niente insulti a mezza voce. L'aula è silenziosa e la Marks torna a blaterare sul *Paradiso perduto*. Ci assegna le pagine da leggere per casa e poi suona la campanella. Mentre esco dall'aula, mi mostra il pollice alzato. Io annuisco, sorridendo con gli occhi. Mi affretto lungo il corridoio per raggiungere l'aula di fisica prima degli altri. Il tempo di arrivare e sono già senza fiato.

«Oh, Aysel» mi dice il professor Scott, sollevando le mani. «Non c'è bisogno di correre.»

«Mi scusi» ansimo. Riprendo fiato. «Volevo solo chiederle se posso ancora fare domanda per quel programma estivo.»

Le labbra gli si allargano in un grande sorriso. «Sì. La scadenza è il primo maggio. Hai ancora tutto il tempo per raccogliere la documentazione necessaria.» Va alla sua scrivania e apre uno dei cassetti. Tira fuori un'altra copia della brochure e me la consegna. «Casomai avessi perso l'altra.» Mi fa l'occhiolino.

Valuto se dirgli che ho ancora quella che mi aveva dato, e che le foto patinate sono mezzo sbiadite da quanto l'ho sfogliata, tentando di immaginarmi nei panni di una di quelle ragazze sorridenti, con gli occhialini protettivi troppo grandi, a guardare un microscopio o a costruire un ponte con gli stuzzicadenti.

Ancora non mi ci vedo, ma la concepisco come una possibilità. O meglio: ne percepisco la possibilità a livello potenziale, nascosta dentro di me.

Ma non dico niente di tutto ciò al professor Scott. Prendo una seconda copia della brochure e sorrido. «Grazie.»

Faccio per tornare al mio banco quando lui dice: «Ah! Aysel!».

«Sì?»

«Come sta andando il tuo progetto? Sono curioso di vedere quello che state combinando tu e Tyler.»

Ripenso alla gita allo zoo. Sembra siano passati anni. «Saremo pronti per il dieci.»

Il professor Scott sorride. «Bene, non vedo l'ora.»

Giovedì, 4 aprile

meno 3 giorni

Vado da Roman in macchina. Gli ho mandato un messaggio per dirgli che stavo arrivando. Non mi ha risposto, ma a volte ci mette un po'.

Me lo immagino in camera sua. Stravaccato sul letto, supino, a disegnare distrattamente Capitan Nemo tracciando segni leggeri con la matita. Mi domando se lui e Capitan Nemo se ne stiano seduti in silenzio tutto il giorno oppure se Roman gli parli. Chissà se gli parla mai di me. Vorrei tanto costringere Capitan Nemo a rivelarmi tutti i segreti di Roman.

Stringo il volante e ricordo a me stessa che non ho bisogno di farmi raccontare i suoi segreti da altri. Sarà lui a confidarmeli. Perché sarò sincera. Distolgo per un attimo lo sguardo dalla strada e lancio un'occhiata al sedile del passeggero, dove ho gettato una guida dal titolo *Esplorando le spiagge del North Carolina*. Per prima cosa mi giocherò la carta del viaggio fino alla costa, sperando che il resto venga da sé.

Roman non mi ha ancora risposto quando imbocco il

vialetto di casa sua. Resto seduta in macchina ancora per qualche secondo, a fissare la buca delle lettere color caramello. Gli mando un altro messaggio e, non ricevendo risposta, provo a chiamarlo. Niente.

Ho un sobbalzo quando sento la porta di casa che si apre ma mi tranquillizzo vedendo che è sua madre. Scendo dalla macchina e la saluto.

«Aysel» dice lei venendo verso di me. Indossa una felpa rosa e gli zoccoli a fiori. «Che ci fai qui?» I capelli castani sono raccolti in una crocchia. La fanno sembrare più giovane.

Le faccio un sorriso di scuse. «Oh, ero in zona e ho pensato di vedere se Roman era in casa. La settimana scorsa eravamo rimasti d'accordo di vederci, oggi.»

La signora Franklin s'incupisce, aggrottando le sopracciglia. «Roman non c'è.»

«Ah.» Tento di nascondere lo shock. Pensavo non uscisse mai, se non con me.

«Sì. Mi ha detto che veniva da te.»

Sento la mandibola allentarsi. «Come, scusi?»

Lei si stringe le braccia al petto come se sentisse improvvisamente freddo. «Sì, mi ha chiesto di prestargli la macchina per venire da te. Non so se lo sai, ma è da un po' che non guida più. Ma sembrava così migliorato, da quando esce con te, che ho pensato...» Non termina la frase.

Un pensiero agghiacciante mi travolge con la forza di uno tsunami. Mi sembra di affogare mentre farfuglio a malapena: «Posso salire in camera sua?».

Lei fa una pausa, guardandomi con un'espressione perplessa. Poi gli occhi le si spalancano e si precipita in casa. Io la seguo.

Attraversa di corsa la cucina, spingendo via una sedia che sbatte contro il bancone; una tazza appoggiata sul bordo cade a terra, frantumandosi. Io faccio un balzo per evitare i cocci e raggiungo la signora Franklin mentre lei sfreccia su per le scale.

Arrivate in cima, il cuore mi si alleggerisce vedendo la porta della camera di Roman ancora aperta. Forse è lì. Forse ha solo le cuffie con la sua musica orrenda, perso nei suoi pensieri, incurante di tutto.

La signora Franklin si blocca sulla soglia. Si porta una mano al cuore e tira un lunghissimo sospiro. Ho i piedi pesanti come due macigni ma mi sforzo di avanzare ed entro nella stanza.

Ho i peli sulle braccia dritti per la tensione e avverto un tuffo al cuore mentre osservo la stanza vuota. Mi giro verso la signora Franklin e la sua espressione è neutra, quasi sollevata. Mi aggiro con lo sguardo per la stanza, in cerca di indizi. Il letto è sfatto, il piumone beige è tutto ammucchiato in fondo. Il cuscino è affossato. Mi avvicino e ci premo la mano sopra.

«Aysel» dice la signora Franklin, la voce tremante. «C'è qualcosa che dovrei sapere?» Torna a stringersi le braccia attorno al petto. «Devo preoccuparmi?»

Non le rispondo. Controllo il comodino e non c'è nessuna lettera. Emetto un breve sospiro. «Non lo so.» Roman è tipo da lasciare un biglietto d'addio. Ma non posso dirlo a lei, altrimenti dovrei spiegarle come faccio a saperlo.

Mi accovaccio sul pavimento e infilo la testa sotto il letto. Non c'è niente. Mi rialzo e vado alla boccia di Capitan Nemo. Ho un tuffo al cuore. C'è un secondo piattino di cibo. E di solito ce n'è uno solo.

Mi mordo con forza l'interno della guancia. Potrei sbagliarmi. Magari oggi Capitan Nemo era particolarmente affamato. La mente mi si affolla di possibili spiegazioni ma niente è più convincente della sensazione che ho in fondo allo stomaco e che continua a crescere a dismisura mentre osservo la tartaruga ondeggiare su e giù nell'acqua.

«Dobbiamo trovarlo» grido, ma mi esce più come un sussurro strozzato. Mi precipito fuori dalla stanza e poi giù per le scale. La signora Franklin mi segue e mi afferra la mano, tirandomi a sé.

«Che sta succedendo?» mi domanda. La sua voce è ansimante, le guance rosse.

«Ho paura che Roman...» Non riesco a guardarla negli occhi. Giocherello nervosamente con le chiavi della macchina.

«Vengo con te.»

Non è una domanda. Non mi va che venga anche lei, ma non so come dirle di no. Come dirle qualunque cosa, visto che è colpa mia. Visto che avrei dovuto raccontarle giorni fa del nostro progetto, del nostro patto di suicidio.

La macchina sgomma mentre esco dal vialetto a tutta velocità, in retromarcia. La signora Franklin si tiene aggrappata al cruscotto per non perdere l'equilibrio ma non mi rimprovera per la guida. Punto dritto verso Crestville Pointe.

Lei comincia a singhiozzare. Le tremano le spalle. Sbatte il pugno contro il finestrino del passeggero. «È tutta colpa mia.»

Non è colpa sua. È colpa mia, strillo dentro di me. Ho le mascelle serrate e gli occhi incollati sulla strada.

Roman voleva sempre che guidassi concentrata, che facessi attenzione.

«Si incolpa per la morte della sorella» dice.

Lo so. So già tutto. Resto in silenzio.

«Ma è colpa mia. Gliel'ho detto mille volte. Sono io che l'ho lasciato solo con lei. Era una responsabilità troppo grande per un ragazzino di sedici anni. Non avrei mai dovuto lasciare che... lasciare lui solo con lei.» Scoppia a piangere e si nasconde la testa tra le mani. «Quando Roman è andato dall'analista, io sono andata con lui. E più e più volte abbiamo discusso di come io e suo padre fossimo i veri responsabili, non lui, ma Roman non ne voleva sapere.»

Non annuisco nemmeno. Non riesco a dire nulla. Parcheggio al limitare del bosco. Mi guardo attorno in cerca della jeep rossa dei Franklin. Non la vedo da nessuna parte. Forse si sarà addentrato nel bosco in macchina. Di certo non gli importava che fosse illegale e pericoloso. «Torno subito» dico.

«Voglio venire con te.»

Lancio un'occhiata ai suoi zoccoli. «Ma...»

Lei scende dall'auto e li scalcia via. «È mio figlio, Aysel. Vengo e basta.»

Allunga la mano e afferra la mia. Corriamo in mezzo al bosco e lei continua a stringermela. La presa è così forte che temo mi si stacchino le dita per mancanza di circolazione sanguigna. I suoi piedi scalzi pestano i rami, ma lei non fa una piega. Riesce a starmi dietro e guadagnamo in fretta la radura.

Il burrone incombe davanti a noi. Voglio e non voglio trovare Roman. Vorrei gettargli le braccia al collo e stringerlo forte, respirare il suo profumo di legno di pino e baciare la chiazza di lentiggini che ha sul collo. E vorrei prenderlo a pugni nello stomaco, schiaffeggiarlo per avermi tradita così. Per avermi mentito. Per aver tentato di morire senza di me. Ma rischio di non poter fare niente di niente se non lo scoviamo in tempo. Mi cedono le ginocchia.

«Non penserai che possa... vero?» mi domanda sua madre, la voce rotta dalle lacrime. La vedo che fissa il burrone. Il fiume Ohio gorgoglia sotto di noi e dubito che riusciremmo a vedere Roman se fosse davvero lì sotto. Nell'acqua. Con la testa che sbatte contro le pietre, la spina dorsale spezzata. Scaccio via questi pensieri dalla testa.

Non è morto. Non può esserlo. Se lo fosse davvero, riuscirei a sentirlo? Dentro di me lo saprei, ne avrei la percezione? Il mio corpo sentirebbe la sua energia affievolirsi e svanire? Per la prima volta dall'inizio della giornata, stringo a mia volta la mano della signora Franklin. «Dobbiamo assolutamente trovarlo. Ce la faremo.»

Non so perché lo dico. È più una speranza che una promessa. Lei stacca la mano e allarga le braccia per stringermi. Profuma di pastella e vaniglia. «Sei un angelo.»

A sentire quelle parole crollo anch'io. Non sono un angelo. Tutt'altro. Avrei potuto impedire tutto questo. Anzi, avrei dovuto impedirlo. Sto quasi per dirglielo quando mi viene un'idea. «Ha detto che ha dato a Roman le chiavi della macchina?»

Lei annuisce.

Torno di corsa all'auto e lei mi segue. Non m'infilo nemmeno la cintura di sicurezza e schiaccio fino in fondo il pedale dell'acceleratore. Ripartiamo a tutta velocità da Crestville Pointe. Gli otto minuti di tragitto sembrano un'eternità. Quando arriviamo a casa di Roman, tiro il freno a mano e mi precipito giù dall'auto.

Corro al garage. Avverto la puzza di gas che fuoriesce da sotto il portellone e sento il rumore di un motore acceso. Tiro la maniglia ma non si apre. Mollo un calcio.

Dietro di me, sento la signora Franklin che strilla e si precipita in casa. Io continuo a prendere a calci il portellone, ma è inutile. Lei torna, agitando all'impazzata l'apriporta automatico. Tiene premuto il pulsante, il portellone si alza e tutto si chiarisce.

La jeep rossa è accesa. Il garage è pieno di gas di scarico. Attraverso il fumo, intravedo Roman sul sedile del guidatore. È piegato sul volante e i suoi bellissimi occhi grandi sono chiusi. Non si muove.

Le gambe mi cedono e sento qualcosa scoppiare dentro. Il mio cuore.

Venerdì, 2 aprile

meno 2 giorni

Sono ore che aspetto nella sala d'attesa dell'ospedale. Alzo gli occhi verso il neon bianco lampeggiante, tentando di cancellare dalla mente l'immagine del corpo di Roman privo di conoscenza. La sala puzza di caffè bruciato, disinfettante e lacrime. Non ci si accorge dell'odore che hanno la paura o la tristezza fino a che non si passano ore in un ospedale.

Mi domando se anche il senso di colpa abbia un odore; un fetore terribile, che i genitori di Roman possono sentire. Sono seduta in mezzo a loro e mi rivolgono la parola solo ogni tanto, per chiedermi se sto bene. Come fanno a preoccuparsi per me? Non sanno che ero parte del problema, complice del piano? Ho cambiato idea, è vero, ma sono certa che mi odierebbero se scoprissero la verità.

Sono tornati a far visita a Roman. Le sue condizioni sono stazionarie. Alterna momenti di veglia a stati d'incoscienza. Mi sa che non ha avuto modo di dire loro che razza di traditrice io sia, per lui e per loro.

Mi contorco sulla sedia. La plastica della seduta è umida per il sudore e si appiccica alle cosce. Avrei dovuto mettermi un paio di jeans, anziché gli shorts. Mentre mi mordicchio le pellicine, mi ritrovo a covare sempre più rabbia per Roman. Sarò anche una traditrice, ma lui non è da meno. Ha fatto di testa sua e ha tentato di farla finita senza di me. Non poteva essere sicuro che mi sarei tirata indietro. Non capisco come abbia potuto farmi questo. Più cerco di mettere insieme i pezzi, meno combaciano.

La mamma di Roman mi appoggia una mano sulla spalla, riportandomi con i piedi per terra. «Tesoro, l'infermiera dice che Roman dovrebbe risvegliarsi tra poco. Le ho spiegato chi sei e lei ha detto che, se vuoi, puoi entrare a salutarlo tra qualche minuto.» La sua voce è dolce, quasi una ninnananna. «Le ho spiegato che sei stata tu a salvargli la vita. Non fosse stato per te...» Mi stringe in un abbraccio per soffocare le sue stesse lacrime. «Te ne siamo così grati.» Lascia la presa e fa un sorriso triste. «Come potremo mai sdebitarci?»

Il respiro mi si blocca. Non trovo le parole. È come se avessi le sabbie mobili in gola e ogni parola che cerco di pronunciare venisse subito risucchiata in fondo allo stomaco.

«Non preoccuparti, cara.» Mi dà una piccola pacca sulla nuca con la mano perfettamente curata. «Non devi dire nulla. Capisco quanto sia difficile per te.» Piega la testa per guardarmi negli occhi. «Ti va di vedere Roman, vero?»

Mi costringo ad annuire. Mi va eccome. Non chiedo altro. Ma al tempo stesso, non so con quale coraggio possa presentarmi davanti a lui.

Resto seduta con la signora Franklin ancora per qualche minuto. Suo marito torna dal bar dell'ospedale con un caffè per lei e un biscotto alle gocce di cioccolato per me. Poso il dolcetto sul tavolino. Neanche lo tocco.

Alla fine, un'infermiera con i capelli color cannella viene da noi. La signora Franklin fa un cenno verso di me e l'infermiera annuisce. Alzandomi, sento le gambe incollate alla plastica della seduta. È come se la sedia mi implorasse di non andare, mettendomi in guardia.

L'infermiera mi accompagna lungo il corridoio piastrellato fino alla stanza di Roman. Osservo i biglietti e le parole d'incoraggiamento attaccati alle altre porte. Una ha addirittura una serie di palloncini gialli legati alla maniglia. Mi domando se dovevo comprarne anch'io. Forse è un'idea stupida. Non mi sembra un'occasione da palloncini.

Alla fine, raggiungiamo la stanza di Roman. L'infermiera gira il pomello di metallo ed entra. Io resto fuori nel corridoio ancora per qualche secondo, stringendo forte le mani, facendo respiri profondi, canticchiando il Concerto per pianoforte e orchestra n. 15 di Mozart.

«Accomodati pure, cara» mi incoraggia l'infermiera. Mi domando se le capitino spesso situazioni del genere. Gente in visita che non ce la fa, che non riesce ad affrontare la realtà.

La vista di Roman mi fa venire un tuffo al cuore. Il suo corpo lungo e snello è troppo grande per il letto d'ospedale, le dita dei piedi gli escono fuori. Le luci della stanza fanno sembrare la sua pelle quasi trasparente, e due grossi cerchi neri gli circondano gli occhi castani. Non hanno niente di dorato, adesso. Solo un verde spento, terroso.

«Aysel» dice. La sua voce è roca e spezzata.

L'infermiera mi fa un sorriso incoraggiante e mi mette una mano sulla spalla. «Se avete bisogno, sono qui fuori.»

Guardo in giro per la stanza perché non ho la forza di guardare lui. Noto che sua madre gli ha portato la collezione dei romanzi di Jules Verne e il suo taccuino da disegno, e c'è un vaso di calendule accanto al letto. Niente Capitan Nemo. Giustamente, direi. È difficile che in ospedale ti facciano portare una tartaruga domestica.

Ma al di là di fiori, libri e taccuino, la stanza è vuota. Niente a che vedere con Crestville Pointe. È diversissimo dal luogo dove aveva immaginato di farla finita. Non può morire qui. Non deve.

«Aysel» ripete lui. Il tono di voce è più forte, ma comunque dolente.

Trattengo le lacrime che già sento sgorgare dagli occhi. «Come hai potuto?»

«Tu non volevi più» dice. «Lo so. E io non volevo che tu lo facessi. Sei troppo importante perché ti vedessi morire. Voglio che tu continui a vivere, Aysel. Perciò ho fatto tutto da solo, perché volevo salvarti.»

Alzo il mento e lo guardo dritto negli occhi. È così pallido. Gli si vedono le vene sulla faccia. Sembra troppo fragile, come se da un momento all'altro il suo corpo potesse abbandonarlo. «Salvarmi? Se davvero ti fosse importato qualcosa di me, non lo avresti fatto.»

Mi avvicino al letto ma resto in piedi. Vedo che tenta di scuotere la testa. Riesce a malapena a muovere il collo. Avvicinandomi, noto che ha dei lividi sul collo. Viola e gonfi. «Non potevo fare altrimenti, Aysel. Io non sono come te. Non merito di vivere.» Fa un respiro profondo.

«Non posso vivere con questo rimorso. Sapendo di essere stato io la causa della morte di Maddie.»

«Ma che ne è stato del 7 aprile? E dell'idea di morire in acqua?»

Questa volta è lui che si rifiuta di guardarmi. «Non mi andava di buttarmi giù da Crestville Pointe senza di te. Mi sembrava sbagliato. E più ci pensavo, più mi rendevo conto che era ingiusto morire lo stesso giorno dell'anniversario della morte di Maddie. E nello stesso modo. Sarebbe stato come sottrarle qualcosa.» Tenta nuovamente di scuotere la testa. «Non so perché ho scelto la macchina. È che ho sentito che dovevo farlo, ora o mai più.»

Abbasso il viso per nascondere gli occhi, premendo il mento contro il petto. Trattengo i singhiozzi, ma le lacrime mi scendono comunque lungo le guance.

«Non piangere» dice. «Vieni qui.»

Non mi muovo.

«Aysel, vieni qui.»

Sospiro e mi siedo sulla sedia accanto al letto.

Lui tende la mano e io gliel'afferro. La sua presa è debole, diversa da quella del luna park. E questa volta sento la mia mano. Sento tutto. E voglio continuare a farlo. Comprese le cose dolorose, orrende, terribili. Perché provare sensazioni è ciò che ci fa sentire vivi.

E io voglio vivere.

«Non posso perderti» riesco a dire alla fine.

«Non dirlo» sussurra lui.

«È la verità. Non posso perderti. Roman, devi deciderti a vivere. So che non c'è niente che possa cancellare quello che è accaduto a Maddie, ma non puoi arrenderti.»

Lui fa una smorfia. Sembra soffrire. Quasi intuisco i

muscoli indolenziti sotto la pelle. La zona intorno agli occhi è pesta, come se qualcuno lo avesse preso a pugni in faccia, ripetutamente.

«Non ti sto chiedendo di vivere per me. Anche se sarebbe bellissimo, visto che ti amo. Sì, certo, mi dirai che esagero, ma non m'importa. È così che mi sento. Ma non voglio parlare di me, o di quello che provo per te. Tu devi farlo per te stesso, perché so che ci sono ancora un sacco di cose belle che ti aspettano là fuori. Da scoprire e da sperimentare. E te lo meriti. Magari pensi di no, ma è così. Sono qui per dirti che te lo meriti. Magari ti sembrerò terribilmente melensa. Credimi, sei settimane fa mi sarei presa a schiaffi da sola a sentirmi dire certe cazzate, ma averti conosciuto...» Lascio un attimo la frase sospesa. «Mi ha aiutato a vedere le cose diversamente. Compresa me stessa. E voglio solo che tu riesca a vederti come ti vedo io.»

Dopo tutte queste parole, mi sento spossata, svuotata. So che l'aggettivo "svuotata" di solito ha un'accezione negativa, ma per me oggi ne ha una positiva. Come se avessi tenuto dentro di me tutti questi segreti troppo a lungo e ora fossi finalmente riuscita a disfarmene. Mi sento alleggerita. Più libera. Ho detto a Roman che lo amo, ho lanciato quest'energia positiva nell'universo. E ora non resta che verificare se attecchirà o meno, mettendo in moto le nostre particelle.

Lui emette una specie di balbettio, come se stesse per dire qualcosa, ma poi chiude gli occhi e il respiro si fa più calmo. Si è riaddormentato. Resto lì seduta ancora per un po', la mano ancora stretta nella sua. Mi sento strana a osservarlo mentre dorme, ma non posso farne a meno. Ho paura che, distogliendo lo sguardo, possa scomparire.

Il suo petto sale e scende. Ha un'aria così indifesa, ma è ancora vivo. Ed è ciò che più conta. Mentre lo fisso, mi viene da pensare che vorrei riuscire a trapassare la sua pelle con lo sguardo, vederlo dentro. Controllare se ci sia davvero solo vuoto, buio, o anche dell'altro.

Domenica, 7 aprile

meno 0 giorni

Ci siamo: oggi è l'anniversario della morte di Maddie. Quasi non avevo il coraggio di presentarmi in ospedale, ma sapevo che se non l'avessi fatto non me lo sarei mai perdonato.

Per la prima volta in tre anni, indosso qualcosa che non sia un paio di jeans e una T-shirt grigia a strisce. Mi sono fatta prestare da Georgia un semplice vestito nero, ho lavato i capelli e li ho raccolti in una treccia. Non penso che a Roman interessi come mi concio, ma importa a me. E sto cercando di farlo capire anche a lui.

Le scarpe basse argentate che ho preso in prestito sempre da Georgia ticchettano sulle piastrelle del pavimento mentre attraverso il corridoio. Arrivata alla stanza di Roman, do una sbirciata e vedo i suoi ai piedi del letto.

«Oh, Aysel» dice sua madre con un sorriso allegro. Comincio a credere che il suo calore non sia costruito come sostiene Roman: è davvero affettuosa come sembra.

Il signor Franklin le cinge le spalle con un braccio e, quando mi vede, la stringe ancora più forte a sé.

«Entra pure» dice. La sua voce è meno gentile di quella della moglie, ma non fredda.

Roman mi guarda. Non dice niente. Sarà la mia immaginazione, eppure giuro che gli si sono illuminati gli occhi. Sono ancora pesti, ma fanno meno impressione rispetto a venerdì.

«Ho fame, e tu?» dice la mamma di Roman al marito. Lui resta un attimo perplesso, ma poi capisce.

«Ah, sì» dice. «Una fame da lupi.»

Lei si gira verso di me. «Cara, ti dispiace tenere d'occhio Roman mentre andiamo a mangiare un boccone?»

«Nessun problema.» Le sorrido per farle capire che apprezzo. Che le sono grata di avermi dato la possibilità di vedere Roman, di avermi inserito nella lista delle visite autorizzate e di continuare a farmi sentire parte della famiglia.

La signora Franklin dà un bacio sulla fronte a Roman e, dopo che è uscita con il marito, mi siedo sulla sedia accanto al letto.

«Dovrei essere sulla sua tomba» dice Roman, la voce ancora affaticata. «Oggi, soprattutto.»

«Non ha bisogno che tu vada alla sua tomba per sapere che le vuoi bene.»

Lui fa una smorfia. «Lo credi davvero?»

Annuisco. «Sì, Roman. Non sarà qui in carne e ossa, ma è ancora con noi. E vuole vederti felice. Lo so per certo.»

Lui resta in silenzio per qualche istante. Ha le lenzuola tirate su fino al mento ed è completamente immobile. Ci fissiamo in silenzio finché non mi domanda: «Quando esco di qui, ti va di andarci insieme?».

«A trovarla al cimitero?»

Le labbra gli si increspano e io lo interpreto come un sì.

«Andrei ovunque con te.» La faccia mi brucia. Non sono abituata a dire certe cose, ma quando lo vedo sorridere lentamente, tutto l'imbarazzo svanisce. «Visto? Melensa come non mai.»

Lui fa una risata bassa e roca.

«A proposito» dico infilando una mano nella borsa. Tiro fuori la guida alle spiagge del North Carolina e gliela metto sul porta vassoio per fargliela vedere. «Ho pensato che magari, appena ti sarai rimesso, potremmo andare qui.»

Lui guarda la guida e i suoi occhi passano da un verde opaco a un oro scuro.

«Sull'oceano» aggiungo.

Senza dire una parola, afferra la guida e si mette a sfogliarla. Si intuisce che non vuole mostrarsi troppo interessato, ma su alcune pagine si attarda un secondo di troppo, osservando le foto patinate.

Alla fine mi domanda: «Perché?».

«Perché cosa?»

«Perché continui a non darti per vinta se sai già che sono così incasinato?»

Mi alzo dalla sedia e vado al tavolino dove sua madre ha impilato i romanzi di Jules Verne e il taccuino da disegno. Lo prendo e torno a sedermi. Sfoglio le pagine.

«Perché?» ripete lui.

Osservo i disegni a carboncino e poi alzo lo sguardo. «Perché innamorarmi di te mi ha salvata. Mi sono vista in modo diverso, il che mi ha fatto vedere il mondo in modo diverso. E non potrò mai ringraziarti abbastanza.»

Prima ancora che lui possa replicare, bussano alla porta.

«È permesso?» dice una voce in tono professionale.

La porta si apre e una donna compare sulla soglia. Non indossa né il camice, né la divisa da infermiera, ma pantaloni neri e camicetta bianca. «Tu devi essere Aysel» dice, e poi si gira verso Roman: «Ciao, Roman. Come ti senti oggi?».

Roman la fissa senza parlare.

Lei tende la mano e mi sfiora appena il gomito. «Ti dispiace aspettare fuori?»

Scuoto la testa ed esco, chiudendomi con cura la porta alle spalle. Cammino avanti e indietro tentando di immaginarmi la conversazione. Vedo la faccia scura e muta di Roman e la donna che tenta disperatamente di cavargli di bocca delle risposte.

Sto per attraversare il corridoio per la ventitreesima volta, quando la porta si apre e la donna esce. Si scosta dalla fronte un ciuffo di capelli scuri. «Sono la dottoressa Stead.» Mi tende la mano.

Gliela stringo debolmente. «Aysel, ma questo già lo sa. È lei che segue Roman?»

Annuisce. «Sì, esatto.»

Bene, penso, ma non dico nulla. «Spero che riesca a... entrare in sintonia con lui. Capisce, no?» Lei non sorride ma riesce comunque a risultare gentile. Mi domando se sia una tecnica che si impara a Medicina. «Diciamo che farò il possibile. Sai, sono piuttosto brava in queste cose.» Infila la mano in tasca e tira fuori un biglietto da visita. Me lo consegna.

Il cartoncino è morbido e io passo le dita sopra la scritta in rilievo.

«Se ti venisse voglia di contattarmi, mi trovi a questo numero» aggiunge. Mi guarda, gli occhi chiari dolci e gentili. Mi domando cosa sappia di Crestville Pointe e del nostro patto, se Roman le abbia raccontato qualcosa.

«Grazie» dico, e mi rigiro il biglietto tra le dita. Lei si allontana e il rumore dei tacchi risuona lungo il corridoio.

Quando rientro nella stanza di Roman, lui mi lancia un'occhiata fredda.

«Be'?»

«Non vorrai mica dirmi che devo mettermi a parlare con quella tizia, vero?»

Stringo il biglietto da visita nel palmo. «Le hai raccontato di noi?»

«Di noi cosa?»

«Lo sai...»

Lui si raddrizza sul letto, in modo da appoggiare la schiena contro la testiera di metallo. Sembra fare molta fatica, ma alla fine ce la fa. «No. Non le ho detto un bel niente. Né intendo farlo.»

Torno a sedermi sulla sedia accanto al letto. «Magari non sarebbe una cattiva idea.»

Lui sospira, e giuro di sentire i muscoli della sua gola contrarsi. Posso solo immaginare come debba essere l'interno del suo corpo, avvelenato e distrutto.

«Mi sa che non conosco neanche più te» dice.

Mi mordo il labbro inferiore. «Sei ingiusto. Non devi mica parlare per forza con lei. Ma almeno con me?»

Lui non risponde. Io prendo *Ventimila leghe sotto i mari* e lo apro. Le pagine setose sono facili da sfogliare. Mi metto a leggere ad alta voce. All'inizio procedo un po' incerta, poi acquisto scioltezza. Ogni tanto alzo gli occhi verso di lui e lo vedo che mi guarda, il volto rilassato come se seguisse la storia.

Mi lascia terminare il secondo capitolo e poi m'interrompe. «Aysel?»

«Sì?»

Fa per avvicinarsi. I movimenti sono lenti e faticosi. «Vieni qui.» Mi prende il viso tra le mani. Io mi sporgo in avanti e le nostre bocche s'incontrano. Ha le labbra gonfie e screpolate, ma il bacio è dolce, leggero, perfetto.

«Con te parlerò» sussurra. «Te lo prometto.»

Mentre lo guardo dritto negli occhi, non so se credergli fino in fondo. So che è ancora affranto, terribilmente affranto, ma mentre stringe la mia mano avverto nelle pulsazioni una felicità in potenza.

«E a proposito di quello che hai detto prima, che ti avrei fatto aprire gli occhi su te stessa...» dice, il viso ancora a pochi centimetri dal mio.

«Sì.»

«Be', è per quello che ti ho disegnata così. Per tentare di mostrarti la persona che vedo quando ti guardo, e non la persona che credevi di essere.»

Sbatto le palpebre come se fosse partita una raffica di flash (vedo tutto bianco e dai contorni incerti), e mi sento più esposta di quanto non sia mai stata in vita mia. So che lui è in grado di vedere tutto di me, ogni mia più piccola crepa, ma la cosa non mi spaventa. Ho il cuore in fibrillazione nel momento in cui mi rendo conto che preferisco la luce. Basta con le ombre.

Lui mi guarda, gli occhi che mi scandagliano il viso. «Mi sa che ho voglia anch'io di vedere il mondo in modo diverso...» S'interrompe e la sua espressione ritorna triste. C'è talmente tanto silenzio nella stanza che sento il ronzio della luce sul soffitto.

«Ma continuo a vedere tutto nero, sai?» aggiunge alla fine.

«Sì, lo so.» Sto male per lui e vorrei tanto poterlo aiutare, ma so che l'unica cosa da fare è restargli accanto.

«Continuo a leggere?» Prendo in mano il libro. «Non è poi tutto così nero.»

«Dici così adesso, aspetta e vedrai.»

Abbasso lo sguardo sulla pagina, l'illustrazione di un mostro marino mi osserva, e poi guardo Roman. «Sono disposta ad aspettare, a patto che lo sia anche tu.»

Lui mi prende la mano e la stringe. «Promesso.»

Nota dell'autrice

Ho iniziato a scrivere questo romanzo nel gennaio del 2013, dopo la morte di uno dei miei più cari amici. Ho passato momenti molto bui, e per me lavorare a questo progetto è stato in parte un modo di reagire a quella situazione. *Il mio cuore e altri buchi neri* è una storia sulle persone che ti capiscono, sempre, anche nei tuoi aspetti più temibili e negativi. È un libro su coloro che entrano nella tua vita quando meno te lo aspetti, nei modi più imprevisti, e tutto cambia; un libro sull'importanza di lasciarli entrare, di aprirsi a loro. Un libro sulle persone che ti aiutano a vederti sotto una luce diversa e sul vero potenziale nascosto nei rapporti umani.

Anche se questa vicenda si conclude con una nota di speranza, il viaggio verso la guarigione è lungo e tortuoso. In molti casi, la battaglia contro la depressione è destinata a durare una vita intera. Se qualcuno di voi sta affrontando emozioni simili a quelle di Aysel e Roman, voglio sappiate che, per quanto smarriti ci si possa sentire, non si è mai completamente soli. Se avete pensieri suicidi, trattateli come un'emergenza medica. Vi prego, dal profondo del cuore: non nascondetevi e parlatene con qualcuno. La linea telefonica di prevenzione dei suicidi è sempre attiva e, per quanto possiate aver paura di parlare di quello che vi passa per la testa, vi auguro di trovare il coraggio di farlo. La cosa più potente che abbiamo è la nostra voce.

A chi tra voi pensa di avere un amico o un'amica in lotta contro la depressione, vi chiedo solo di non lasciarli soli. So che può essere imbarazzante, ma parlarne servirà forse a combattere il senso di vergogna associato alla depressione e ai pensieri suicidi. Non c'è cosa migliore che affrontare l'argomento, direttamente con loro o con figure autorevoli. Spronandoli ad aprirsi, potrete indirizzarli verso la strada della guarigione.

Concludendo, spero che questa vicenda possa aiutarvi a riflettere sulle persone che contano davvero nella vostra vita. Tenetevele strette, siate gentili con loro e ricordatevi sempre che la vita è fragile. Auguro a tutti voi una vita piena di bellezza e di energia cinetica.

Indice